DU MÊME AUTEUR

HOMÉOMORPHE, 2022. Prix Emmanuel-Roblès 2023.

Apocalypse (n.f., du grec Αποκάλυψις) : révélation.

PREMIÈRE PARTIE

Quatre ou cinq heures du matin

une part. de la synthèse de nitrammite est d'avoir un "coefficient de vide positif"

« L'accident est advenu dans la nuit du 4 juin 1996, lors d'un essai de sécurité sur la tranche la plus récente de l'usine pétrochimique de T. située à une vingtaine de kilomètres au nord de K., près de la frontière. L'incendie a démarré au niveau du réacteur nº 4, utilisé pour la synthèse de nitrammite liquide.

Daté du 13 janvier 1997, le précédent rapport de la commission a établi les responsabilités particulières dans cette immense tragédie ; nous nous attacherons ici à décrire les défaillances et manquements structurels qui ont abouti pas à pas, inéluctablement, à la catastrophe.

Il faut savoir qu'une particularité de la synthèse de nitrammite est d'avoir un "coefficient de vide positif", c'est-à-dire que, si, dans l'eau de refroidissement, la proportion de vapeur s'accroît pour une raison ou une autre (crise d'ébullition par baisse de pression, cavitation des pompes, accroissement de température), la réactivité du mélange augmente. À forte pression, ce phénomène est plus que compensé par le coefficient de température négatif, mais à basse pression, le mélange peut souffrir d'une réactivité instable. »

Introduction du rapport *Praviv-Kibenov* du 26 avril 1997

juillet 2019, alentours de K.

À l'est, les restes de l'Usine se découpent, noirs sur l'horizon. Dans toutes les autres directions, la décharge étend ses boursouflures à perte de vue, comme autant de tentacules. Baignée de ce brouillard âcre qui règne sur la région depuis l'incendie, elle s'enfonce dans l'obscurité avec l'assurance des bêtes qui ne dorment jamais vraiment – partout dans la vallée, les excavatrices lancent encore ces cris rauques qui rappellent à tous que leurs vies brutales sont sans fin ni répit.

Comme un tissu immense, la nuit s'avance sur ce monde de désordre et de pestilence – sur ces monceaux de déchets, ces labyrinthes de carcasses, sur ces confusions de matelas souillés et de meubles désossés. Ici, des équilibres d'épaves achèvent d'être rongés par une rouille sombre, cependant qu'une flore rapace les transperce de part en part ; plus loin, des archipels de mousses, des lichens aux teintes saturniennes recouvrent des légions de tonneaux léchées par la brume ; plus loin encore, des fouillis de ceps s'élèvent dans un dédale de machines à laver, qui annoncent, qui amorcent, qui sont peut-être eux-mêmes

la curée.

Par touches infimes, la décharge tout entière se mêle au coutil sombre qui l'enveloppe lentement ; et toutes ces vies délabrées, et tous ces rêves avortés disparaissent peu à peu pour se fondre dans leur mère la nuit ;

fil après fil, ils s'abandonnent, ils se perdent ;

tant nos vies ne sont que des fils fragiles qui se mêlent l'un après l'autre au tissu de la nuit ;

tant quels que soient nos efforts, au bout du jour,

la nuit est toujours la même,

tissée de fils de nuit tous semblablement gris.

Et quand enfin son étoffe d'ombre est posée sur le monde, la nuit voit tout. De ses yeux innombrables et brillants, de ses yeux-Cygne, de ses yeux-Grande Ourse et Capricorne, elle parcourt cette mélancolie tiède qu'elle fait peser sur la décharge – elle la sonde, elle s'en gave et n'en laisse rien. Et quelque part dans ce monde en lambeaux, perdu dans un val de débris poussiéreux, elle devine ce que personne ne distingue plus à présent,

un corps qui gît.

Un homme.

Un vent moite fouette de fins nuages de poussière dans sa barbe et les mêle aux traînées de sang qui souillent son visage ; et insensiblement, heure après heure, grain après grain, la poussière le rend lui aussi à sa mère la nuit – et insensiblement, elle en fait une ombre parmi les ombres,

déjà.

Assis à sa droite, un chien famélique semble veiller sur lui. Par moments, il secoue la tête à sa manière de chien ; et quand il n'en peut plus d'attendre, quand il n'en peut plus de ce vent et de cette poussière qui lui irritent les yeux, il gémit faiblement. Mais rien n'y fait – ni le vent, ni la poussière, ni ses gémissements qui se perdent dans le ciel immense : l'homme ne bouge pas. Et la nuit doit attendre que l'animal se lève, s'ébroue, qu'il se décide, d'abord peureusement, puis y allant tout de même, à venir lécher le sang sur le visage de son maître, pour voir celui-ci bouger ;

et son premier geste est de frapper le chien comme il peut, d'un roulement de bras exsangue et brouillon.

Et quand son bras retombe dans la poussière, l'homme reste immobile, suffoqué par la douleur, grognant misérablement – comme plaqué au sol par le poids fabuleux de la nuit, comme si tout était terminé,

enfin.

Pourtant, peu à peu, il s'éveille – par touches infimes, sous la constellation d'ecchymoses qui marbrent sa peau, son corps meurtri se raidit, ses forces se tendent. Et chaque mouvement, si minuscule, si dérisoire soit-il, a beau lancer dans son corps des fusées de douleur qui le ravagent, qui le traversent de part en part,

ses mains se crispent imperceptiblement, ses pieds s'ancrent dans la poussière.

Et bientôt, tremblant et éructant sous l'effort, il se redresse. Une fois à genoux, il se frotte longuement le visage et crache un amas de sang et de glaires brunâtres. Et même la nuit qui voit tout de ses yeux constellés n'a aucune idée de ce qu'il veut – de ce qu'il veut si fort qu'il est parvenu à se redresser.

Elle le voit seulement faire taire tout ce qui le dévore et l'éreinte, se pencher et ramasser un bout de papier à terre – elle le voit le ranger dans une poche de son pantalon;

l'homme, une nuit de douleur,

une main à bout de forces,

et mutilée,

et tremblante;

l'homme, un point minuscule dans le ciel – une aiguille plantée dans la chair de la nuit.

La vague de douleur passée, le voilà qui se relève – tremblant encore, grimaçant de ses côtes fêlées, de son visage en feu, grimaçant de tout ce qu'il lui faut soulever avec lui, de la voûte céleste, de la nuit qui pèsent sur ses épaules. Et quand enfin il est debout, tordu et brisé, dans ses yeux de crépuscule des choses passent, que les hommes n'ont pas nommées encore,

des choses si fortes, si seigneures que rien ne peut les dire,

des choses qui rappellent à ceux qui l'ont oublié que la nuit de nos yeux peut concentrer jusqu'au monde lui-même. Et ces choses sont si puissantes qu'elles doivent dissoudre la douleur même, et c'est sur elles que l'homme doit s'appuyer alors – car il marche soudain,

comme d'autres ont marché sur l'eau.

Après avoir franchi un monticule désolé, à bout de souffle, il doit tout de même s'arrêter – le regard noir, les yeux massacre, il fixe l'Usine au loin, espérant que la douleur se calmera. Mais bientôt, il sent son cou qui le lance lui aussi ; lentement, il saisit sous sa veste une lanière de cuir ensanglantée et sort une paire de jumelles. Presque amoureusement, il laisse glisser ses doigts sur les surfaces briquées – plusieurs lentilles sont fêlées. Un sourire amer faseye à ses lèvres quand il laisse les jumelles tomber à terre,

quand, sans autre forme de procès, il s'engage dans la pente qui mène à l'est, vers l'Usine. Derrière lui, le chien resté à l'écart s'approche des jumelles et les renifle. Et juste avant de suivre son maître dans la pente, il se retourne quelques secondes – il fixe un point au loin,

comme s'il savait que la nuit n'est pas simplement cette chape de mélancolie qui pèse sur le monde,

comme s'il sentait que quelque chose les observe.

Après un quart d'heure de marche, les douleurs doivent s'atténuer, et le pas de l'homme se fait plus régulier. Autour de lui, la nuit de la décharge se mêle à la mère des nuits. Depuis la catastrophe qui a frappé l'Usine il y a vingt-trois ans, tout dans la région paraît recouvert de suie – les monceaux de déchets, les bâtiments en ruine, les arbres calcinés ; l'homme est un minuscule point de gris dans un monde de nuances sombres et luisantes. Çà et là, on distingue de vagues buissons, et les rares arbres ayant résisté au feu ont perdu leurs feuilles et ne les retrouveront jamais. Ce ne sont plus, épars, que des troncs rachitiques, que des branches rongées, tordues en tous sens, lancées vers le ciel comme des appels désespérés. Partout dans le sol de cendre et de boue, les pluies acides ont fomenté des sables mouvants et des marécages ; et tous ces arbres semblent s'y noyer, et pour cela ils hurlent et se débattent et grincent des dents, et pour cela,

ils tendent leurs branches en vain vers les cieux.

Mais les cieux ne sont qu'un millier de grains de lumière pris au piège dans un tissu sombre – ils ne peuvent plus rien ni pour eux ni pour l'homme. Tout au plus tirent-ils de cette apocalypse un de ces anthracites irréels qu'on ne rencontre que dans les déserts, où la brillance remplace la lumière. Et dans ce dédale d'ombres, l'homme finit tout de même par trouver ce qu'il cherche – les barrières rouillées jusqu'à la moelle qui délimitent la zone de sécurité autour de l'Usine. Pendant un long moment, il les longe sans y jeter un regard, jusqu'à deviner un passage. Au loin, quelque part dans la nuit, des panneaux souillés s'accrochent aux restes du grillage et annoncent que les abords de l'Usine et de la frontière sont interdits. Que l'armée tire à vue. Mais l'homme ne marque pas la moindre hésitation quand il s'incline pour franchir le passage – lentement mais sûrement, il s'engage dans ces terres chiennes,

il se perd dans sa mère la nuit.

Il est presque quatre heures du matin quand il rejoint la route principale. Il devine d'abord les premiers bâtiments qui se dessinent dans l'obscurité – des entrepôts délabrés d'un autre âge, qui s'agrippent à la vallée dans le même effort vain. Mais bientôt, les friches outragées laissent place au Quartier, et, dépassant les premiers panneaux de signalisation couverts de graffitis, l'homme s'engage dans le gigantesque embouteillage qu'a provoqué l'incendie. Au milieu du chaos des carcasses abandonnées, des bus et des poids lourds calcinés, des milliers de sacs-poubelle éventrés se vident en travers des rues, dispersés par le vent pour les siècles des siècles ;

c'est un monde en lambeaux qui nous entoure,

une eau de spleen nos yeux,

et dans nos mains,

c'est le cœur du bloc des 1500,

qui ne bat plus,

qui tremble,

laissé là, en ruine,

ravagé par l'incendie monstrueux de 96, celui qui a dévoré les environs pendant des semaines – celui qui a tout réduit en miettes sur son passage, sans que personne, ni pompiers, ni armée, ni cohortes de liquidateurs, n'y puisse rien ;

et dans nos yeux,

c'est un no man's land de cendres et de désolation où rien ne repoussera jamais ;

un sillon formidable, une balafre visible même depuis l'espace, disent certains –

depuis la nuit, murmurent d'autres.

Mais bientôt, au milieu de ce carnage, une aube timide pointe – elle glisse en silence le long des rues défoncées, entre les barres d'habitation saccagées et les dentelles de métal supplicié. Et dans cette aube timide, l'homme progresse seul – à un moment, le chien a dû lui fausser compagnie pour aller chasser un chat ou un rat ou allez savoir, et la nuit elle-même ne le voit plus. Mais que voit-elle encore d'ailleurs ? Pratiquement plus rien : elle perd ses yeux les uns après les autres, elle se délave dans un bis sale,

avec l'homme, elle contemple sa mort : le bloc des 1400 qui se prend dans l'aube.

Après un dernier quart d'heure de marche, l'homme franchit le hall d'entrée d'une barre sur laquelle la nuit lit péniblement 1404. Il réapparaît quelques secondes plus tard à l'arrière de l'immeuble, dans une cour minuscule.

Arrivé là, il s'arrête et sort une cigarette de sa veste. S'appuyant contre un escalier de béton, il allume sa cigarette et, les yeux mi-clos, il tire dessus – et tandis qu'il fume, la nuit constellée achève de se dissoudre dans l'aube et y perd ses derniers yeux. À présent, elle ne distingue guère plus que l'abandon d'une main, que cette moue si dure qui tend les lèvres de l'homme,

que cette larme qui se perd dans sa barbe tabac.

Il lui est impossible d'en dire plus, de savoir à quoi l'homme pense ou même de croiser son regard. Et l'aube n'en sait pas plus – ce n'est encore qu'une teinte grise qui peine à arracher des ombres aux quelques pots de terre qui jonchent la cour ;

l'homme ne laisse plus que des miettes au monde, qu'il soit de l'aube ou de la nuit.

Fixant sans les voir les mauvaises herbes qui se débattent dans la cour borgne, peut-être qu'il murmure quelques mots d'une voix sourde ; mais très vite, il jette son mégot d'un geste absent, il ouvre une porte sous l'escalier et pénètre dans un atelier sans fenêtre ;

et quelques instants plus tard, un coup de fusil déchire l'aube, et emporte ses derniers mots au ciel,

à travers la nuit liquide.

À quelques rues de là, les dernières brumes de la nuit lèchent les bâtiments hors d'âge et les trottoirs défoncés avant que de se perdre entre les étoiles éparses. Et dans le trouble de ces évanescences, trois vieilles filles suspendent leurs pas et lèvent les yeux au ciel. Visages labyrinthes aux rides innombrables, yeux amande jaunis par les millénaires,

cheveux mêlés, nids de serpents embus,

mais lèvres parfaites encor pour l'une d'elles – lèvres brunes, hiératiques, lèvres lisses comme celles de sa Mère Anankè –

et tout cela, rides, yeux, serpents, lèvres parfaites, tout cela suit le coup de fusil formidable qui déploie ses ailes dans la transparence sale de l'aube.

— Ça y est, Lev Grisov est mort, annonce l'une des trois vieilles – et un sourire automne glisse sur ses lèvres parfaites.

— Ses fils…, grommelle l'aînée à sa droite. Ah là là, je les vois déjà… À s'agiter toute la journée… Comme si ça servait à quelque chose…

Est-ce qu'elle laisse sa phrase en suspens encor, est-ce qu'elle la mâchonne elle aussi entre ses dents déchaussées, ou est-ce qu'elle s'énerve seulement de ne pas trouver ses clefs ? Comment savoir ?

— Tu oublies… le jeune policier…, risque sa sœur qui fixe toujours le ciel.

— Ah, les voilà ! lance l'aînée qui vient de trouver les clefs de la boutique au fond de sa pelisse de mouton. Hum, lui… Encore faudrait-il qu'il le veuille ; il y a trop de morts en lui. Il n'est pas prêt. Et la photo qu'il va trouver, elle va lui faire du mal… Non, non…

Et le bruit lugubre de sa clef qui pénètre dans la serrure, ce bruit qui semble se multiplier à l'infini dans le bâtiment,

ce bruit terrible est une condamnation, un édit. Mais l'aînée n'y prête même pas attention. Elle se contente de tourner sa clef entre les serres qui lui tiennent lieu de mains,

elle tourne comme on fouille une plaie,

elle malaxe des mondes, des échines fragiles, des fleurs qui jouent sur des seins tendus, des Lyres même ;

elle a dit ce qu'elle avait à dire ;

et quand elle tire le rideau métallique de la boutique, ses yeux aux reflets sorcières ne brillent même pas, ils sont de nuits seulement, de massacre. Il y a trop de morts en lui.

— Tu n'y crois pas, hein ? tente sa sœur une dernière fois.

— Non, c'est lui qui n'y croit pas, assène l'aînée en fixant le rideau, c'est lui…, et elle pince ses lèvres gercées – elle les serre jusqu'à la douleur.

— Pas encore, murmure alors la puînée qui s'était tue jusque-là. Pas encore…

Est-ce qu'elle répond à son aînée, est-ce qu'elle veut soutenir sa cadette, est-ce qu'elle marmonne pour elle seulement ou est-ce qu'elle veut poser à son tour une pierre noire, une annonce sur le monde ?

Tout cela mêlé et indémêlable sans doute,

tout cela murmure à peine,

qui se perd dans la nuit mourante, qui rejoint le coup de fusil immense, la grande chasse – étoile minuscule,

espoir dérisoire.

« Cette instabilité importante du réacteur à certains niveaux de puissance ainsi qu'un temps de réaction trop long du système d'arrêt d'urgence sont justement ce qui rendait les essais d'îlotage primordiaux. Ainsi, dès la commission d'enquête préliminaire, il a été établi que la destruction du réacteur n° 4 n'a pas été due à un emballement accidentel de la réaction chimique, mais à une réduction volontaire de la pression avant l'essai et lors de celui-ci. Techniquement, c'est le système de régulation qui a entraîné l'explosion. »

Section I du rapport *Praviv-Kibenov* du 26 avril 1997

Au loin, de l'autre côté de la nuit, le coup de fusil replie ses ailes de foudre et se perd dans le ciel immense – et ce n'est plus qu'un cri confus et affaibli quand il meurt dans les oreilles de Mikhaïl. Mais cela suffit, et tout à coup, le jeune homme s'éveille ;

il se tend, il cherche son air comme s'il venait de prendre une balle dans le torse – ses yeux s'ouvrent, immenses et terrifiés.

Pendant un moment, il ne voit rien pourtant : le songe

ne le lâche pas – cette ville dévastée, cet homme qui erre dans la nuit, cette décharge à perte de vue. Il a beau tourner la tête dans tous les sens, les images l'encerclent – pire, elles s'approchent, elles se pressent contre lui. Quelque part dans cette confusion, dans ce cauchemar, il s'entend haleter, gémir – ses mains tentent désespérément de saisir quelque chose : elles s'agitent en vain, elles palpent peureusement un cou, un cuir tiède, un monde qui se dérobent. Très vite, des dizaines, des centaines d'insectes se mettent à grouiller de ses doigts, de son coude ;

Enfers Rampants, Épeires Cauchemars,

les voilà qui remontent le long de son torse et escaladent son cou,

les voilà qui menacent de s'enfoncer dans sa gorge.

Mikhaïl grogne, convulse, il pousse un cri de dégoût – et *se retrouve* tout à coup dans sa voiture de service, avachi sur la banquette arrière.

Tremblant de tout son corps, couvert de sueur, il se frotte le visage – le souffle frémissant, le geste blême, il se redresse comme il peut, il attend que la pression dans ses veines diminue, que le monde se stabilise. À travers les vitres sales, il lance des regards inquiets dans le parking souterrain. Heureusement, le commissariat est presque désert à cette heure-là – son cri va se perdre dans la nuit sans laisser de traces. Mais qu'est-ce qui lui est arrivé ? Est-ce qu'il a juste rêvé ? Ou était-ce un de ces songes étranges dont la dealeuse lui a parlé ?

Il la revoit avant-hier soir sous le pont Podolskyi. Cette manière de le chercher pendant des heures, de ne pas le lâcher. Ce sourire amusé, ce tatouage, cette fleur sur son sein gauche. Ces yeux qui brillent quand il avait fini par céder, vers trois heures du matin. Quand elle avait murmuré Celle-là, le chimiste a mélangé la morphine avec des extraits de Mescal… J'ai jamais compris pourquoi, aucun de mes clients réguliers ne veut l'essayer ; la Mescal, ça les effraie tous, ils disent qu'il faut laisser ça aux chamanes. Alors qu'ils ne risquent rien… Je te dis, tu ne le regretteras pas : c'est extraordinaire. Et l'adresse et mon numéro sont à l'intérieur, si tu veux une suite… Comment s'appelait-elle, déjà ? murmure Mikhaïl. Yéléna, c'est ça, Yéléna… Et tandis qu'il passe un doigt sur ses lèvres, quelques images viennent vaciller dans ses yeux avant de s'atténuer comme les répliques d'un séisme. Le bout de papier agité par le vent. Le chien famélique – cet instant où il s'était tourné vers lui, comme s'il l'avait repéré… Tout semblait si réel. C'était incroyable – il voyait tout, le moindre détail, le plus petit tremblement de l'homme – comme s'il avait eu des milliers d'yeux cette nuit. *J'étais la nuit*, frémit-il, médusé. Cette drogue est extraordinaire. Extraordinaire. Et ce moment fou – quand l'homme avait tiré ! C'était comme si la balle l'avait touché *lui* ! Yéléna n'a pas menti : ce mélange est extraordinaire. *Et tu donnerais beaucoup pour une autre réplique, hein ?* murmure soudain une voix près de lui. Mikhaïl se redresse, prête l'oreille, attend la suite. *Mais si*, souffle la voix entre ses lèvres parfaites, *Mais si, tu sais, pour sentir à nouveau – ce pas de l'homme, cette blessure quand il tire, ce cœur qui cogne dans ta poitrine. Pour sentir à nouveau.* Le jeune homme ne répond rien – un sourire timide traîne sur ses lèvres jusqu'à ce qu'il aperçoive la seringue enfoncée dans son coude. Alors, lentement, ses yeux de glace s'éteignent,

alors les reflets qui glissent à leurs surfaces se font maussades,

automnes –

et peu à peu, son cœur ralentit,

et bientôt, il ne bat même plus – il tremble à peine.

Voilà son âme gelée qui refait surface – voilà le monde

qui se stabilise. L'œil sombre, le jeune homme range son matériel ; et dès qu'il a fini, il sort son téléphone, et ses doigts insectes composent rapidement un numéro. Voyez ces murmures qu'il ne réprime même pas,

ces invectives qui dépassent de ses lèvres Répondez, putain… Répondez… Répondez…

C'est lui,

l'animal à sang froid qui veut reprendre le contrôle.

Mais personne ne lui répond, mais le contrôle qu'il a repris est vain et sans portée – son téléphone ne sonne que dans l'immensité de la nuit. Un instant, ses mains se crispent, se tendent ; il tente bien de résister, compose un autre numéro. Mais là encore, personne ne répond – et il en est réduit à laisser un message :

— Daniil ? Bon… ils ne répondent pas… Qu'est-ce que tu veux que je fasse ? C'est aujourd'hui le dernier jour… Dis-moi…

Et si sa voix est froide, si sa voix est gelée, elle ne trompe personne – il ne maîtrise rien. D'ailleurs, dès qu'il a fini, signe que la tension n'a pas disparu, signe qu'elle ne faisait que couler sous sa peau comme quelque courant souterrain, il manque de fracasser son portable – il le jette au hasard, quelque part dans l'habitacle. Mais il lui en faut plus, et tout à coup,

Mâchoire crispée Follement, Fureur, Frénésie, il se met à frapper la banquette de toutes ses forces, il s'emballe, il grogne, il écume,

il est Fou Soudain ;

il est La Rage, il est ce qu'il n'a pas été depuis mille ans,

il est celui dont l'âme ne gèlera jamais tout à fait.

Et quand enfin l'arrière de la voiture a étanché sa soif, sa folie de destruction, il se retrouve au milieu des portières enfoncées, des poignées disloquées et des sièges ballants – et dans ses yeux hallucinés, des lueurs pulsatiles, instables, des oscillations de calme et de démence;

et entre ses lèvres pincées,

des crachats luisants, des dents qui grincent;

et à son cou, battant terriblement, une jugulaire erratique, un rythme féroce;

et partout à la surface tremblante de sa peau, des Enfers de rage,

des braises qui rougeoient.

Et tandis que la pression dans ses veines retombe, il inspire, il expire,

il frissonne.

Et dans cet équilibre labile, dans cet effort formidable pour retenir tout ce qui vacille, tout ce qui menace en lui, lentement, Mikhaïl s'allonge sur la banquette. Ses yeux mi-clos sondent le plafond défoncé, les lambeaux qui pendent autour de lui, les fenêtres fêlées, comme s'il espérait trouver quelque part une réponse, une idée. Il reste quelques minutes ainsi, suspendu dans l'ombre, murmurant d'une voix rauque *Trouve une solution, Gâche pas tout, Trouve une solution putain.* Mais s'il se calme, mais si son cœur ralentit à nouveau, rien ne vient, sinon l'impression d'être seul à voir toutes les erreurs que Daniil et lui ont commises, d'être seul à pressentir l'ampleur de la catastrophe qui s'annonce.

De dépit, il finit par regarder sa montre, et brusquement, il se redresse et sort de la voiture. Après avoir vérifié que le parking est toujours vide, il se dirige vers une porte dérobée, l'ouvre et s'engage dans un couloir sombre. Au fond du couloir, à travers une porte vitrée, il observe quelques secondes l'accueil du commissariat plongé dans la demi-obscurité de l'aube. Il aperçoit sa collègue de garde qui bâille d'ennui, qui s'assure une millième fois que personne n'a essayé de l'appeler sur son téléphone portable. Et à la voir ainsi, une nouvelle voix murmure soudain près de lui – c'est comme un souffle froid, comme une âme morte qui traîne là, dans le couloir,

qui passe un doigt léger dans son cou et susurre *Ni elle ni les autres ne peuvent rien pour toi; rappelle-toi : si nos nuits sont liquides, elles ne se mêlent jamais vraiment.* Et cette voix d'ombre a sans doute raison : même son frère Daniil qui l'a entraîné dans cette histoire ne peut plus rien pour lui. Heureusement, le téléphone de l'accueil sonne tout à coup, et sa collègue répond – et à l'instant, Mikhaïl devine que c'est sa dernière chance qui se présente : il revient dans le couloir et crochète une porte à la lumière de son portable. À l'intérieur du bureau, il fouille dans une armoire à dossiers. Il trouve rapidement celui qu'il cherche et l'examine tout aussi rapidement, ses lèvres murmurant des ombres, ses yeux bleuis glissant sur les mots qu'il lit à peine. Et une minute seulement après être entré, il ressort et referme. Puis il s'éloigne, il se fond dans l'ombre du couloir et repasse la porte du parking – et à cet instant déjà, il n'y a plus la moindre trace de son passage.

Arrivé au fond du parking, il gagne sa Trabant de service et se laisse aller sur la banquette – un moment, il ferme les yeux, il tremble d'épuisement. Il donnerait beaucoup pour dormir un peu, mais très vite, l'angoisse revient : il pense à ce qu'il vient de lire dans le dossier. *Ce sont eux qui se sont attaqués au centre commercial Grand Nord, hier! Les Grisov! Ça semble complètement impossible comme coïncidence. Ils sont connus! Pire, ils sont recherchés! Comme si toute cette histoire n'était pas suffisamment compliquée…* Et puis Daniil qui compte sur lui, et puis tout ce qu'il est en train de gâcher, et puis son rendez-vous avec Yéléna… Il regarde sa montre. *Elle est en retard d'ailleurs. Peut-être qu'elle s'est fait prendre.*

Tout à coup, un jeune homme tatoué de partout ouvre la portière côté passager. Le souffle coupé, les yeux hallucinés, Mikhaïl le fixe, comme s'il n'y croyait pas. Est-ce que le rêve a repris, est-ce que c'est la réplique qu'il attendait ?

— Incroyable, hein, ce qu'on trouve sur SilkRoad ? lance le jeune homme. Jamais je n'aurais cru livrer dans un commissariat !

— Où est Yéléna ?

— T'inquiète pas, sourit l'autre. Yéléna est ma sœur. Moi, je synthétise et je livre parfois. Je suis le chimiste.

Mikhaïl cligne des yeux. Le temps d'accommoder. De comprendre.

— Il faut faire vite, murmure-t-il quand il s'est repris.

Sortant quelques billets de sa poche, il ajoute : Est-ce que ça suffit ?

Et le dealer doit répondre que oui et lui donner les fioles ; il doit le saluer et disparaître aussi rapidement qu'il est apparu. Mikhaïl voudrait lui parler des répliques, des insectes, il voudrait savoir si tout cela est réel – mais il est incapable de résister à ce qui a germé en lui au contact, à l'adhérence du songe,

et soudain, tout ce froid en lui, tous ces séracs dans ses yeux, dans ses veines,

tout cela craque ;

et les yeux fous et le souffle coupé par l'envie,

il s'injecte la première dose,

et le monde se dissout à nouveau, le monde se fait liquide,

il se noie dans ses veines ;

il emporte ses questions, il emporte son esprit au loin dans la nuit, il mélange le sein gauche de Yéléna et cet homme qui erre à travers des lambeaux de ville ;

et juste avant que son esprit ne se dissolve lui aussi, Mikhaïl entrevoit un arbre calciné, et sous l'arbre, un jeune homme qui le fixe – et quelque part dans la nuit, il sent son cœur qui tremble.

DEUXIÈME PARTIE

Dix heures

« Les conditions de sécurité du test d'îlotage prévoyaient que la pression du réacteur fût située entre 70 et 100 atmosphères. Le matin du 4 juin, les opérateurs entament la baisse de pression pour se placer dans ces conditions. Mais le centre de régulation de K. demande de retarder l'expérience car un surplus d'alimentation était nécessaire pour satisfaire la consommation électrique de la soirée à la suite d'une panne sur une centrale électrique voisine. Le réacteur reste donc à pression intermédiaire contrairement au programme d'essai. Il faut croire que c'est cette simple demande, en l'apparence anodine, qui est à l'origine de la catastrophe. »

Section I du rapport *Praviv-Kibenov* du 26 avril 1997

Mais il faut croire que le monde est multiple et indomptable, et qu'un jeune homme ne saurait le prendre tout entier dans ses veines – mais il faut croire qu'une partie du monde au moins a persisté hors de lui, qu'elle a continué sur sa lancée. Pire, il faut aussi croire qu'obéissant à quelque injonction mystérieuse Mikhaïl s'est réveillé vers neuf heures, complètement déphasé, qu'il est sorti du parking, qu'il est monté au briefing du matin dans le bureau du capitaine Téliakov. Et là, il a croisé pour la première fois sa nouvelle demi-brigade. Et s'il n'a aucun souvenir de ce qu'il a fait alors, si tout s'est perdu, ce devait être réel, puisqu'il est là à présent, puisqu'il est là soudain, une seconde à peine après s'être injecté la première fiole, dans la voiture du capitaine, puisque à la faveur des virages, des arrêts qu'impose la route, son supérieur l'observe,

il le sent.

Tant bien que mal, il tente de maîtriser ces soubresauts qui crispent ses mains et lui arrachent des grimaces de douleur. Mais tout est si flou, si inquiétant – par moments, il croit même entendre l'esprit de Téliakov qui murmure – *rien ne l'a préparé à ça… normal qu'il ne dise rien… et encore, il n'a pas vu le Quartier.* Mais est-ce vraiment son supérieur qui pense ? Est-ce que ce n'est pas lui qui est en train de devenir fou ? De céder aux soixante-dix atmosphères qui pèsent sur ses épaules ? Et depuis combien de temps sont-ils partis ? Cinq minutes ? Une demi-heure ? L'œil effaré, Mikhaïl scrute ce monde étrange et instable qui l'entoure – le tableau de bord de la Trabant, la portière crasseuse, la vallée qui défile à toute allure à travers les vitres sales. Mais son regard glisse sur des paysages lunaires, sur des marais anthracite à perte de vue – partout, des arbres morts, des cadavres de voiture, des sacs-poubelle qui se débattent dans le vent moite – partout, il croit revoir des reflets du songe de cette nuit – écorchés, inquiétants, terribles.

Téliakov, lui, n'a que trop vu ces terres de désolation et préférerait les oublier. Mais il sait bien que c'est impossible – il sent déjà les relents de nitrammite qui s'instillent dans l'habitacle à mesure qu'ils s'approchent du Quartier. Et comme si l'air n'était pas suffisamment irritant, une poignée de détails l'agacent depuis qu'ils ont quitté le commissariat ; il ne sait pas exactement pourquoi, mais il est persuadé que son nouvel officier lui cache quelque chose. Il continue de se reprocher de l'avoir négligé tout à l'heure, pendant le briefing. *Il n'est même pas né par ici*, se rappelle-t-il. En fait, personne dans la demi-brigade ne connaît vraiment Mikhaïl. Les hommes l'ont croisé pour la première fois ce matin même. Lui seul, en tant que capitaine, l'a rencontré il y a trois jours, quand il s'est présenté pour prendre son poste. Mais à ce moment-là, dans la pénombre de son bureau, il avait autre chose en tête et il n'avait pas étudié le nouveau avec son insistance habituelle. Il se revoit en train de trier les monceaux de dossiers qui s'étalaient sur son bureau, ne prêtant qu'une attention limitée aux réponses elliptiques du jeune homme, lui faisant parfois répéter des faits que de toute manière il n'enregistrait pas. L'ordre de mission le recommandant, signé quelques jours auparavant par le préfet Pétrov en personne, avait subi le même sort : dès qu'il en avait pris connaissance, il l'avait oublié. Ils savent plus quoi inventer, s'était-il dit. Il l'avait congédié rapidement. Et pourtant, cette nomination ne rimait pas seulement à rien : elle était vraiment louche. *Il faudra que je trouve un moment dans la journée pour reprendre son dossier.* Mais Téliakov ne se leurre pas : il sait bien que c'est surtout ce qui s'est passé tout à l'heure au commissariat qui l'intrigue vraiment.

Il était un peu plus de neuf heures, et Natacha achevait son rapport, quand Mikhaïl était entré dans son bureau. Sergueï et Ivan, ses lieutenants, étaient concentrés et ne l'avaient même pas regardé se terrer au fond de la pièce. Et lui-même n'avait jeté qu'un coup d'œil distrait au jeune homme.

— Dernière chose, avait repris Natacha : un appel anonyme d'une cabine du Quartier. Une femme a entendu un coup de feu chez ses voisins… À cinq heures du matin… Les pompiers y sont allés… Ils ont trouvé un mort. Lev Grisov. Barre 1404. Il faut qu'on y passe, pour les papiers.

— Quoi, ils peuvent pas les faire tout seuls? avait lancé Sergueï.

— La morgue et les pompiers ont dit qu'il y avait un problème, avait répondu Natacha.

— Si vous voulez, j'y passe et je vous rejoins, avait glissé Mikhaïl.

— Non, c'est bon, avait coupé Téliakov sans y réfléchir, en tapotant machinalement ses dossiers.

À nouveau, il se dit qu'il n'aurait pas dû l'interrompre. Il aurait pu l'observer. Ne serait-ce que pour deviner pourquoi le jeune homme avait proposé ça. Il avait à peine vingt ans et c'était la première phrase qu'il prononçait devant eux : il avait forcément dû laisser traîner quelque chose – des yeux qui luisent, des mains qui tremblent, quelque détail qui lui aurait permis d'en savoir plus sur son compte. Mais au lieu de traquer tout ça, il avait conclu presque tranquillement :

— C'est sur notre chemin, d'ailleurs. On y passe, on interroge vite fait ce qui se présente et une heure après, on repart faire ce qu'on a à faire. De toute manière, on est en avance : la convocation est pour deux heures.

Et il s'était contenté d'écouter les hommes marmonner leur accord. Il les sentait tendus et il y avait de quoi : ils étaient tous convoqués à la frontière sur ordre du préfet pour deux jours complets, et il n'avait pas le droit de leur dire pourquoi avant leur arrivée sur les lieux. Et quand ils y seraient, la rafle des Roms n'allait pas être une partie de plaisir. Il ne s'était inquiété que de ça et n'avait même pas essayé de croiser le regard de Mikhaïl. Mais il n'avait pas tout raté : il avait quand même pensé à se renseigner sur le mort. Il avait regardé Sergueï qui lanternait sur le pas de sa porte, dans son rôle d'armoire caucasienne.

— Pourquoi ça me dit quelque chose, ce nom, Grisov ? lui avait-il lancé.

Sergueï avait réfléchi un moment avant de répondre, comme toujours.

— Le centre commercial Grand Nord… hier. Les fichiers vidéo… Le responsable de la sécurité a parlé d'eux. Leur logiciel a sorti ce nom quand on l'a connecté à notre base…

Ensuite, son lieutenant s'était tourné vers le couloir et avait gueulé :

— Hippolyte, dis-moi que tu m'as monté le dossier sur les Grisov.

— Je t'amène ça, avait répondu Hippolyte.

Et là encore, les choses s'étaient trop bien enchaînées pour que Téliakov ait le temps de penser à Mikhaïl. Hippolyte était entré et leur avait fait passer les copies des dossiers.

— Alors… les Grisov, avait-il commencé avec une moue de connaisseur. Dernière adresse connue : barre 1404, place de la République, dans le Quartier. Ils sont trois. L'aîné d'abord… Evgueni. Vingt et un ans, maison de redressement, prison… soixante-trois arrestations, sept inculpations. Vols, voies de fait, trafics en tout genre… Suspecté dans une petite dizaine d'affaires de viols et de meurtres…

Sur les quelques photos qu'Hippolyte avait rassemblées, un crâne rasé, des yeux de fou, des tatouages de partout. Evgueni Grisov était dangereux – ça sautait aux yeux. Peut-être pas autant que les chefs mafieux qui tenaient le

Quartier comme l'Immanus, le Marquis ou les Vors, mais il allait falloir se méfier.

— … donc, le deuxième, avait repris Hippolyte. Alexeï, dix-neuf ans. Un tendre. Seize arrestations. Presque uniquement de la complicité. On a pas grand-chose d'autre sur celui-là… une seule photo…

Tandis qu'Hippolyte énumérait les arrestations, Téliakov avait détaillé les cheveux mi-longs, le visage inquiétant d'Alexeï Grisov – les fentes qui lui servaient d'yeux.

— … je suis en train de télécharger les vidéos du centre commercial et des arrestations, donc j'en saurai plus dans la journée, continuait Hippolyte. Et enfin, le troisième, Illya Grisov… Alors lui… Il n'y a qu'à voir la photo. Vous avez vu ses yeux ? Donc, le bonhomme a dix-sept ans. Aucune arrestation, aucune inculpation, mais sept ans d'HP. Et dans les pires du pays… Évadé de l'hôpital d'État le mois dernier. Et aucune nouvelle depuis… Autre détail : il y a des parties verrouillées.

— Pourquoi ?

— Ça indique juste "*confer* père".

— Bon, tu me récupères tout. Je veux son dossier médical complet… T'as pas de photo récente du dernier ?

— Non, rien. Ça doit faire partie de ce qui est verrouillé.

— Et le père, t'as quelque chose ?

Hippolyte avait pianoté quelques secondes sur le clavier de son ordinateur. Le capitaine avait vaguement aperçu une photo sur l'écran.

— Alors…, avait repris Hippolyte. Lev Grisov… quarante-cinq ans… Arrêté pour meurtre en 90… A plaidé coupable et a pris dix-sept ans de prison. Relâché en 98. Rien d'autre, jusqu'à ce qu'on le retrouve mort ce matin, chez lui.

— Qu'est-ce qu'il faisait de sa vie ?

— Des petits métiers à droite à gauche, visiblement…

menuisier pendant un moment, avait avancé Hippolyte avec une moue de dépit. À part ça, il a été liquidateur, c'est pratiquement tout ce que j'ai.

— 86 ou 96 ?

— 96, vu les dates. L'Usine pétrochimique, donc.

— Voilà pourquoi les infos sur le gosse sont verrouillées, avait maugréé Sergueï, le regard sombre.

— Comment ça ? avait lancé Hippolyte.

— En échange de son aide contre l'incendie et de quelques mois à dégager des débris toxiques, le père a obtenu une libération anticipée. Et l'administration n'aime pas trop qu'on fouille dans les dossiers de tous ces "héros" : on va avoir du mal à en savoir plus…

Téliakov essaie une nouvelle fois de se concentrer sur la route. Il y parvient quelques instants, mais la colère est trop sombre et le paysage trop monotone – les forces en présence trop déséquilibrées. Ce n'est pas seulement qu'il a complètement manqué le nouveau. C'est bien pire. Ses mains se crispent sur le volant qui grince. *Il n'y a pas moyen de tourner ça autrement.* La vérité, c'est qu'il lui a montré des choses qu'il n'aurait jamais dû voir.

Alors qu'Hippolyte et Sergueï étaient tout à leur discussion, il avait tressailli. *Liquidateur.* Il avait lâché la feuille qu'il était en train de lire. Et si ses hommes ne l'avaient pas vu tressaillir, il avait clairement senti peser sur lui le regard de Mikhaïl. Ce jeune avait fait le tri entre l'enquête et ce qui comptait vraiment. En quelques minutes à peine. Et quand Téliakov avait relevé les yeux, leurs regards s'étaient croisés. Avec déjà ce froid, cette impassibilité. La passe d'armes n'avait duré que quelques secondes, mais c'est là désormais, entre eux – la manière dont ils s'étaient toisés, dont il s'était dérobé. Et depuis, il n'arrête pas d'y penser. Ce regard si froid. Cet acier dans ses yeux.

— Hippolyte, on sait ce qu'il fait de sa vie, l'aîné, Evgueni ? avait-il demandé pour mettre fin au silence.

— … en ce moment, il est réquisitionné à la base militaire de C…, à une dizaine de kilomètres du Quartier.

— Pas de changement récent ?

— Pas grand-chose… Même l'histoire du centre commercial d'hier, c'est pas la première fois : en 2016 et en 2017, lui et sa bande ont déjà fait le coup trois fois à ce centre. Et il y en a d'autres…

— Tu téléphoneras dès que possible au camp de C… S'il est là-bas ce matin, on pourra se concentrer sur les deux autres… Alexeï et Illya.

Et là-dessus, tous les hommes étaient passés à la suite. Mais pas Mikhaïl. Il ne l'avait pas trompé, lui. Il n'avait cessé de fixer le capitaine. Sans rien lâcher de ses yeux de glace, malgré son âge. Ni quand ils avaient quitté son bureau, que leurs regards s'étaient à nouveau croisés. Ni quand ils avaient rejoint les autres brigades dans le parking. Ni quand il l'avait invité à venir dans sa voiture – pour faire connaissance. Rien. Qu'est-ce qui lui avait pris de trembler ainsi, après toutes ces années ?

À nouveau, ses mains maltraitent le volant. Il secoue la tête et son regard tombe sur l'horloge du tableau de bord, qui indique une heure qu'il ne voit même pas – il est déjà presque dix heures et demie. Pour tromper sa colère, il vérifie dans le rétroviseur que Sergueï et les autres suivent. Mais le reste de la demi-brigade les talonne : il n'a aucune distraction à trouver de ce côté-là.

— Mikhaïl, hein ? lance-t-il, à bout.

— Hum… oui, marmonne le jeune homme.

— Tu verras, la partie extérieure du Quartier, c'est le bout du monde. Aucun étranger ne va plus là-bas, depuis l'incendie de 96…

Bien sûr, Mikhaïl évite les regards de Téliakov – mais il doit répondre, il doit donner le change, parce que son supérieur reprend :

— Les gens savent pour Tchernobyl, pour Prypiat – la zone d'exclusion, la radioactivité, toutes ces choses… Mais ce qui est arrivé ici, c'est bien pire… Simplement, après 86, le régime avait appris à verrouiller l'information… Jusqu'à la commission Praviv et Kibenov, leurs rapports d'experts ont même parlé d'une tempête qui aurait déclenché l'incendie… N'importe quoi. De toute manière, pratiquement personne ne s'intéresse à ce qui arrive dans cette vallée…

Est-ce qu'il l'a encore relancé ? Est-ce que le capitaine parle tout seul ? Comment savoir ? Mikhaïl voudrait se tourner vers lui, l'observer un peu – mais ce serait trop risqué.

— … L'incendie de 96 a complètement coupé du monde une partie du Quartier : c'est encore pire que le territoire du Marquis ou celui des Vors que tu connais peut-être de réputation. Autant entre les blocs 600 et 1200, on peut y aller de temps en temps, autant là-bas, c'est presque impossible, et on est obligés de faire le tour par cette vallée pour y aller.

Quand Téliakov se tait enfin, le jeune homme laisse un silence moite s'installer, et les deux policiers se referment peu à peu. Impuissants, ils assistent à l'extinction générale qui semble toucher toute forme de vie à mesure qu'ils s'enfoncent dans la vallée noircie. Et de toutes parts, des cieux d'acier aux nuages orange qui rasent le sol supplicié, de la peinture fanée aux bâtiments qui s'effondrent, une sorte de corruption sourd, elle épouse les lacis de la route et les ravages de l'incendie – elle est là, invisible et pourtant de plus en plus présente,

comme un cauchemar oppressant et intactile.

À certains carrefours, une brume Apocalypse flotte au-dessus de la route ; elle lèche les panneaux de sa langue acide, elle les embrasse de ses lèvres sinistres et gercées. Quand ils s'arrêtent trop longtemps, Mikhaïl a l'impression qu'elle s'approche, qu'elle vient encercler la voiture, comme si elle en avait après eux – et cette infection qui règne ici paraît alors si palpable, si présente, qu'elle pourrait s'être fondue à l'ensemble du visible. Et là est peut-être le véritable pouvoir de ce qui a vaincu cette vallée : triompher sans se dévoiler, sans même être apparu à un instant précis sur le champ de bataille. Car il y a eu bataille. Car les morts sont innombrables : les arrêts de bus fantômes, les publicités battues par le vent, les pylônes électriques couchés en travers des terrains vagues sont autant de corps meurtris qui se mêlent dans la défaite. Mais le coupable, si tant est qu'il existe, n'a laissé aucune trace. Et quand Mikhaïl lève les yeux au ciel pour échapper quelques instants à ce carnage, il rencontre bien plus que des nuages sombres : c'est partout soixante-dix atmosphères, c'est le poids immense du ciel qui s'appuie sur ces terres outragées, qui les accable sans le moindre effort,

par sa dimension même,

par l'ombre qu'il projette.

Sur les derniers kilomètres, conformément aux rumeurs qui entourent la vallée, ils ne croisent aucun être vivant – et cela vaut avertissement : rien ni personne ne sortira indemne de cette histoire. Et sur cet augure mauvais, sur cette condamnation assourdie qui se répercute partout dans le ciel anthracite, la pensée de Mikhaïl s'enroule et vagabonde. Il revoit la photo de Lev Grisov – ses lèvres boudeuses, ses yeux si durs, si noirs, ses yeux de liquidateur. Puis le monde palpite, puis c'est une autre photo qui lui revient et se superpose aux premiers blocs du Quartier qui se dessinent au loin – celle du dernier fils Grisov, Illya. Son œil. Son air si sérieux. *Malade comme un chien, enfermé en asile la moitié de sa vie,* murmure une sorte de vent mauvais. *S'il y en a bien un qui n'a aucune chance d'en sortir, c'est lui. Seul au milieu de cet enfer.*

Par vagues,

par souffles infimes,

des lambeaux de mots, des spectres aux lèvres gercées viennent traîner dans l'air vicié de la Trabant ; mais tout est si flou, mais il fait si chaud déjà, que Mikhaïl ne sait plus vraiment si c'est encore lui qui pense,

s'il murmure sans discontinuer depuis une heure, s'il est fou,

ou si c'est seulement une voix quelque part qui se moque de lui,

qui ricane presque.

« À 23 h 04, le centre de régulation de K. donne l'ordre de reprendre le test. La pression de 70 atmosphères est atteinte le 5 juin 1996 à 00 h 05, mais continue de baisser car le réacteur est devenu instable, celui-ci étant resté trop longtemps en sous-régime et ayant favorisé l'apparition de nitrammite en surface des pompes. »

Quand les policiers arrivent en bordure du bloc des 1400, il n'est même pas onze heures, mais il fait déjà incroyablement chaud – à peine sorti de la Trabant du capitaine, Mikhaïl en a le souffle coupé. Téliakov fait garer tout le monde à l'entrée du bloc, dans un parking immense et quasiment désert. Il va ordonner à la brigade du lieutenant Karpov de rester là et de les attendre – ils en ont pour une petite heure avec ses hommes, et ensuite, ils pourront repartir vers la frontière pour mettre en place la rafle. Ils seront arrivés là-bas largement avant deux heures, assure-t-il – et personne ne le contredit.

Dans son dos, Sergueï, Hippolyte et Ivan, les Caucasiens de la demi-brigade, cherchent Mikhaïl du regard et le fixent de leurs yeux de plomb. Celui-ci soutient un moment ces regards inquisiteurs, jusqu'à ce qu'un chat et un enfant apparaissent dans un coin du parking.

Le chat semble se méfier, et il a raison ; l'enfant est armé et le suit à distance, en boitant légèrement. Ils traversent le parking, l'animal se retournant de temps à autre, accélérant puis se calmant, tout du long concentré sur son affaire, l'enfant maintenant son fusil sur son avant-bras gauche, ne lâchant pas le chat des yeux et disposant quelques plombs entre ses lèvres. À aucun moment, ils ne paraissent se préoccuper des fourgons de police ou des hommes qui les fixent. Ils passent à quelques mètres d'eux, sans les voir, sans lever les yeux, comme s'ils n'existaient pas. Mikhaïl les suit du regard, fasciné ; il lui semble que l'animal n'a pratiquement pas de poils sur le dos et que le bras gauche de l'enfant est tordu d'une façon étrange – et dans ce dos décharné, dans cette torsion malsaine, ce monde étrange qui l'entoure se dévoile un instant tel qu'il est – maladif, terrible,

funeste.

Les deux apparitions finissent par s'évanouir derrière une barre, et Mikhaïl reste immobile, à scruter l'endroit où elles ont disparu, comme s'il n'y croyait pas. Comme tout à l'heure dans la voiture de Téliakov, il lui semble entendre une voix dans le vent qui lui tourne autour, qui murmure *Mais ne t'inquiète pas, petit, ce monde n'est qu'un cauchemar, qu'une réplique.*

Il attend la suite, le ricanement, il attend les poings serrés et les yeux fous – mais rien ne vient. Simplement une vague nausée, un malaise diffus – quelque part dans la poussière, dans la rouille, dans le vent, comme un sourire de dents noircies,

comme une main de doigts sales qui agite des colliers de pierres noires, qui les égrène, qui vient jouer sur son torse.

Et Téliakov n'a pas besoin de lui dire quoi que ce soit pour qu'il se mette en marche : un raclement de gorge lui suffit. Sergueï, Hippolyte et Ivan leur emboîtent le pas comme un seul homme, et viennent se porter à hauteur du capitaine. En silence, les cinq policiers s'engagent sur le parking dévasté, points minuscules dans ce monde accablé de soleil.

Par moments, Mikhaïl remarque du mouvement dans les arbres qui survivent sur leur gauche, des ombres qui se glissent derrière le linge étendu, dans les rues parallèles. Mais il est trop faible encore, et quand il se tourne, c'est toujours avec une fraction de seconde de retard et il n'y a plus rien : il ne reste dans l'air que la trace d'un passage – que sa marque de poussière. Et pourtant, le jeune homme en est sûr – on les surveille. Mais il donne déjà tout ce qu'il a pour reprendre le contrôle de la situation ; jamais il n'osera parler à Téliakov. Alors, il suit comme il peut le capitaine et ses hommes, il se prépare à ce qui lui fait face, à ce qui l'attend déjà. Il contemple, se dressant au loin, immense, rendu presque flou, presque irréel par l'air brûlant qui balaie le parking, le bloc des 1400 qui s'étend – labyrinthe de ruines rongées par une lèpre vorace, cercle de colosses vaincus, de remparts en ruine que la férocité des attaques du temps a jetés à terre.

Et quelque part dans le requiem des volets mécaniques qui grincent au vent, dans la danse exsangue des affiches publicitaires à moitié arrachées,

quelque part dans ces amas de paraboles qui pointent toutes dans la même direction, vers les cieux de poussière,

quelque part dans ces fenêtres défoncées sur des étages entiers, dans ces devantures de magasins éventrées,

quelque part dans cette poussière qui tourbillonne à leurs pieds, des lambeaux d'un monde agités par le vent,

et à nouveau cette voix éraillée, cette voix sorcière qui glisse. *Tu ne trouveras rien ici non plus. Ce monde est un désert.* Mikhaïl ne se demande même plus s'il est fou, si c'est encore la Mescal qui se joue de lui ; une seule chose compte : il n'a rien à répondre et il le sait. Et ce vent si chaud qu'il semble venir de l'Usine, des réacteurs colossaux baignés de liquides sous soixante-dix atmosphères, ce vent si chaud qu'il est parcouru de soubresauts sinistres, d'instabilités immenses et minuscules, ce vent aux joues ravinées, ce vent aux mains arthrites doit le savoir lui aussi, car il reprend bientôt *Ce monde est comme toi, mort à l'intérieur.* Et là encore, Mikhaïl n'a rien à répondre. Mais chose étrange, mais paradoxe – au milieu de cette folie, il entend bientôt une autre voix qui affleure, qui fait trembler ses lèvres ; il sent comme une palpitation, comme un appel infime de choses oubliées depuis des millénaires,

comme une douleur fantôme.

Pour la première fois depuis – *il ne peut pas le dire, c'est tellement dur* – pour la première fois, quelque chose en lui *voudrait,*

quelque chose en lui voudrait que tout ne soit pas aussi simple.

Mais soudain, il trébuche et reprend contact avec la réalité – les yeux affolés, les yeux recouverts d'une pellicule de nitrammite, il scrute les pas des hommes devant lui, leurs traces dans la poussière,

leurs traces qui s'effacent avec le vent – et toute cette douleur qui vient de l'assaillir peut se perdre, se disperser il ne sait où.

Après avoir passé un premier bloc de barres, les cinq policiers débouchent sur une place de la taille d'un terrain de football. La statue au centre est arrachée depuis des temps oubliés et il n'en reste plus que le piédestal. Sur la droite, quelques rues anonymes se perdent dans les friches industrielles. L'une d'entre elles longe la barre 1404. Au fond de la rue, juste avant les friches, on distingue une ancienne cave coopérative. Face à la barre, de l'autre côté de la rue, une église agonise, à moitié incendiée. Et tandis qu'ils approchent, les hommes de Téliakov voient se dessiner, dans l'anthracite du monde, les pompiers qui manœuvrent sur la petite place en face de l'église.

— Ça a l'air d'être ici, murmure le capitaine en s'arrêtant devant le hall de la barre.

Un instant, les cinq hommes se jaugent les uns les autres avant d'entrer.

— Je reviens, marmonne Mikhaïl en s'esquivant au moment où Téliakov pose son regard sur lui.

Sans se retourner, il se dirige vers la barre 1402, perpendiculaire à la 1404. Passant sous un volet roulant entrouvert, il disparaît dans l'immense bâtiment comme on se perd dans le néant, sans laisser de traces. Le capitaine n'a rien de précis à objecter. Il doit réprimer quelque chose qui n'a pas même le temps de se former, qui se liquéfie lentement dans ses yeux, dans ses veines.

— Le gosse du parking, lui souffle Sergueï. Il est entré là-bas, il doit vouloir l'interroger.

« Lorsque la pression atteint 50 atmosphères, le responsable du réacteur, Leonid T., commet une première erreur en insérant les barres de régulation trop loin. Ceci conduit à la chute de la pression qui tombe à 3 atmosphères, accentuant l'empoisonnement du réacteur à la nitrammite, qui commence à se liquéfier dans les pompes de secours. »

— Si on me dit que t'es retourné là-bas et que tu lui tournes encore autour, t'auras affaire à moi, répète l'enfant. C'est tout ce que j'ai entendu.

— Tu es sûr ? lui lance Mikhaïl. C'est ce qu'Evgueni a dit à son père? Mais de qui il parlait ? Tourner autour de qui ?

— De Pesha.

— Qui ça ?

— La fille qui est avec Illya.

— Et qu'est-ce qu'il lui voulait, le père Grisov, à cette fille ?

— J'en sais rien moi… Ce genre de filles, faut pas les approcher, de toute manière. C'est une putain de sorcière, comme tous les Roms…

Mikhaïl s'adosse à une des armoires poussiéreuses de l'atelier et observe l'enfant qui fait les cent pas en frappant dans les tas de sciures.

— Et ça lui était déjà arrivé, à Evgueni, de menacer… comme ça, son père ? tente Mikhaïl, voyant qu'il n'ajoutera rien de lui-même.

— Lui, tout le monde y passe, maugrée l'enfant en le dévisageant à la dérobée. Allez parler au père Aguéev, de la 1404, ou au fils Chatov, qui habite juste au-dessus, là… Evgueni les a massacrés quelques fois. Seulement, il faut voir le père. S'attaquer à lui, c'était autre chose qu'aller la boucler aux autres merdeux.

Au moment où Mikhaïl va le relancer, il sent un nouveau souffle qui vient lui tourner autour – une haleine fraîche sur sa tempe couverte de sueur, sur ses cheveux trempés, *Il faut voir le père, mais le père est mort. Cette voix…*, marmonne-t-il, les yeux médusés. *Cette voix… Se pourrait-il que ce soit… Yéléna ? Putain, mais c'est pas possible ! Ça n'arrêtera jamais ! Mais qu'est-ce que c'était que cette drogue ?* Comme dans la voiture de Téliakov, la frontière qui le sépare du monde se met à palpiter et menace de céder.

— Et qu'est-ce qu'il s'est passé après ? balbutie-t-il. Ils se sont battus ?

— Je crois pas… le père a dû se casser : j'l'ai plus entendu après ça.

— Et Evgueni ?

L'enfant ne se donne même pas la peine de répondre. Une seconde, il balaie Mikhaïl du regard, un mépris pur, absolu, battant à la surface de ses yeux. Et dans ses pupilles de nuit, au fond de cette ombre qui ne voit jamais le jour, soudain,

des étendards déchiquetés,

des lambeaux de choses sans nom,

des poèmes de haine,

tout un monde d'obscurité surgit et se dérobe, sans que Mikhaïl puisse le retenir. Et mêlé à ce monde de nuit et s'y précipitant, un murmure – Yéléna encore ? *N'essaie même pas, tu n'es pas de taille. Et tu le sens, non ? À moins que… à moins que ça soit justement ça qui commence à te plaire…* Et le jeune policier sent qu'elle a raison, que les choses vont lui échapper ; mais il sent aussi que les autres non plus ne sont pas de taille – que ce soient Hippolyte, Sergueï ou même Téliakov. Et sur cette intuition, quelque chose de noir, quelque liquide de nitrammite vient sourdre – voilà ce que Yéléna lui signifie, *peut-être qu'il veut cet échec, peut-être même qu'il veut autre chose que ce que Daniil veut.*

Et l'annonce est si forte, si dense, et l'annonce est si puissante que pendant quelques secondes personne ne dit rien, et que la pression retombe à trois atmosphères. Les yeux de Mikhaïl glissent sur les machines rouillées, sur les outils couverts de poussière, sur les planches découpées grossièrement qui jonchent le sol. Ce n'est pas seulement l'échec qui nous attend, se dit-il. Téliakov et ses hommes se trompent complètement, à se croire capables de démêler cette histoire en une heure. Le moindre gosse, il faudrait y passer des jours pour lui faire cracher quoi que ce soit. Et même alors, à supposer qu'on le fasse, qu'est-ce qu'on récoltera ? Comme pour celui-là. Tout ce qu'il raconte est certainement faux. Nous n'aurons rien ou presque. Des chutes, des copeaux. Des regards noirs et rien de plus. Un peu de sciure de vie dans les mains. Un peu de cette violence, de cet air vicié, un peu de cette vie chienne, mais rien qui vaille la peine. Et pourtant, il sent aussi, tapi quelque part, un mystère qui l'attire terriblement. Il est là, face à lui – il le sent. Et Yéléna a raison : depuis une éternité, depuis mille ans peut-être, il n'a pas ressenti une telle attraction. *Peut-être que ces gens sont des géants,* souffle-t-il au vent. *Des...* Les yeux à terre, les yeux massacre, il essaie encore une fois de murmurer ces noms qui lui font si mal. Il n'y parviendra jamais sans doute – et ses mains et ses yeux doivent le savoir,

et ils en tremblent

c'est fou comme

c'est fou ;

il halète, il pince les lèvres – des monstres immenses et minuscules, des automnes empoisonnés glissent à la surface de ses yeux ;

il ne peut qu'attendre que la douleur passe,

qu'inspirer des mondes de tristesse,

que plisser les yeux de toutes ses forces pour retenir la nitrammite entre ses paupières.

Pendant ce temps, de l'autre côté de l'atelier, le gosse a continué à donner des coups de pied dans les tas de sciures, les yeux dans le vague. Quand il l'aperçoit à nouveau à travers les trois atmosphères qui les séparent, Mikhaïl a l'impression qu'il s'est remis à murmurer ses imprécations contre le chat qui lui a échappé. Ils ont fait le tour de ce qu'ils ont à se dire – c'est à dire rien. Mais cela ne le blesse même pas, au contraire – à nouveau, il sent son cœur qui bat. Et sur ce battement, il se décide à sortir de l'atelier. En tirant le volet roulant, il jette un ultime regard à l'enfant qui ne se tourne même pas vers lui et le laisse disparaître comme s'il n'était plus rien déjà –

il ne peut réprimer un sourire.

Après avoir fait quelques pas dans la rue, il s'allume une cigarette – il scrute sur sa droite les friches incendiées qui s'étendent à perte de vue, balayées par un vent moite qui charrie une poussière orangée. De fins nuages se détachent du sol et viennent lécher les bâtiments en ruine autour de lui – c'est une lancinance qui lui fait plisser les yeux, un goût étrange, un âcre dans sa bouche. C'est la sensation d'approcher de quelque chose d'énorme, d'une sorte de monstre endormi – et tous ces flics, tous ces agents de la morgue, ces pompiers, et tous ces gens autour de lui vont finir par réveiller cette chose monstrueuse à force de s'agiter – et ce sera le carnage, voilà ce qu'il sent dans sa bouche.

Mais alors, pourquoi est-ce qu'il n'a pas plus peur ?

L'air absent, il fixe sans les voir les agents de la morgue qui attendent leur tour en préparant le brancard de l'autre côté de la rue. Les pompiers ont visiblement fini et sortiront bientôt du hall de la 1404 – le protocole suit son cours. Écrasé de chaleur, le monde passe devant lui et l'ignore complètement, comme il l'ignore, comme il reste dans le vague, dans les limbes. Mais soudain, une palpitation infime près de l'église attire son regard, mais soudain ses yeux se figent –

il reconnaît Alexeï Grisov qui traverse la rue.

L'adolescent ne se cache même pas ; il ne craint rien, tout dans son port de seigneur l'affirme – ce pas assuré, cette ligne d'épaules, cette manière dont l'air prend feu au contact de ses yeux. Il ne craint rien. Mikhaïl tire sur sa clope et le fixe sans rien tenter, interdit.

Et aucun des flics ou des agents de la morgue qui s'ennuient sur la place ne les voit se faire face – tant nous ne savons plus vers où regarder, tant nous ne savons plus reconnaître ce qui compte réellement, ce qui structure le jour et la nuit. Et pourtant, tout est là ;

ces yeux qui flamboient sous le soleil roi,

ce vent brûlant comme le souffle d'un monstre,

ces mains qui empoignent l'air, qui tentent de s'y retenir et qui tremblent pourtant, c'est la présentation des forces en présence, l'annonce du Duel,

c'est ce qui fait sourire le vent aux lèvres parfaites.

Mikhaïl reste pétrifié, incapable de faire ce qu'il a à faire ; il ne peut que suivre du regard Alexeï Grisov qui passe comme une apparition – pire, comme un présage. Il lui semble sentir Yéléna qui passe ses doigts dans ses cheveux, presque amoureusement. Il lui semble qu'elle le saisit par la nuque, qu'elle lui murmure *Alors, tu en veux plus ? Attends : tu n'as encore rien vu.* Le jeune homme n'ose rien répondre. Il sent ses doigts d'Oracle qui descendent dans son cou – il imagine son sourire, ses yeux qui luisent. Quelques instants encore, il hésite.

Et c'est seulement quand l'adolescent a disparu derrière la barre 1402 qu'il reprend contact avec le monde – il sent son coude qui le démange soudain, il se gratte distraitement, fait quelques pas, sans but précis – le temps que la température de ses yeux baisse,

le temps que son cœur s'arrête.

« Les opérateurs essaient alors de rétablir la pression, mais la nitrammite accumulé près des valves limite celle-ci à 20 atmosphères. Pour débloquer la situation, ils retirent les barres de contrôle au-delà des limites de sécurité autorisées – deuxième erreur. Mais à ce stade, rien n'est encore irréversible. »

Et quand il a l'impression que son cœur ne pulse plus qu'à peine, à pression faible, Mikhaïl se décide. Encore chancelant, il traverse la rue et pénètre dans le hall d'entrée de la 1404. Il ressort à l'arrière du bâtiment et débouche dans une cour minuscule, ceinte de briques nues et de clôtures rouillées jusqu'à la moelle. Sur la gauche, un escalier de ciment monte le long du mur. Quelque chose dans tout ce spectacle le fait frissonner – un instant, son pas se fait flottant, il hésite – de quelle couleur étaient les murs de son rêve ? Incapable de s'en souvenir, il finit par jeter sa cigarette et se dirige vers l'atelier.

Deux hommes montent la garde près de la porte de l'atelier sous l'escalier. L'un d'entre eux, Sergueï, relève la tête et le reconnaît quand il s'approche – ses yeux luisent un instant d'une indéfinissable menace.

— Le capitaine t'attend à l'intérieur, lui lance-t-il.

Ce n'est pas ce qu'il voulait lui dire, mais au dernier moment, il a renoncé. Mikhaïl le lit dans ses yeux, dans la manière qu'a sa bouche de se tordre.

— On sait où sont les fils, au fait ? demande-t-il, en faisant mine de n'avoir rien remarqué.

— Aucune idée. Y a que la mère ici. Elle est en haut. Le capitaine la laisse mariner.

— Quoi ? Il y a un problème ?

— L'arme n'est plus là… Voilà pourquoi on avait besoin de nous.

Puis, il se penche et ajoute, dans un murmure : T'as déjà vu ça ?

— Quoi ? Un mort ? Sûr.

— Pas un mort. Ça devait être le genre de fusils à tomber un ours à un kilomètre. À bout portant, sur un homme, c'est quelque chose…

Mikhaïl tente de déchiffrer le regard du géant, et les deux hommes se font face un moment, jusqu'à ce que Sergueï pousse la porte en annonçant :

— Alors, voici Lev Grisov…

Mikhaïl ferme les yeux dès qu'il le voit, mais c'est inutile : Lev Grisov est là, déjà, avec lui, sous ses paupières. Une tache immense à la place de la tête. Un puzzle de morceaux de crâne, partout dans la pièce. Un corps désarticulé. Tout cela avec lui, sous ses paupières, dans son souffle coupé,

tout cela dans ses mains qui voudraient trembler,

déjà.

Pendant quelques secondes, le jeune homme reste immobile, tétanisé ; et c'est seulement quand il sent Sergueï passer près de lui qu'il rouvre les yeux. Réprimant un spasme, il fait quelques pas jusqu'au corps. Sergueï rejoint le capitaine au fond de la pièce et les deux policiers se mettent à discuter à voix basse, sans lui prêter aucune attention.

Du bout des yeux, Mikhaïl longe le haut du corps – la flamme du coup qui a brûlé une grande partie du torse, le tissu de la veste qui s'est fondu par endroits dans la chair meurtrie. D'instinct, il s'en détourne et s'accroupit près des jambes tordues sans respect, projetées au sol par une force monstrueuse. Un instant, il pense reprendre le contrôle – il inspire profondément et pose ses yeux mi-clos sur les chaussures boueuses de Lev Grisov. Mais très vite, trop vite, son regard remonte le long des jambes. Et à mesure qu'ils remontent, ses yeux s'agitent, comme s'ils voulaient fuir. Imperceptiblement, le jeune homme se met à frémir – sa main droite, d'abord, la traîtresse, l'Oracle : elle a compris avant tout le monde – elle a reconnu ce jeans, cette veste, elle ;

elle sait que toute cette maîtrise, tout ce contrôle, que toute cette douleur même ne sont que des babioles, du rouble,

qu'elles n'y peuvent rien –

elle sait que nos nuits sont liquides et se mêlent.

Et Mikhaïl a beau siffler entre ses dents C'est pas possible, putain, c'est pas possible, il a beau prier Non, non, s'il vous plaît, Putain de Mescal ! il a beau trembler de tout son corps, murmurer comme un dément, ses prières ne s'adressent à personne, ses prières ne portent pas,

elles se perdent dans l'ombre, au fond de l'atelier. Et soudain, les yeux dilatés à l'extrême, les yeux fous, il réalise – *il sait ce qu'il doit faire.* Sa main Oracle a commencé déjà – fébrile, craintive, la voilà qui fouille les poches de Lev Grisov. Et très vite, trop vite – il n'est pas prêt ! – ses doigts terrifiés, ses doigts stupéfaits effleurent un morceau de papier. Et alors

Tempête ses yeux, et alors

Maelström ses mains, et alors

Folie son cœur, et alors,

sans savoir ce qu'il fait, Mikhaïl saisit entre ses doigts affolés ce monde plié en deux ; et le cœur sous vingt atmosphères, le cœur battant à tout rompre, il le cache dans sa poche, sans même oser le lire. Mais cela ne suffit pas ; il va craquer, il cherche encore son air. Il tente de se retenir comme il peut à tout ce qu'il trouve : au hasard, il agrippe la main droite du mort – une main si râpeuse, si large qu'il n'en revient pas, une main qui dégage une impression de puissance hors du commun. Et à son contact, le monde semble faseyer soudain – quelques images fugaces glissent dans cette paume parfaite – il imagine une vie à porter, à couper des planches, une vie à les assembler. Et puis tout à coup, Yéléna passe ses doigts dans le cou de Mikhaïl, dans ses cheveux, et il l'entend murmurer *Deuxième erreur, je t'avais prévenu…* et les yeux effarés du jeune homme devinent une forme entre les phalanges de Lev Grisov,

un enfant qui se réveille quelque part dans une aube équivoque. Il doit à peine avoir dix ans. Pour une raison qu'il ne cherche même pas à s'expliquer, Mikhaïl *sait* qu'il s'agit de Lev Grisov. Tout est si clair. Tout est si incroyablement net qu'il n'en revient pas. Et la réplique est si puissante

et ses narines frémissent si fort

et ses pupilles sont si dilatées qu'il peut presque suivre Lev Grisov, encore à moitié endormi,

au moment où il entrait dans l'atelier de son père. Au fond de l'atelier, derrière les machines couvertes de poussière, il devine même le père, Vassili Grisov, qui choisissait une planche – et sans doute, le jour de bois commençait ainsi,

toujours le même et toujours différent –
le jour déclaration de haine,
immense poème d'amour,
le jour noir.

C'étaient toutes ces planches qu'ils portaient ensemble, haletant sous l'effort, d'un bout à l'autre de l'atelier. C'étaient tous ces instants où le père inspectait la planche, où il lisait en silence l'aubier et puis les nœuds, tous ces instants où il traçait la forme de la découpe d'un coup de crayon incroyablement sûr. Voilà ce qui comptait, devine Mikhaïl, voilà ce qu'était Lev Grisov et qu'aucun dossier, qu'aucun rapport ne saura jamais. Voilà sa main droite, sa main gauche éternellement concentrées dans l'avancée vers la lame de la scie à ruban. Voilà ses yeux toujours apeurés, ses mains qui enduisaient à la va-vite le plateau de la combinée de savon gras pendant que le père réglait les côtes sur la première dégau. Et cette tension permanente dans le bois du jour. Quand Lev restait immobile, fixant son père qui passait la planche dans la dégau. Quand la fraise se mettait à tournoyer. Et même quand la deuxième dégau crachait sur la planche véritablement parfaite sa pluie de copeaux, même alors, les mains de Lev, tremblantes et suffoquées par l'émotion, ne pouvaient que récupérer la planche et la tendre telle quelle au père. Et celui-ci l'amenait à lui, la basculait et jetait à terre tous les copeaux ; il la lissait d'un coup de main et il inspectait le regard sévère cette planche véritablement parfaite. Et personne ne songeait à éteindre la dégau tant cet instant solennel les emplissait. Le père ne disait rien alors ; sans doute que chez lui aussi, tout ce lisse réclamait le silence comme un dû. Et l'enfant restait immobile, fixant son père, perdu dans le son de la deuxième dégau – et ses mains meurtries ne savaient plus où se mettre.

Cette vision trouble, cette seconde hors du temps, cet enfant qui résiste au poids formidable que son père fait peser sur toute chose, cet enfant qui s'écorche au jour de bois – pour la première fois depuis mille ans, Mikhaïl vient d'effleurer quelque chose. Il ne sait quoi exactement, il n'est pas prêt sans doute – mais c'est là soudain, il le sent, dans la main de Lev Grisov. Et peut-être qu'il ne fait que rêver, que tout cela n'est rien d'autre qu'une réplique du Songe – peut-être qu'il n'aura jamais que des copeaux, que de la sciure de toute cette histoire. Mais son cœur tremble, mais un vent aux lèvres parfaites tourne autour de lui et lui souffle que tout n'est pas fini – il lui murmure *Attends de voir Anna Grisov.* Est-ce que le jeune homme l'écoute ? Est-ce qu'il l'entend même ? Est-ce qu'il devine qu'Anna seule pourrait lui expliquer la vérité, lui faire comprendre que tous ces jours, toutes ces planches, que toutes ces coupures, que ce matin même n'y ont rien changé : les mains de Lev sont toujours les mêmes, des mains d'enfant de dix ans, qui n'ose pas bouger devant son père silencieux, des mains qui n'ont jamais cherché, jamais agrippé qu'une seule chose – la lumière fragile de ces matins sans nombre,

l'aubier des jours de bois.

Car Anna seule pourrait lui dire à quel point ce jour de bois était dur. À dix ans, combien de fois avait-elle entendu les parents de Lev s'engueuler à son propos, à travers les murs ? Combien de fois avait-elle vu Lev les épier de sa chambre ? Et qui tenait le compte de tout ça ? Et pour qui ? Et depuis quand ?

— À l'atelier, il sert à rien, il reste là, comme ça… c'est un échec complet, cet enfant…, lançait souvent Vassili.

Et les rares fois où sa femme faisait mine de vouloir défendre son fils, il tuait la contestation en une phrase :

— … de toute façon, c'est toi qui le voulais.

Et ainsi la discussion était close. La mère ne répondait rien et elle devait baisser les yeux et croiser les bras. Et Lev restait immobile, quelque part dans sa chambre, les yeux luisants. Et de tout ce qui s'effondrait, et de tout ce qui allait au massacre en lui, les yeux hallucinés de Mikhaïl n'aperçoivent qu'un léger tressaillement de sa lèvre inférieure, que l'enfant ne pouvait maîtriser. Et le jeune policier sent dans sa main ce poids immense, cette ombre portée du père sur une vie tout entière,

sur ces jours brisés de douleur.

Et glissant ses doigts fins, presque féminins, le long des doigts noueux de Lev, et sillonnant un vitrail de coupures, de cicatrices, ses yeux commencent à distinguer une nuit plus noire encore. La réplique le reprend à elle comme une impureté de nitrammite dans la trame du temps, et il devine une adolescence de haine et de souffrance, où chaque inspiration, où chaque expiration se fond à la rancœur, à la colère. Il devine des heures à fixer son père pour trouver la cause de ce mépris terrible, sans fond, à son endroit, pour découvrir la source de cette haine liquide qui infestait tout, qui semblait la matière même du jour.

Mikhaïl ne saura jamais s'il délire ou non, si ce qu'il aperçoit dans la main de Lev l'approche de la vérité ou s'il s'écorche simplement aux échardes dans le jour de bois, mais à ses pieds, un vent infime tourbillonne et murmure que cela n'a pas vraiment d'importance – que la vérité importe peu en matière d'hommes. Alors, fasciné, il s'avance plus encore sous le poids immense d'un millier de regards, de coups, il se voûte dans cette impatience constante, il se blesse, il se meurtrit – il passe ses doigts dans la paume de Lev Grisov.

Et c'est ici que le vent aux lèvres parfaites sourit ; car il sent que Mikhaïl est un animal à sang froid – que rien chez les Grisov ne devrait l'affecter en aucune manière. Le jeune homme est de ceux qui s'arrêtent là. Il devrait laisser ces gens qui ne lui sont rien, comme tous les autres. Accepter que la suite lui échappe. Que le secret de cette affaire reste quelque part dans cette main striée de coupures, inaccessible. Mais depuis ce matin, quelque chose de noir sourd dans ses veines, quelque chose l'envoûte, qui le fait s'enfoncer plus profond encore dans la réplique. Et il ne lui résiste pas, au contraire – il se donne à elle, à ce qu'elle murmure, que ce soit vrai ou non. Et la réplique lui chuchote que, fils unique, Lev était en quelque sorte seul face à son père – à ses reproches incessants, à sa violence. Même celle qui deviendrait un jour Anna Grisov n'avait qu'une idée vague de ce qu'il avait subi pendant toutes ces années – enfant, elle n'était que sa voisine de palier, et n'avait réellement approché Lev qu'à son retour de prison, lors de la soirée derrière l'ancienne gare. La mère de Lev seule saurait ce qu'il avait réellement enduré. À quel point son fils s'était durci là plus qu'il ne l'aurait fait partout ailleurs. Nul doute que leurs regards muets s'étaient croisés souvent – nul doute qu'ils s'étaient détournés, laissant chacun à ses blessures. Voilà peut-être d'où venait Lev Grisov, murmure Mikhaïl. De cet *après la violence,* de ces jours de haines tièdes, de ces soirs innombrables, de toutes ces marques de mépris qui s'étaient déposées dans son âme silencieuse – cristaux anonymes de nitrammite destinés à ne jamais voir la lumière du jour. *Et toutes ces choses ont resurgi ce matin,* souffle-t-il, stupéfait.

Mais il faut croire que d'autres vents glissent dans cet atelier – des vents noirs, aux dents massacre, aux lèvres gercées, des vents qui ne laisseront pas Mikhaïl faire. Est-ce qu'ils ont attendu cet instant, est-ce qu'ils savaient qu'il allait s'ouvrir quelques secondes, qu'il allait sourire ? Comment savoir ? En tout cas, après quelques secondes d'impesanteur, le regard du jeune homme tombe sur deux sacoches de cuir qui traînent à terre, près du corps ; et sans vraiment y réfléchir, il en saisit une et l'ouvre.

À l'intérieur, il trouve un carnet en lambeaux qui semble rongé à l'acide. Légèrement écœuré par sa texture spongieuse, il l'ouvre et feuillette quelques pages au hasard. *Ce matin, les bandes de pillards ont commencé à sévir… Maintenant que les liquidateurs ont quitté les lieux, elles ont le champ libre. Elles sillonnent les rues en convois…* Les lignes, les pages défilent – yeux qui peinent à se fixer, gouttes de sueur qui baignent son cou – *Mercredi, je crois… Mais comme tout le monde dans le Quartier, je me terre… Je suis condamné – cette brume aura ma peau. Et tous ces gens autour de moi le sont aussi… Cette semaine, des viols, des massacres.* Entre deux pages du journal, le jeune homme découvre une série de planches-contacts. Dans la lumière exsangue de l'atelier, il reconnaît des rues désertes. Des bureaux dévastés. Des carcasses de fêtes foraines, rongées par la rouille, barrées de tags proclamant APOCALYPSE NOW. Les barres immenses du Quartier, prises dans une brume interlope. Cette brume encore, qui étend ses tentacules évanescents sur les rues saccagées, sur les bretelles d'autoroute, à travers les barbelés de la zone d'interdiction. Et dans cette brume, ces colonnes de soldats qui patrouillent – ombres alignées, spectres diffus se perdant entre les barres, les yeux comme des pierres noires. Au loin, entre les travées des bâtiments en ruine, l'Usine qui se dresse contre le ciel bis, comme un Titan qui n'en finit pas de brûler. Et puis, de nouveau, ces formes dans la brume, ces apparitions Cauchemars qui battent la zone d'exclusion en combinaison, fusil à l'épaule – qui traquent les animaux ayant survécu à la catastrophe. Et dans les convulsions des chiens qu'ils blessent, dans les mouvements irréels, échappant à la gravité, de certains chats touchés au vol, le crépuscule, oui,

l'Apocalypse.

Pas à pas, Mikhaïl s'abîme dans un monde fantôme, dans un dédale de friches, d'arbres brûlés qui ont perdu leurs feuilles et ne les retrouveront jamais. Il s'avance, il baisse sa garde. Et pourtant, ces balancements des herbes grises autour de lui doivent être une sorte d'augure, une sorte d'avertissement – de chœur aux lèvres gercées. Mais le jeune homme ne sait pas, ne veut pas entendre cet avertissement ; et soudain, au détour d'un entrepôt calciné, il aperçoit une photo d'enfant. Vu de dos, qui court. Les bras le long du corps. Ses yeux se dilatent, ses mains se tordent,

son souffle,

son souffle

Qu'est-ce que tu fais là ? Quelque chose dans cette photo lui rappelle un autre enfant qu'il veut à tout prix oublier, qu'il *doit* oublier. *Ces bras le long du corps. Ces cheveux bouclés. À moins que ce ne soit pas toi, à moins que...*, murmure-t-il au bout du tremblement, au bout de la douleur. Et ses dents grincent et son âme s'écorche sur ces tessons de noir et de blanc, et il hurle, je vous jure qu'il hurle quelque part dans un autre monde il hurle des fusées de douleur le ravagent le traversent de part en part – et toute cette froideur qu'il a cru poser entre lui et le monde, et toute cette illusion de maîtrise volent en éclats.

Hagard, défait,

il laisse tomber le carnet – il survit seulement,

il respire peut-être.

Et quand enfin son cœur s'est calmé, il remarque que la main droite de Lev Grisov est encore crispée. Lentement, il range le carnet dans sa poche et examine le pouce à la lumière ; l'articulation, fracassée, est ceinte d'une auréole de sang bleui. Lev Grisov tenait quelque chose dans sa main au moment où il est mort. L'arme, peut-être. Si c'est le cas, où est-elle ? Est-ce que c'est l'un de ses fils qui l'a ? Alexeï ? Illya ? Et si oui, qu'est-ce qu'ils vont en faire ? Les questions affluent derrière ses yeux luisants, signes que la réplique passe peu à peu – signes qu'il reprend le contrôle. Mais quand il redresse la tête, il réalise que le capitaine l'observe – un instant il détaille ses yeux de poussière, son visage tendu d'ex-KGB, ses rides formidables.

— Sergueï, va voir les gars de la morgue, lance Téliakov en continuant à le fixer. Qu'ils attendent cinq minutes, le temps qu'on monte. Et après ça, ils pourront venir chercher le corps. Alors, t'as quelque chose de plus ? demande-t-il à Hippolyte qui se montre à la porte.

— J'ai les vidéos du centre d'hier. J'ai téléphoné à la base à C... Et l'aîné, Evgueni, était bien là à l'appel de ce matin. On pourra toujours le cueillir là-bas, si besoin.

— Quelque chose sur le troisième, Illya ?

— Rien depuis son évasion.

— OK. Continue à fouiller. Mikhaïl, tu viens avec moi. On monte voir la mère. Ça a donné quelque chose, le gosse ?

— Rien, répond le jeune homme d'une voix sombre.

— Et dans la sacoche ?

— Une sorte de journal, avec des photos.

— À Grisov ?

— Je pense pas, non – c'est pas le style.

— Et le papier dans sa poche ?

Une lueur fulgure dans les yeux de Mikhaïl – Téliakov l'a vu, tout à l'heure. *Putain de Mescal.* Il sort le papier et le déplie lentement : il sait qu'il a une chance sur deux et il la tente :

— Non, rien. C'est couvert de sang et de crasse.

Le capitaine le fixe un instant avec une moue sceptique – ils savent tous les deux qu'il n'a pas le temps de l'interroger. Mikhaïl range le papier dans sa poche. Il vient de frôler la catastrophe, et seule la chance, seul le hasard ont voulu qu'il déplie le papier dans le bon sens. Et pourtant, son cœur n'a pas tremblé – il n'y a pas de doute, il reprend le contrôle. Et déjà Hippolyte et Sergueï disparaissent derrière lui et lancent le mouvement qui détourne l'attention de Téliakov. Le capitaine leur emboîte le pas, et Mikhaïl, baissant les yeux, quitte lui aussi la pièce.

Il a presque l'impression que les choses vont enfin se calmer, mais au moment où ils sortent dans la cour, un énorme chien surgit de l'autre côté de la clôture. Très vite, l'animal s'excite et se met à hurler, à montrer les crocs, écumant de rage. Mikhaïl se tourne vers lui et l'examine comme si de rien n'était, ce qui ne fait que l'exciter encore davantage. Le regard du jeune homme finit par tomber sur la fixation rouillée de la chaîne du molosse. Elle est déformée, légèrement coudée par les efforts de l'animal. À lui seul, ce monstre est arrivé à tordre un morceau de métal. Mais combien a-t-il fallu de sauts à s'en écorcher le cou pour en arriver là ? Des milliers ? Des dizaines de milliers ? Et qui tient le compte ? Et pour qui ? se demande-t-il, fasciné. Bien sûr, elle n'est que déformée ; il faudrait au moins quatre ou cinq vies de chien pour pouvoir la rompre. Pour se libérer. Mais tout de même.

Aux pieds du jeune homme, le vent aux lèvres parfaites tourne lentement dans la cour ; il voudrait que Mikhaïl sente ce frémissement sous sa peau – cette palpitation quelque part en lui. Mais la photo l'a remis sur ses gardes – il ne se laissera plus toucher, ni même approcher. Mâchoires serrées, poings crispés, il tient son cœur sous contrôle, il laisse la température du monde baisser. L'œil éteint, il reste immobile. Décidément, ce jeune n'est pas commun, pense Téliakov qui observe le spectacle en silence. Et quelque chose dans l'attitude de Mikhaïl, dans sa fixité lui plaît terriblement.

Finalement, sans prêter la moindre attention au chien qui continue de hurler, le jeune homme traverse la cour et monte l'escalier derrière le capitaine. Pendant quelques secondes, un vent moite s'enroule autour de ses pas, il traîne dans la poussière de la cour, avant de s'élever entre les barres, d'étendre ses ailes translucides et d'aller planer dans les rues en contrebas. Et ce vent moite que plus personne ne sait lire, une main de vieille fille le saisit au vol à quelques rues de là ; lui et ses fragrances mêlées,

ses ombres,

lui et ses secrets.

Et lentement, savamment, la main s'approche d'un nez aussi vieux qu'elle est vieille, et elle s'ouvre à lui, elle écarte ses doigts sorcières, et elle lui offre le vent –

la Fulgure Vapeur,

les hurlements du chien,

les évidences impalpables,

l'Alètheia,

le vent.

— Hum… ça y est, il a trouvé le journal, murmure la vieille fille appuyée sur le rideau métallique ;

et les yeux dans le vague, elle laisse un sourire amer plisser ses lèvres parfaites.

— Je t'avais prévenue, lance la voix de son aînée à l'intérieur de la boutique. Toute la morphine qu'il s'enfile pour oublier ce qui lui est arrivé n'y changera rien. Il a vu la photo.

— Oui, tu m'avais dit…, souffle-t-elle pour elle-même. Tu m'avais dit.

«Entre 1 h 03 et 1 h 07, deux pompes du circuit de refroidissement sont enclenchées pour essayer d'augmenter la pression du réacteur. Mais à cause de l'empoisonnement à la nitrammite, le flot entraîne une hausse de température dans les échangeurs de chaleur.»

L'escalier de ciment donne sur une ancienne véranda qui s'appuie sur l'arrière de la barre 1404. Les vents chiens qui ont tout massacré autour d'elle ne l'ont pas épargnée, et la peinture s'écaille par endroits de la structure qui s'affaisse lentement mais irréversiblement. Elle gît dans cette zone grise, de transit, dans cet entre-deux qui échappe à tous les regards, qui lasse toute analyse – elle est le corps du désert dans lequel se perdent nos hommes,

elle est leur fatigue naissante,

le mal diffus qui s'insinue dans leur crâne – elle est cette amertume tiède qui fait soupirer Téliakov quand il frappe à la porte. Et si le temps semble suspendu, il n'empêche pas cette lente hausse de température sur les peaux des deux policiers, dans les échangeurs de chaleur. Heureusement, ils finissent par apercevoir de l'autre côté de la vitre une femme d'une quarantaine d'années qui s'approche en peignoir défraîchi. Elle déverrouille la porte et, sans prendre la peine de leur ouvrir, elle repart vers le fond de la pièce en traînant des pieds sur le lino écaillé. Elle ne cherche même pas à éviter la débâcle d'emballages, de bouteilles, de sacs-poubelle, de magazines télé, de publicités en tout genre qui jonchent le sol. Elle se fige simplement une seconde, un battement de cœur,

une de ces éternités recourbées que les hommes font naître parfois,

elle se fige simplement une seconde devant une porte-fenêtre dont plusieurs carreaux sont brisés. Mais très vite elle repart, sans laisser aux deux policiers le temps de la rejoindre. Téliakov et Mikhaïl la suivent à distance et débouchent dans une pièce sombre qui fait visiblement office de salon – là encore règne un indescriptible chaos de papiers, d'emballages et de revues. Toujours sans leur prêter la moindre attention, poussant une sorte de gémissement épuisé, la femme s'avachit sur un canapé, la tête rejetée en arrière, les yeux fermés. Autour de son visage bouffi, ses cheveux corbeau s'étalent en désordre. Sur la table basse qui lui fait face, un tube d'aspirine est ouvert et quelques cachets se délitent dans un verre fêlé. Mikhaïl reste sur le seuil, mal à l'aise, incapable de s'avancer ; il finit par s'appuyer contre un des montants de la porte-fenêtre, et le capitaine se poste contre l'autre.

Aucun d'entre eux n'ose rompre le silence et, pendant un moment, le seul bruit au monde est ce crépitement inaudible de l'aspirine mourante. Et quand enfin les cachets finissent par disparaître, la femme s'empare du verre et l'avale d'un trait. Sitôt qu'elle l'a terminé, elle le laisse tomber sur la table basse – il roule un instant sur les magazines hors d'âge, puis il s'arrête et quitte la scène. Et c'est le bruit imperceptible qu'il produit en disparaissant, c'est cet inaudible chant du cygne

qui lance les hostilités.

Comme d'instinct, Anna Grisov lève les yeux et les fixe sur Mikhaïl. Ne le lâchant pas du regard, elle ramène ses jambes sous son corps et rajuste son peignoir. Et le capitaine doit mettre fin à leur dialogue muet en toussotant.

— Madame Grisov, nous aimerions vous poser quelques questions concernant ce qui s'est passé hier...

Fixant toujours Mikhaïl, Anna maugrée d'une voix cassée, l'air las :

— Je suis restée ici – elle désigne d'un geste vague le salon, le canapé, le téléviseur... Et Lev, je ne sais jamais où il est. J'ai déjà parlé aux pompiers... Ils ont dû vous dire...

Et tandis que sa phrase tombe à terre et y expire, ses yeux délaissent Mikhaïl et semblent comme s'éteindre. Un moment, ils errent sans but sur le lino hors d'âge. Que regarde-t-elle ? se demande le jeune policier. Que voit-elle dans tout ce fatras ?

Si sa tête la laissait tranquille, Anna Grisov pourrait peut-être lui répondre. La vie, tout simplement, lui murmurerait-elle, les yeux dans le vague. La vie qui s'était réveillée hier après des années d'attente – au milieu des bris de verre, des traces de sang, la vie. Illya qui s'était mis à hurler soudain. Evgueni qui s'était jeté sur Lev. La télé qui s'était tue, le monde tout entier qui avait fait silence tout à coup,

quand Lev et Evgueni avaient fracassé la porte-fenêtre. La vie qui avait refait surface. Et au milieu, au centre de la vie, Alexeï, qui la fixait en retenant Illya. Alexeï. Pourquoi la fixait-il ainsi ? Est-ce qu'il voulait la prévenir ? Est-ce qu'il savait ce qui allait arriver ce matin ? Anna n'en a aucune idée. Depuis cinq heures du matin, depuis qu'elle a entendu le coup qui a tué son homme, qu'elle est descendue à l'atelier, qu'elle a trouvé Evgueni et Alexeï au-dessus de son corps mutilé,

qu'ils l'ont chassée comme une enfant, qu'ils l'ont chassée comme si elle n'était rien, du rouble, de la petite monnaie,

depuis qu'elle a vu les yeux d'Alexeï,

les questions l'assaillent – elles la blessent, pierres noires effilées qui raclent contre l'intérieur de son crâne. Est-ce que c'est Lev qui a tiré ? Est-ce que c'est Alexeï ? Ou Evgueni ? Et pourquoi ? Elle n'en sait rien, elle n'arrive même plus à réfléchir tant sa tempe droite la lance. La seule chose dont elle soit sûre, c'est que toute cette histoire a un rapport avec Illya et Alexeï. Par moments, il lui semble encore les voir dans la véranda, au milieu des bris de verre et des traces de sang. Elle n'ose pas bouger, elle plisse ses yeux rougis – elle voudrait savoir s'ils sont réellement là, derrière les deux policiers. Et c'est seulement quand Téliakov se racle la gorge qu'elle revient à elle – que ses fils disparaissent, qu'ils s'évanouissent au désert et la laissent seule.

— Parlez-nous un peu de votre mari, nous ne sommes pas du Quartier…, lance-t-il.

À ces mots, Anna se tourne enfin vers lui et sourit – la fine lame qui sépare ses deux lèvres se redresse insensiblement – et ce mouvement fugace contient tout le mépris du monde. Il affirme aux deux policiers et à tous ces êtres à sang froid qui voudraient envahir son appartement qu'ils ne peuvent comprendre son homme, qu'ils ne pourront jamais. Parce que la vie de Lev, comme celle des autres habitants, est indissociable du Quartier. Anna pourrait commencer ainsi. Par leur rappeler où ils ont mis les pieds.

À l'heure actuelle, ils ne sont plus que quelques milliers à vivre dans les blocs 1400 et 1500. Mais ce sont les irréductibles. Ceux qui n'ont pas voulu partir après l'incendie de l'Usine. Ceux qui ont survécu aux pillages, à la fermeture progressive de tous les commerces, des bureaux, ceux qui se moquent des menaces de destruction des barres. Ceux-là ne quitteront jamais ces lieux parce qu'ils ont décidé une fois pour toutes que cette partie du Quartier était à eux. Voilà ce que les deux policiers auraient dû sentir en arrivant sur l'ancienne place de la République – qu'ils pénétraient dans un territoire. Que tous ses habitants se connaissent depuis toujours, qu'ils se croisent, s'observent, se haïssent en cercle fermé. Qu'ils ont leur propre loi, leurs propres codes. Et que ceux qui viennent de la ville ou d'ailleurs ne comptent pour rien dans leurs affaires. De la petite monnaie. Du rouble, le monde extérieur. Voilà : elle pourrait commencer par leur dire que personne ici ne les laissera jamais régler quoi que ce soit.

Et quelque chose dans ses yeux, dans ses lèvres entrouvertes, quelque chose doit murmurer tout cela, parce que Mikhaïl se raidit soudain. *Ils veulent qu'on leur parle de Lev ?* C'est comme un soupir, un bruissement dans l'air moite du salon. Et quelque part dans ce filet tiède qui flue autour de lui, il lui semble *entendre* Anna Grisov. *Mais ils n'auront rien. Des miettes. Des débris de verre. Des traces de sang. Des faits, et puis ce sera tout. Dans leurs dossiers, déjà, qu'est-ce qu'ils ont ? Les noms, les dates. Le meurtre de cet idiot de Semion en 89. La prison. L'arrêté de libération en 98. Oui, c'est ça, c'est elle qui parle !* Mikhaïl en a le souffle coupé. *Mais tu n'as encore rien vu, je t'ai dit,* lui susurre Yéléna. *Rien.* Et elle doit avoir raison, car tout à coup, le jeune homme croise le regard d'Anna Grisov – et dans l'instant, il perd pied, il s'enfonce dans la nuit de ses yeux,

et dans l'instant, il *voit;*

peu avant son arrestation, Lev avait commencé à passer ses soirées dans les fêtes de blocs : le travail à l'atelier de son père ne l'assommait pas complètement et il avait besoin d'autre chose pour en finir avec les jours. Ces soirées de fête se terminaient toutes sans exception dans le sang – mêlées, massacre organisé, duels, selon les semaines et l'humeur des jeunes loups qui venaient s'y mesurer. Le Quartier tout entier était une zone de non-droit et, périodiquement, cette zone était prise de folie. Mais personne de l'extérieur n'y prêtait attention ; il faut dire que ces bagarres n'avaient, à de très rares exceptions près, jamais dégénéré en des règlements de comptes mortels. Plus fort que la haine, que la violence, quelque chose d'autre glissait le long des corps en furie, quelque chose d'autre se mêlait au sang et aux regards enragés ; un courant souterrain et confus, un sentiment inextricable de communauté qui parvenait, chaque fois, à les arrêter juste avant l'irréparable. Ainsi, jusqu'au bout, les jeunes du Quartier étaient les maîtres. Et parmi les maîtres, Lev grandissait – et Anna le revoit, et elle entraîne Mikhaïl dans la nuit de ses yeux,

et quelque part dans l'air fou du salon, le jeune homme aperçoit Lev,

se relevant du carnage, couvert de sueur et de sang,

crachant sur des corps à ses pieds.

Il sent soudain dans ses bras ces coups sans nombre qu'il encaissait ou qu'il donnait,

ces obscurs présages de ce matin ;

il sent

ces fleurs rouges qui s'égouttaient de lui dans les instants de folie ;

ces pétales de sueur et de sang,

et, indiscernables de cette sueur, de ce sang,

quelques larmes, parfois.

De l'autre côté du salon, Anna, elle, retrouve cette odeur des soirs d'été où les orages saccageaient le Quartier, cette tension des crépuscules électriques, ce soir maudit où Lev avait croisé la route de Semion ;

elle se rappelle que, quelques années auparavant, Semion L. avait fui en ville et avait fait carrière au Parti. Ce soir-là, il devait rendre visite à ses parents ; en attendant, il discutait de ses anciens camarades de classe avec le gardien de la 1400. Il braillait. Au fil de ses souvenirs, il s'était mis à parler de Lev. Du père de Lev. Il en avait ri. Lev l'avait entendu. Il avait lâché sa bière quand l'autre était parti dans son dernier rire, à gorge déployée. Lev l'avait tabassé comme cela ne s'était pas vu depuis des mois dans la vallée. Personne n'avait rien fait pour l'en empêcher ; la bagarre s'était vite généralisée – les uns vengeaient des affronts anciens, les autres menaient leur propre chaos ou leurs exploits dérisoires. Les rares jeunes qui avaient prêté attention à Lev et à Semion devaient savoir que les choses se termineraient mal ; mais personne n'y avait vu un motif pour intervenir.

Le lendemain, pour une raison ignorée de tous, Lev s'était présenté de lui-même aux policiers qui enquêtaient sur la place. Son histoire s'était mêlée avec une autre, une sombre affaire de prise d'otages qui s'était achevée dans le Quartier. Lev avait été arrêté avec une dizaine d'autres suspects. Lors du procès, le juge s'était montré très dur avec lui. Il avait insisté sur la valeur de Semion, sur sa place dans le Parti. Lev avait écopé de dix-sept ans de prison – la peine maximale pour un mineur de moins de seize ans.

Et au milieu de la douleur qui lui vrille les tempes, Anna se heurte pour la millième fois au mystère de cette nuit, à cette arrestation qui a gâché presque dix ans de leurs vies – une larme de nitrammite hésite sous ses paupières,

et vient voiler ses yeux ;

elle voudrait que personne d'autre ne comprenne jamais Lev – elle ne joue même pas quand elle lance :

— Comment ça ?

— Je ne sais pas : y avait-il des gens susceptibles de lui en vouloir ? relance patiemment Téliakov.

Lui en vouloir ? Pas plus qu'un autre. La moitié du Quartier. Et surtout Evgueni. Et surtout Alexeï. Elle les revoit tous les deux ce matin, au-dessus de Lev. Leurs yeux si noirs. Leurs airs si durs, si secs. Elle se demande ce qu'ils ont fait d'Illya.

— Pas que je sache, murmure-t-elle, en rejetant sa tête en arrière. Mais…

Elle ne peut finir sa phrase tant la douleur est forte tout à coup – une lancinance, une profondeur comme elle n'en a pas ressenti depuis des années. Elle grimace, elle gémit comme un animal qui cherche désespérément à faire taire la souffrance – elle laisse ses yeux égarés traîner à terre, étouffer dans le désert du salon,

dans l'air qui danse sa folie de chaleur ;

et tout à coup,

oubliant d'esquiver ce jeune policier qui la fixe de son regard d'haruspice,

elle se noie dans ses yeux de fièvre, elle s'y perd –

elle revoit Lev ;

neuf ans jour pour jour après qu'il eut tabassé Semion à mort, il était de retour dans le Quartier. Elle n'avait jamais su pourquoi sa peine avait été raccourcie – parce que les prisons étaient bondées, parce qu'il avait donné des gens, parce qu'il s'était bien tenu, allez savoir… Quoi que ce fût, ce jour-là, un bus antédiluvien le déposait sur l'ancienne place de la Révolution.

Il était presque six heures du soir, et la foule commençait déjà à s'amasser dans les rues qui rayonnaient autour de la place. Perdue au milieu des gens qui hurlaient, Anna regardait sans le voir le bus qui s'éloignait. Et soudain, parmi les rares personnes qui en étaient descendues, elle apercevait Lev. Médusée, incapable de faire le moindre geste, elle le fixait comme une apparition. Elle n'en revenait pas. Il était là. Ses lèvres étaient toujours aussi boudeuses. Son nez, toujours aussi fort. Le reste avait durci. Sa peau semblait comme tannée, comme usée à l'acide. Ses yeux s'étaient enfoncés dans leurs orbites, sous ses sourcils broussailleux. Il ne prêtait aucune attention à la fête qui allait débuter : il traversait la place tête basse, sans se retourner. Anna n'osa pas le suivre – elle resta indécise,

balayée par un vent moite, pétrifiée à l'idée de tout gâcher.

Un quart d'heure plus tard, elle s'aperçut qu'il était revenu sur la place. Autour de lui, les jeunes étaient excités comme des mouches avant l'orage, mais il ne semblait pas les voir. Et pourtant, les cris, les rires crasses fusaient déjà. Les muscles tremblaient. Une sorte de tension électrique formidable gagnait la place – comme une décharge imminente, comme un monstre qui cherchait sa proie. Et soudain, parce que les corps fous, parce que la chaleur le réclamaient, parce que la tension électrique avait trouvé un espace béant entre deux corps trop proches, les premiers coups partirent – l'étincelle. Et l'instant qui suivit, tous ces combustibles, tous ces matériaux inflammables prirent feu. À deux contre un, en groupes, en couples, les jeunes commencèrent à se battre, à se frapper les uns les autres, à se jeter contre les stands, à se racler contre terre. Quelques secondes après, les coups, les cris, la salive et le sang pleuvaient en un maelström irréel ; et sur le bord de la place qui semblait soudain livrée aux Dieux Fous,

Anna se souvient de Lev : il ne bougeait pas. Il restait appuyé contre un arbre, légèrement à l'écart. La place se pressait contre lui, elle lui réclamait son sang comme un tribut pour sceller son retour, *et il ne bougeait pas.* Quelque chose, un poids dans sa tête était trop fort. Et c'est précisément cette fixité, ce calme qui impressionnèrent tant Anna et les autres jeunes qui le surveillaient. Ce rictus malsain qui déformait sa bouche. Ces yeux si sombres – cette tristesse liquide, cette eau de spleen qui les baignait. Personne ne pensa un instant à venir le provoquer. Personne n'osa même lui adresser la parole, jusqu'à ce qu'Andréev, un des jeunes avec lesquels il traînait par le passé, s'approche de lui.

— Tu vois, les choses n'ont pas changé, lança-t-il à Lev.

Pour lui, cela suffisait. En une phrase, Lev était repris, corps et âme.

— On va à l'ancienne gare, tu viens avec nous ?

Lev se tourna vers Andréev et reconnut derrière lui quelques gueules cassées. Certains manquaient, d'autres étaient apparus, mais il s'agissait toujours du même feu dans les yeux, de la même tension, de la même démangeaison dans les bras. Il marmonna un vague oui et les suivit jusqu'aux caisses avec cet air absent qui leur en imposait à tous. Anna les suivit aussi et n'eut qu'à entrer à son tour, juste avant qu'Andréev ne démarre. À l'arrière de la voiture, la tête appuyée sur la banquette, indifférent au reste du monde, Lev fermait les yeux. *Pas maintenant, Lev. Il n'est pas d'humeur. Tu sais… Il vaut mieux que tu ne reviennes pas tout de suite.* Sous ses paupières, la silhouette frêle de sa mère se collait derrière la porte d'entrée. Ses cheveux blanchis. Ses mains calleuses qui frottaient contre la porte. Il n'y avait pas moyen pour Lev de se libérer de ce poids. Rien de ce qui l'entourait n'avait la moindre épaisseur par rapport à la bouche de sa mère, par rapport à cette manière qu'elle avait eue de se plisser, quand elle avait terminé sa phrase,

quand elle avait, avec une lenteur infinie, cauchemardesque, repoussé la porte ;

c'était vingt, c'était trente, c'était cinquante atmosphères sur ses épaules, c'était un poison qui se mêlait un peu plus à son sang à chaque battement de son cœur – jamais Anna n'oublierait les soubresauts de ses paupières, de ses lèvres. Et aujourd'hui encore, elle se dit que le reste n'existe peut-être même pas. Qu'il n'y a peut-être, dans tout ce gâchis, dans toutes ces années jusqu'à maintenant, jusqu'à ces flics partout chez elle, qu'il n'y a peut-être dans toute une vie qu'un seul jour. Le jour où Lev était revenu.

Le soir tombait sur le monde quand le groupe de voitures s'enfonça dans les lotissements déserts du bloc 1300. Puis vinrent les friches industrielles, le dédale des entrepôts ravagés par l'incendie qui avait eu lieu deux ans plus tôt. Et quelque part dans ce labyrinthe supplicié, ils prirent le chemin de l'ancienne gare.

Après avoir démarré le feu à l'essence, ils s'installèrent autour et firent tourner les bouteilles de vodka et d'aquavit. Lev buvait comme les autres mais restait silencieux, les yeux rivés sur le feu. Personne ne se risqua à l'interroger sur les années qui venaient de s'écouler – les gars qui n'étaient pas déjà ivres se concentraient plutôt sur les filles. Il n'y avait guère qu'Anna qui osait le regarder. Mais Anna avait toujours été à part ; même les filles avec lesquelles elle traînait parfois la trouvaient étrange – équivoque souvent,

sorcière presque.

Elles se rappelaient qu'enfant Anna lisait les lignes de la main et les foies de grenouille. Qu'elle jetait des sorts, se protégeait avec des colliers étranges ou qu'elle entendait des murmures dans la nuit et dans le vent. À présent, elle passait ses journées dans les ruines des barres 1300 et nul ne savait ce qu'elle y faisait. Et malgré toutes ces étrangetés, elles l'avaient toujours acceptée dans leur groupe chaque fois qu'elle avait voulu les rejoindre. Sans doute devinaient-elles en elle quelque chose de toutes ces souffrances qu'elles taisaient – sans doute sentaient-elles comme une évidence qu'elle était des leurs. Mais le fait était qu'Anna n'avait jamais vraiment parlé avec elles, que personne ne savait exactement ce qu'elle avait en tête, ce qui obsédait ses jours et ses nuits. Personne n'imaginait comme elle aimait Lev, comme elle l'aimait depuis toujours – depuis qu'ils étaient enfants, voisins de palier, dans la barre 1404. Personne n'aurait pu dire si elle l'avait réellement attendu pendant toutes ses années de prison. Est-ce qu'elle avait toujours su qu'il reviendrait ? Est-ce qu'elle avait simplement laissé passer le temps sur elle, comme un vent moite, comme un vent aux lèvres gercées ? Ou est-ce qu'elle avait fini par renoncer à l'attendre ? Personne n'en saurait jamais rien.

Ce soir-là, Anna restait les yeux fixés sur les flammes bleues des vapeurs de nitrammite ; comme un signe, après des années de silence, les murmures de la nuit et du vent se pressaient autour d'elle ; ils lui susurraient que toutes ces années d'errance sans son Roi étaient finies, ils la faisaient sourire. Les mains crispées, les bras serrés sur ses genoux, l'adolescente goûtait la vie qui coulait à nouveau dans ses veines.

De l'autre côté du feu, Lev commençait à s'agiter. D'instinct, Anna comprit qu'il cherchait le moyen de s'esquiver. À un moment où tout le groupe riait, il finit par se lever. En apercevant son visage crispé, Anna sut que, pour la première fois de sa vie, elle allait oser l'aborder – c'était un souffle frais, un élan dans la nuit. Elle allait oser. Elle se leva à son tour pour le suivre. Tout alla très vite ensuite. Ils disparurent à l'arrière de la gare. Lev se retourna pour voir qui le suivait. Leurs regards se croisèrent et la seconde d'après Anna le plaquait contre un mur de tôle et l'embrassait. Mais plus elle s'excitait, plus elle se faisait pressante, plus ses mains, plus ses seins se frottaient contre lui, plus Lev se bloquait. Aveuglée qu'elle était par l'envie, Anna ne réalisa même pas que Lev ne s'était jamais laissé approcher. Qu'elle était la première. Elle ne sentit pas non plus combien il n'y était pas, combien il haletait quand elle posait ses lèvres sur lui. Elle ne vit rien. Simplement des yeux plissés, simplement une bouche tordue comme s'il souffrait. À cet instant qui scella tant de choses pour eux,

Lev se cachait derrière des paupières closes, la peau parcourue de soubresauts féroces –

Anna le dévorait des yeux, pour les débusquer enfin, cette jouissance obscure de l'autre, cet attachement du corps qui ne ment jamais.

Et la nuit aux lèvres gercées voulut qu'elle se trompât en grand. Qu'elle prît la retenue de Lev pour autre chose. Qu'elle y vît cette puissance obscure qu'elle prêtait à Lev, mais suffoquée, mais contenue par l'émotion – qu'elle y vît son élection. Et sur cette erreur initiale, sur cet instant qu'elle crut voler à la nuit, naquit une passion qui allait la saccager.

Et de l'autre côté de cette nuit qui vient glisser dans ses yeux, Anna se redresse péniblement sur le canapé. Elle ne sait plus si elle murmure ou non, si elle répond aux questions des policiers ou si elle les balade – elle s'en moque. Pour la première fois depuis des années, elle vient de sentir quelque chose. C'est là, dans l'air brûlant qu'exhale la véranda, dans le mirage du salon. Elle renifle, elle jette un regard à la porte-fenêtre fracassée entre les deux policiers. Et dans ce vitrail de poussière et de lumière, ses yeux de Pythie *lisent* à nouveau – ils lisent, lumière et poussière mêlées, que Lev a voulu lui parler ce matin ; ils lisent que bientôt elle saura – non ce qui s'est passé, mais ce qui compte, ce qu'elle a toujours voulu savoir et qu'elle n'a jamais su.

C'est tout près,

devant elle,

dans l'air qui danse sur le monde – une prophétie de lumière et de poussière,

un souffle à peine,

quelques mots qui glissent dans le vent aux lèvres parfaites,

Alexeï saura.

Ce murmure inaudible traîne quelques instants encore dans le salon ; et Anna revoit son fils – hier, en train de la fixer de ses yeux de lave. C'était tout simplement fou, réalise-t-elle. Ses yeux. Comme ils étaient durs, comme ils ressemblaient à ceux de son père,

comme leurs nuits étaient liquides et se mêlaient.

Mais l'homme est une nuit pour l'homme,

et la femme, son reflet dans l'onde noire ;

et tout cela, cet instant d'ombre et de poussière, ni Téliakov ni Mikhaïl n'en voient quoi que ce soit – si ce n'est un tremblement qui gagne les mains d'Anna, un vague dans ses yeux,

si ce n'est quelques mots indistincts entre ses lèvres.

Et d'ailleurs, elle se reprend très vite, et le regard éteint, elle fait dévier la discussion, confirme aux deux policiers les menaces, la bagarre hier – Evgueni qui s'est jeté sur Lev, qui est tombé avec lui et a fracassé la porte-fenêtre – et bien sûr, ils n'y voient que du feu.

Et quand elle en a assez de les flouer, elle s'interrompt brutalement – elle se masse le crâne et soupire Je n'en peux plus, ma tête, il me faut me reposer. Je vous ai raconté tout ce que je sais, de toute façon. Et sans attendre une quelconque réponse, elle se lève, elle s'avance péniblement à travers la pièce.

— Une dernière chose, madame Grisov, lui demande le capitaine alors qu'elle quitte le salon. Est-ce que votre mari prenait… ce genre de pilules ?

Il sort de la poche de sa veste une plaquette de pilules noires. Pour la première fois, Mikhaïl décèle une lueur d'intérêt dans les yeux d'Anna Grisov.

— Non, non, je ne crois pas, répond-elle, légèrement décontenancée.

Quand elle est enfin sortie, le capitaine range la plaquette dans sa poche, l'air sombre – incapable de soutenir le regard de Mikhaïl qu'il sent peser sur lui. Ni l'un ni l'autre n'osent briser ce qui tient lieu de silence.

Et de l'autre côté du jour, une vieille fille aux doigts arthrites observe les deux policiers ; elle voit leurs yeux qui traînent sur le désastre de la véranda, sur la porte-fenêtre, sur les traces de sang. Elle sent toutes ces choses qui s'éteignent en eux. C'est un ciel terrible, un poids formidable qui broie toutes ces vies autour d'eux – c'est cette certitude qu'il serait absurde même de résister.

À sa droite, appuyée sur le même mur décrépi, sa sœur aux lèvres parfaites tourne elle aussi autour des deux hommes – vent léger qui balaie la véranda, ombre au fond du couloir. Elle voit, elle, que les yeux de Mikhaïl ne sont pas tout à fait éteints – comme s'il cherchait quelque chose dans la véranda, comme s'il avait entrevu une ombre dans l'ombre. Peut-être ce qui est arrivé à Lev Grisov, peut-être comment toute cette histoire a commencé, ou pire,

comment elle finira.

Envies informes dans ses yeux jaunis,

cristaux de nitrammite qui palpitent sous sa peau parchemin ;

toutes ces choses qui ont quitté Mikhaïl depuis des années, qui l'ont laissé sans vie,

toutes ces choses qui sont là à nouveau,

qu'une vieille fille aux traits millénaires est seule à sentir.

Et après tout, se dit-elle, ma sœur n'a aucune idée de ce que le jeune homme vient faire ici, dans le Quartier. Elle pourrait très bien s'être trompée. Ça lui est déjà arrivé, se rassure-t-elle. Levant les yeux au ciel, elle tapote sa pipe contre le mur, elle rajuste sa veste de mouton ; un instant, ses lèvres parfaites se tendent, ses yeux bridés se closent à moitié – elle sourit.

— Regarde, murmure-t-elle au vent. Il tremble.

« À 1 h 19, pour stabiliser le débit dans les séparateurs de vapeur, la puissance des pompes est augmentée et dépasse la limite autorisée. Le système demande l'arrêt d'urgence, mais les signaux sont bloqués et les opérateurs décident de continuer le test. C'est la dernière véritable erreur. »

Dans le couloir qui la mène à sa chambre, Anna vacille et s'appuie contre le vermillon épuisé du papier peint. Autour d'elle, le jour est un brouillon sale, un nuage de poussière,

le jour est peu de choses.

Sa tête s'est remise à tourner et elle peine à rester debout. Quand elle ferme les yeux, elle revoit un instant le capitaine et ces pilules noires – elle est sûre que ce sont les mêmes que celles de Lev. Mais très vite la douleur resserre l'étau sur son crâne et la convainc que ce n'est rien. Du détail, de la petite monnaie. Rien par rapport à la fatigue qui s'abat sur elle comme une nuit de plomb. Glissant le long des murs, les yeux fermés, elle se traîne vers sa chambre et quand elle y parvient, elle se laisse tomber sur le lit, enfouit son visage dans les oreillers et gémit – Lev… Lev… Lev…

Téliakov l'a suivie sur quelques mètres – il l'a laissée s'enfermer dans sa chambre et s'est arrêté dans le couloir. Son crâne aussi commence à le lancer. Peut-être est-ce cette chaleur insoutenable ou ces vapeurs de nitrammite. Ou alors une crise qui se profile. Il n'en sait rien. Il entend Mikhaïl qui s'approche derrière lui, dans la véranda, qui l'observe peut-être. Il n'ose pas se retourner ; il voudrait être seul – souffler, se poser un moment. Il fait quelques pas dans le couloir et entre dans une des deux autres chambres qui s'ouvrent à lui, au hasard.

Dès que le capitaine a refermé la porte, une lueur froide passe dans les yeux de Mikhaïl – il fait demi-tour et se dirige vers le salon. Son téléphone n'a plus de batterie : sans grand espoir, il commence à fouiller la pièce à la recherche d'une prise, d'un chargeur. Par miracle, il en trouve un, qui agonisait dans son linceul de poussière et de déchets. Il lance la charge et patiente quelques instants, le regard dans le vide ; mais le temps n'avance pas assez vite, mais les atomes de nitrammite se décomposent toujours avec la même insupportable lenteur ; et seconde après seconde, inexorablement, la pression dans la pièce augmente. Il *doit* parler à Daniil ou à Yéléna. N'y tenant plus, il se saisit du téléphone d'Anna Grisov, à côté du canapé. Les yeux fixés vers la porte-fenêtre, il compose un numéro. Mais de l'autre côté du monde, le téléphone sonne dans le vide. Putain, mais réponds Yéléna ! murmure-t-il. Sans attendre, il raccroche et compose le numéro de son frère. Daniil ! Il faut que tu me trouves leur numéro de portable ! T'imagines pas comme tu m'as…

et soudain, il se tait : il entend des pas dans la véranda. Il repose le combiné, se plaque contre le mur, et il prie,

il prie, lui, l'animal à sang froid,

il prie pour que l'ombre autour de lui soit assez grande, assez noire. Et cette fois, l'ombre entend sa prière, et Sergueï, qui cherche le capitaine et passe simplement la tête dans le salon par acquit de conscience, Sergueï ne le voit pas. Il repart dans la véranda en ruminant.

Au fond du salon, Mikhaïl se tapit dans l'ombre ; il sent ses mains, ses bras, ses tempes qui se mettent à trembler, ses yeux de glace qui prennent feu. Il renifle, et soudain, comme de rage, il fouille la poche intérieure de sa veste et sort sa sacoche. Le regard presque mauvais, il l'ouvre et saisit une fiole. Il sait bien qu'il ne devrait pas, que Téliakov peut revenir d'un instant à l'autre, que Sergueï peut l'apercevoir – mais rien ne l'arrête. Le monde est devenu instable, le monde est couvert de nitrammite en surface – et rien n'empêchera cette erreur : il doit savoir s'il a rêvé ou non. Il *doit* savoir. Mieux, il doit sentir à nouveau. Une moitié de fiole devrait suffire – il murmure, il crache comme s'il se défendait Une réplique, c'est tout ce que je demande.

Mais quand son pouce actionne la pompe, il n'espère, il ne défend, il ne murmure plus rien – à l'instant, son esprit se vaporise ;

le liquide du temps cesse de s'écouler ;

le jeune homme expire à peine qu'il n'est déjà plus qu'une nuée, qu'il se dissipe dans l'air ;

dans une chambre au loin, il aperçoit Anna Grisov, le visage enfoui dans ses oreillers, qui pleure en silence. Il voudrait rester avec elle, la prendre dans ses bras, la réconforter – mais ses bras sont Vapeur seulement,

mais il se dilue dans la chaleur folle qui règne sur le monde seulement, et Anna Grisov reste seule, à sangloter, à murmurer ses prières vaines. Des souvenirs anciens, des rumeurs confuses tournent autour de son lit et viennent la tarauder – vie chienne qui la ronge, qui lui susurre pour la millième fois que tout est sa faute, qu'elle a tout gâché.

Et c'est peut-être vrai : dès le lendemain de leur soirée à l'ancienne gare, elle essaya de revoir Lev. Elle le chercha partout dans le Quartier, mais il semblait avoir disparu et elle ne le recroisa pas pendant des semaines. Elle pensa un moment être devenue folle, avoir rêvé cette soirée derrière la gare – elle se convainquit presque que Lev n'était jamais sorti de prison, jusqu'à ce qu'elle s'aperçoive qu'elle était enceinte.

Et le jour même, comme un signe quelque part entre la Lyre et le Capricorne, elle revit son maître alors qu'elle sortait du dispensaire. Il traversait l'ancienne place de la Révolution, les yeux baissés – il serait passé sans l'apercevoir si elle ne s'était placée sur son chemin. Il releva les yeux et, sans sourire, il lança :

— Viens.

Ils sortirent du bloc des 1400, puis s'engagèrent dans ces rues transverses de l'est du Quartier que tout le monde disait maudites. Lev avançait sans rien dire, indifférent à cette sorte de lèpre qui gagnait les bâtiments et les rues depuis l'incendie. Il ne voyait rien de tout ça, se dit Anna. Rien. *Et toi, te voyait-il ?* Elle marchait derrière lui, à quelques mètres, sans oser dire quoi que ce soit. Après un quart d'heure de marche dans les friches, ils s'approchèrent d'une sorte de local technique épargné par les flammes. Lev poussa la porte et entra. Anna resta sur le seuil, apeurée, à sonder l'obscurité étouffante qui régnait à l'intérieur.

À ses pieds, un fouillis d'outils épars mêlait ses courbes aux ombres. Çà et là traînaient de gros sacs de jute. Au fond de la pièce, une combinaison de liquidateur pendait au mur, avec un masque fêlé, des gants, un dosimètre à aiguille

– saturé sans doute. Lev avait disparu dans une autre pièce. Comme il ne revenait pas, Anna resta immobile, et bientôt ses yeux s'habituèrent à l'obscurité, aux quelques rais de lumière qui traversaient la pièce de part en part. Dans un coin, elle discerna une cuisine rustique. Un robinet gouttait dans une cuve, sous une fenêtre minuscule et poussiéreuse. Un réchaud trônait sur la pile. Et partout, dans ces pots de peinture, dans ces planches brutes qui jonchaient le sol, dans ces outils couverts de rouille – partout où elle posait ses yeux luisants – Anna sentait quelque chose d'immense qui se dévoilait. Avant même que sa vie ne commence, elle était vaincue et elle le savait. Lev. Lev, répétait-elle à mi-voix. Le pas hésitant, elle s'approcha de la pile sous le robinet. Une odeur fade s'en dégageait. Une louche plongeait dans le liquide noirâtre qui remplissait la cuve.

— Du sang d'ours, tu sens cette odeur ? murmura Lev dans son dos.

Il prit son bras droit et la força à saisir la louche, à remuer le liquide – à en éprouver la consistance, malgré l'odeur écœurante. Jamais Anna n'avait vécu quelque chose d'aussi fort, d'aussi intime. Sentir la main de Lev sur sa main, son bras contre son bras ; remuer ensemble ce liquide lourd, noirâtre et collant. Anna haletait douloureusement. N'y tenant plus, elle se retourna, jeta à terre la louche, prit le visage de Lev entre ses mains et l'embrassa. Il répondit à ses assauts, la violentant presque, la soulevant de terre. Elle entreprit d'arracher ses vêtements, poussant de petits gémissements plaintifs, et il fit de même, avec des râles étouffés – plus sombres, plus mâles – mais avec la même faim. Ils n'atteignirent pas la chambre que Lev avait préparée ; se frottant, se blessant contre les murs, contre la foule des objets dans l'ombre, ils firent un amour brutal, yeux dans les yeux.

Quand ce fut fini, Lev la porta dans la chambre, la déposa sur un lit de mousse et la couvrit d'une couverture fruste. Il la regarda un long moment, en silence, puis il se rhabilla et disparut par la porte de la chambre – la laissant seule dans le clair-obscur qui filtrait du toit. Anna resta recroquevillée dans le lit, tâchant de se souvenir des gestes, des regards, de les fixer à jamais contre la voûte du ciel. Ces muscles si durs, ces yeux si illisibles, ces gémissements qui se fondaient dans les siens ;

ces fleurs rouges qui s'ouvraient juste sous sa peau.

Elle finit par se relever, renonça à chercher ses vêtements et sortit. Dehors, elle s'adossa au montant de la porte, nue. Lev était là, à quelques mètres. Il fumait, appuyé sur un muret éreinté par le temps – un peu de poussière tournoyait à ses pieds. Et vingt ans plus tard, dans les yeux rougis d'Anna, le monde tout entier n'est qu'un brouillon infiniment répété de cette scène parfaite : Lev fume au milieu des friches dévastées,

et le monde tout entier est une poussière blanchâtre à ses pieds,

un nuage le monde.

Jamais elle n'avait contemplé une grâce aussi sauvage. Rien ne pouvait s'approcher de cette merveille qui fumait tranquillement, à quelques mètres d'elle. Lev était à part, c'était une évidence à cet instant. Il ne voyait pas vraiment les friches qui s'étendaient à ses pieds, le Quartier au loin – l'entretien confus du monde ne l'intéressait pas et il glissait sur tous ces détails.

Quand il eut fini, il jeta son mégot, voulut rentrer – et il la vit, qui le fixait, nue. Peut-être sut-il à ce moment tout le pouvoir qu'il avait sur elle. Peut-être. Mais, comme si cela n'avait aucune importance, il la prit dans ses bras et lui fit à nouveau l'amour. Et ainsi, jusqu'au soir, jusqu'à ce que, sortant une dernière fois pour voir la cigarette de Lev luire dans l'obscurité, Anna s'aperçoive qu'il était parti.

Elle rentra dans la bâtisse et rassembla ses affaires à la lueur d'une lune gibbeuse. En quittant les lieux, elle réalisa que Lev ne lui avait pas adressé la parole de toute l'après-midi. Mais elle sentait aussi que cela importait peu – que les choses étaient aussi irrémédiables pour lui que pour elle. Qu'à sa manière, il lui appartenait désormais.

Elle prit l'habitude de venir chez lui dès qu'elle le pouvait. Elle l'attendait parfois pendant des heures; il rentrait le plus souvent en milieu d'après-midi et repartait le soir, sans l'ombre d'une explication. Pendant longtemps, elle n'eut aucune idée de ce qu'il faisait de ces journées avec son fusil. Trois mois passèrent ainsi –

leurs yeux luisants,

leurs souffles se mêlant trois mois –

et bientôt, elle dut se poser la question de l'enfant. Elle n'avait pas mis Lev au courant, aidée par le peu d'heures qu'ils passaient ensemble et par la pénombre qui régnait chez lui. Mais un jour, elle ne put plus reculer : elle était enceinte de presque quatre mois. Elle ne craignait qu'une chose – que Lev ne la batte jusqu'à ce que le sang se répande sous elle. C'était pratique courante dans le Quartier et certaines de ses amies avaient manqué mourir à force de coups de pied dans le ventre,

fleurs rouges,

éclaboussures de sang dans la nuit de ses yeux.

Elle le revoit le jour où elle se décida à lui parler – il était en train de fumer, dehors, comme à son habitude. Les friches retenaient des odeurs de feux au loin, le ciel était fou – déluge de bleu, de blanc, se mêlant, se déchirant pour la domination du monde. Lev glissait sur son royaume infini, et elle l'observait en silence. Elle était enroulée dans une couverture qui ne laissait voir que ses mollets ronds. Quand il se tourna vers elle, elle ne s'approcha pas, elle ne soutint pas son regard – feignant de se perdre dans les friches, elle murmura :

— Il est de toi.

Les lèvres de Lev se pincèrent imperceptiblement ; il jeta son mégot, et, la dépassant sans rien dire, il rentra chez lui, pour ressortir presque aussitôt avec son fusil. Ils se recroisèrent sur le pas de la porte – Anna porta d'instinct ses mains à son ventre, les yeux tournés vers son seigneur. Lev ne dit rien : il déposa un baiser silencieux sur son front. C'était tout – en le regardant s'éloigner dans l'ombre qui gagnait, Anna souriait comme elle n'avait jamais souri.

Mais l'homme est une nuit pour l'homme, et dans ce sourire, il y avait aussi l'intuition que Lev serait toujours cet étranger invisible qu'elle ne pourrait que croiser, qu'effleurer, sans jamais le connaître vraiment. Et vingt ans plus tard, ses yeux rougis lisent qu'elle ne s'était pas trompée ce soir-là. Elle n'avait jamais su ce qu'il éprouvait réellement pour elle. *De la poussière qui tourbillonnait à ses pieds, voilà ce que j'étais pour lui.*

Elle eut d'abord l'impression que l'annonce de l'enfant ne changea rien entre elle et lui. Il continua à lui demander son dû avec la même brutalité. Il n'affecta aucune tendresse pour ces formes qui s'étiraient en elle – elle se rappelle au contraire d'une sorte de dégoût qui affleurait parfois sur ses lèvres ; et dans ce dégoût, tapi,

invisible presque,

le premier des mille adieux qui les avaient séparés.

Puis elle réalisa que quelque chose rongeait cette magie

silencieuse qui l'unissait à Lev. Mais quoi ? Jamais elle ne le sut exactement. Il se mit à rentrer moins souvent ; il passait parfois quatre ou cinq nuits sans dormir chez lui – et quand il rentrait, Anna sentait dans ses gestes une tension nouvelle, un poison secret. Elle essaya de le prendre dans ses bras, de se faire plus tendre ; elle voulut absorber toutes ces souffrances qu'elle devinait dans ses yeux, dans ses mains épuisées, dans ses gestes si las. Mais Lev restait muet et ne s'ouvrait jamais à elle, et elle dut bientôt s'avouer qu'elle ne savait rien de lui. Alors, une irritation sourde naquit entre eux ; elle se mit à le harceler de questions. Elle le plaquait contre un mur quand il voulait partir, elle l'empêchait d'aller régler ses comptes avec les friches. Lev lui faisait face, impassible et silencieux – il accusait le coup quand elle l'insultait, il ne lui répondait jamais et finissait toujours par la repousser brutalement avant de disparaître.

Un soir, alors qu'Anna allait sur son huitième mois de grossesse, elle l'attendit des heures, seule sur le matelas de mousse, des heures pour s'avouer qu'il ne viendrait pas. À bout de nerfs, elle lui vola une cigarette, l'alluma et alla se poster contre le montant de la porte d'entrée – et dans la nuit immense, la fleur écarlate de sa cigarette tremblait.

Ce soir-là, elle entendit un vent aux lèvres gercées lui murmurer – faiblesse que tout ceci, faiblesse que tout ceci… Et quelque part dans le ciel, dans les signes Capricorne et Grande Ourse, ses yeux finirent par lire les avertissements qu'elle n'avait pas voulu voir. Cette tension, cette intensité, qu'elle avait toujours senties chez Lev et qui étaient sa marque, semblaient le fuir à présent. C'était comme s'il se vidait – cette manière qu'il avait de la regarder depuis peu, fixement, les yeux humides. Comme s'il était triste. Mais comment Lev pouvait-il être *triste* ? Elle passa la nuit dans les bras moites du vent, à chercher en vain une réponse à cette énigme.

Quand il rentra, la délicatesse, la retenue qu'il mettait dans tous ses mouvements – quand il prenait le café, quand il se levait –, la fébrilité qui en émanait, tout cela lui apparut comme une révélation. Anna sentit le danger qui la guettait – le Quartier ne pardonnait pas la faiblesse. Il lui fallait retrouver Lev. Du jour au lendemain, les humeurs sombres qui couvaient en elle depuis des semaines se précipitèrent en colère. Elle commença à s'énerver contre lui pour des broutilles – pour des casseroles, pour de l'argent – et très vite, les choses échappèrent à son contrôle et elle en vint à l'invectiver sans cesse. Il ne lui répondait jamais, et quand elle insistait trop, il disparaissait pendant des semaines entières, sans jamais s'expliquer. Il n'était pas là quand elle accoucha de leur premier enfant. Il n'assista pas à la naissance, ni ne vit Anna à la maternité – une fêlure encore entre eux dans la nuit,

entre le Cygne et la Lyre,
un millier d'adieux.

Il retarda même le plus possible le moment de se pencher sur le berceau d'Evgueni. Quand il le fit, il resta silencieux et scruta les gestes brusques du nourrisson. Ce fut un véritable examen que l'enfant passa. Anna revoit cette fixité, cette tension dans ses yeux, tandis qu'il tournait et retournait l'enfant apeuré. Ce qu'il faisait était un mystère, une nuit nouvelle,

et dans cette nuit, des signes obscurs, des étoiles qui dessinaient des choses confuses, impossibles à percer. Un monstre de douleur et de silence s'était dévoilé un instant devant elle, et elle n'avait aucune idée de ce que c'était. Mais aujourd'hui encore, Anna est sûre d'une chose :

quand il fut convaincu que l'enfant était parfait, Lev s'en désintéressa complètement. Dès qu'il se fut redressé, il sembla l'oublier, et jamais il n'eut pour lui ou pour ceux qui suivirent le moindre geste de tendresse.

Et lentement, Anna se recroqueville dans le lit vide – elle sent une fleur rouge qui se déploie dans la nuit de son ventre. Elle ne pleure même plus tellement la souffrance est forte ; elle erre, et son esprit brisé de fatigue tourne en cercles autour de la douleur, de cet examen qui avait tout changé. Et soudain, dans l'étoffe du silence de Lev, des lames effilées fulgurent, qui viennent la meurtrir, qui la trouent – *Il n'a jamais voulu d'enfant.* Dès le premier soir, c'est elle qui l'a forcé. Il s'est retrouvé prisonnier d'une femme dont il ne voulait pas. De ces enfants qui venaient les uns après les autres, dès qu'il la touchait. Et Anna a beau gémir *Il n'a jamais voulu d'enfant*, rien n'arrête la douleur. Et au bout de la douleur, ses yeux de Pythie lisent que Lev ne l'a peut-être même jamais aimée. Et la nuit aux lèvres gercées lui répète cette sentence, elle la fait planer dans la chambre comme un air mauvais. Et tandis que les mots terribles franchissent encore et encore les lèvres de la nuit, un sang inattendu, un sang sorcière se répand sous Anna, entre ses cuisses. Lentement, il inonde le lit. Et cette voix gercée murmure qu'au fond Lev n'a même jamais cherché qu'à s'éloigner d'elle, qu'à chaque seconde, à chaque instant, elle n'a été qu'une gêne pour lui. Mais qu'elle n'a rien vu. Et pourtant, le langage muet de la vie a tout tenté pour la mettre en garde – tous ces regards détournés, toutes ces lèvres, tous ces poings crispés. Qu'étaient-ils sinon ? *Et cette manière de partir fumer dès qu'il en avait fini. Depuis le début. Depuis le premier jour.* Il a toujours voulu la quitter. Mais pour une raison mystérieuse, sans jamais y parvenir. Et elle n'a rien vu.

Quelques mois après la naissance d'Evgueni, un oncle, ancien concierge de la barre 1404, lui proposa de leur céder sa loge. Anna ne se souvient plus de ce que répondit Lev quand elle lui en parla – ni de son visage ni de ses yeux quand il accepta finalement. Par contre, juste après, il lui expliqua qu'une importante campagne de chasse était organisée avec les hommes du Quartier, dans les montagnes qui dominaient les anciennes friches. Comme à Tchernobyl, l'incendie ayant fait fuir les hommes, les animaux sauvages pullulaient. Les liquidateurs n'avaient pas fini leur travail et les autorités leur demandaient périodiquement d'aller nettoyer la région. Lev partait pour plusieurs semaines, peut-être pour un mois. La veille du départ, ils eurent une dispute terrible – Anna s'en souvient encore,

et les acides de cette nuit s'écoulent entre ses cuisses, goutte à goutte.

Elle sifflait presque pour s'empêcher de crier, craignant plus que tout que la faiblesse de son homme ne s'ébruite ; elle le frappait le plus fort qu'elle pouvait et il encaissait ses coups, impassible.

— Des ours ! Des loups ! Mais va ! Va, s'écriait-elle, tuer tes semblables !

Mais quand il rentra presque deux mois plus tard, elle ne put s'empêcher de se jeter sur lui et de l'embrasser. Elle aurait fait n'importe quoi pour le récupérer, pour combler la faille qu'elle sentait désormais entre eux. Après cet épisode, elle tenta plus d'une fois de le suivre quand il partait. Elle le vit s'épuiser à marcher des nuits entières, à traquer quelque chose qui se dérobait sans cesse autour du Quartier. Elle l'observait qui fumait pendant des heures, assis, fixant le sol outragé de ses yeux fous. Et quand elle n'en pouvait plus, elle sortait de l'ombre et l'appelait en murmurant. Le plus souvent, quand elle se montrait ainsi, toute à lui, Lev la repoussait sans égard ; mais parfois,

parfois,

quelque chose passait dans ses yeux,

une fleur rouge,

et Anna le reprenait à elle. Une heure, un soir, il lui appartenait à nouveau – se raclant avec elle contre les terres grises. Elle sent encore ses genoux blessés de blessures que des milliers d'années ne feront pas guérir,

ses mains, son dos fleurs rouges ;

toute cette souffrance qui n'avait servi à rien, cet holocauste inutile à la nuit aveugle.

Et comme si la douleur n'était pas assez forte, comme si la lutte n'était pas assez déséquilibrée, au cours d'une de ces soirées nocturnes où il la rejeta pour retourner battre la nuit, Lev était mort – même si son corps avait survécu, quelque chose en lui n'était pas rentré chez eux, Anna s'en rendit compte dès qu'elle le vit. Il traînait les pieds, il se cognait aux murs. Elle eut beau le prendre dans ses bras et même pleurer à ses pieds, il ne répondit à aucune de ses questions. Elle ne sut jamais ce qu'il avait vu, ce qu'il avait rencontré cette nuit-là et qui l'avait tué. Et s'il n'ouvrit pas la bouche, elle sentit enfin, présente dans la même pièce qu'elle, cette chose immense, ce poids terrible qui pesait sur lui, cette ombre face à laquelle elle n'était rien. Elle se revoit ce soir-là caresser en vain la nuque défaite de Lev. Les yeux dans le vague, elle réalisait combien tout ce qu'ils avaient vécu depuis l'enfance, depuis les mains qu'ils se donnaient en classe, depuis cette soirée à la gare et ces mois seuls dans les friches, combien tout ce qui lui était précieux n'avait jamais compté pour lui. Ça n'avait fait que brûler en lui, dans ces flammes noires qui le dévoraient de l'intérieur. Son combat avec Lev était vain – ses victoires, ses reconquêtes factices et sans portée, sa vie un peu de nitrammite en surface de sa peau.

Elle ne se souvient pas d'avoir prononcé le nom de Vassili Grisov. Elle ne voyait jamais sa belle-famille et n'avait appris que bien plus tard que, comme tant d'autres habitants, le père de Lev luttait contre un cancer depuis des années. Est-ce que c'était ça qui avait mis Lev dans cet état ? Et si oui, dans quelle nuit, dans quel désert errait-elle pour passer aussi loin de son homme ? Et de quoi sont faites toutes ces nuits entre nous ? Et est-ce cela, ce sang entre nos cuisses, si noir ?

Le lendemain matin, quand elle avait ouvert les yeux, la fatigue de ces derniers mois pesait sur son torse et l'empêchait de se lever. Blottie dans son lit vide, elle sentit que quelque chose avait changé. Que dans ses entrailles blessées, une fleur noire avait éclos, qu'une eau mélancolique gouttait pétale par pétale,

dans ses yeux.

Comme un souffle dans ses cheveux, le vent aux doigts arthrites lui murmurait que s'accrocher à Lev finirait par avoir raison d'elle. Qu'elle ne tiendrait plus longtemps si elle continuait. L'homme n'est qu'un ruisseau de souffrances vaines, ajoutait le vent,

un goutte-à-goutte dans la nuit immense – la femme n'est que son image dans l'onde noire. *Tu n'es pas de taille.* Lentement, Anna réalisait que ces derniers mois de combats, de disputes et de mesquineries avaient achevé ce qui était né entre Lev et elle il y avait mille ans, derrière la gare. Et une fois qu'elle l'eut accepté, quelque chose se détendit en elle – comme si elle lâchait prise sur elle ne savait trop quoi.

Après ça, la vie ne fut plus qu'un écho, qu'une réplique. Plus rien n'avait de sens ; les jours s'écoulaient peut-être, mais comme des grains de sable, quelque part dans la nuit. Lentement, irréversiblement, tout partait en vrille et Anna ne faisait rien pour l'empêcher. Pire, constamment à bout de nerfs, elle provoquait Lev dès qu'elle le croisait – elle aurait donné tout ce qu'elle avait pour qu'il réagisse, mais pendant des mois, pendant des années peut-être, il l'ignora complètement. Et de dépit, un soir qu'il rentrait d'une chasse, qu'il passait près d'elle sans s'arrêter, elle murmura :

— Ça sert à rien de te mettre dans un état pareil… Il en a jamais rien eu à faire, ton père. Tu le sais très bien. Reviens, Lev. Reviens.

Elle le fixait droit dans les yeux. Et aujourd'hui encore, elle a beau se blottir dans l'oreiller, elle revoit les yeux de Lev rivés sur elle – cette intensité folle, cette nuit si noire qui la fixaient enfin. Et il n'y a toujours, malgré cette vie passée, malgré toutes ces années qui s'entassent en vain sur sa peau et dans ses yeux, il n'y a toujours qu'une seule chose qui compte sur cette Terre. Savoir ce que Lev pensait à cet instant. Car l'homme ne cherche pas seulement à vivre ; il veut connaître son destin, et cela en dépit du danger et de la ruine possibles. Et ce soir-là, Anna donna tout ce qu'elle avait pour percer Lev – elle le poussa le plus loin possible. Mais cela ne suffit pas : il ne répondit rien, il quitta la chambre sans se retourner. Anna se jeta dans le lit comme aujourd'hui, mordant l'oreiller de toutes ses forces pour s'empêcher de hurler. Et quand enfin ses pleurs se turent, quand enfin son cœur se calma, elle put entendre la nuit lui murmurer qu'elle ne s'était pas trompée : qu'elle n'était rien pour lui – rien, sinon un peu de poussière à ses pieds ; sinon un nuage qui finirait par se perdre dans le vent.

Et cette douleur est là, à nouveau, et Anna voudrait qu'elle s'arrête une seconde – une fois au moins, elle voudrait ne plus la sentir. Elle se tourne, elle se retourne dans son lit – tourmentée par un vent moite qui ne veut pas la lâcher, qui l'étouffe. Tout à coup, elle s'immobilise, elle halète : quelqu'un vient d'entrer dans sa chambre. C'est comme un souffle dans l'air – comme ces murmures, ces douleurs fantômes qu'elle n'a plus éprouvées depuis l'adolescence, quand elle lisait les traces dans la terre, quand elle ouvrait des grenouilles. Il est là, bredouille-t-elle, fascinée. Elle le sent tout près d'elle. *Le jeune policier*. Elle devine ses yeux fous qui la fixent, elle devine ses mains qui tremblent, son visage couvert de sueur. Il s'approche – il entre dans le lit. Il s'avance sur elle et pose une main sur la fleur rouge entre ses cuisses ; et lentement, il tend vers elle sa paume souillée – comme s'il *savait* que dans le dessin étrange de son sang,

ses yeux de Pythie verront enfin ce qu'elle n'a jamais vu ; et soudain, oui, elle *voit* –

elle voit ce soir où elle avait provoqué Lev, où elle était restée sur cet oreiller à pleurer. Et dans la main écarlate que le jeune homme approche, une ombre d'elle se lève, comme étourdie, une ombre d'elle tâtonne dans le couloir obscur, dans la véranda ;

et cette ombre entend Lev dans le salon,

et elle s'avance ;

tant nos nuits sont liquides et se mêlent,

elle s'avance.

Elle voit son Roi comme elle ne l'a jamais vu ; recroquevillé dans le canapé, qui pleure pour la première et dernière fois de sa vie. Des pleurs rauques, pratiquement inaudibles – des fleurs mâles, aux pétales de nuit.

— Anna…, grogne-t-il, au bout de la douleur. Pas toi. Pas toi.

Pour elle, cette phrase à propos de Vassili n'était qu'une tentative désespérée pour le reprendre ; jamais elle n'aurait pu imaginer que ces quelques mots le blesseraient autant. Aujourd'hui seulement, elle devine que cette langue secrète dans laquelle ils s'entretenaient, par laquelle ils se communiquaient les choses obscures, indéfinissables et trop puissantes qui se jouaient d'eux – leur visage transformé par le plaisir, par l'envie, par la haine – que cette langue secrète qui les liait s'était éteinte ce soir-là. Anna ne s'était jamais vraiment rendu compte de ce que cela signifiait pour lui : il n'avait jamais laissé personne l'approcher autant qu'elle, il n'avait jamais connu que ses bras autour de sa douleur. Et à sa manière, lui aussi l'avait approchée le plus qu'il pouvait – tentant, à chaque répit, de se blottir dans ses bras, de souffler près d'elle. Tentant à toutes forces de lui faire sentir en toute chose son père, cette chape au-dessus de son crâne, cette ombre portée sur le monde, ce combat si intense, si total. Et peut-être que cette nuit qui les liait n'était pas tressée d'amour ;

peut-être que c'était un tissu plus sombre, une étoffe plus noire,

peut-être que cela n'avait jamais été ce qu'elle espérait ;

mais à le voir recroquevillé ainsi,

elle sent pour la première fois à quel point elle comptait pour lui. Et lentement, une fleur rouge éclôt quelque part dans son cœur, et tout devient clair. Le lendemain, elle avait trouvé Lev sur le canapé du salon, brûlant de fièvre, délirant. Il avait eu beau se remettre, à partir de ce jour, elle avait vécu avec un mort. Elle avait dû s'habituer à ce visage gris, à ces yeux éteints qui glissaient sur le monde, sans jamais s'arrêter. Et certains jours, cette peine immense qui régnait en lui devait avoir raison de lui : il devenait comme fou, et dès qu'il la croisait, il se jetait sur elle. Et les enfants qui suivaient parfois étaient autant de nuits dans la mère Nuit – leurs corps avaient beau être minuscules, ils participaient eux aussi à cet allongement des distances contre lequel plus personne ne pouvait ni ne voulait lutter. Ivania, d'abord, qui était morte à la naissance, et puis Alexeï. Mais c'était la naissance d'Illya qui avait brisé Lev et l'avait pécipité tout au fond de la nuit. Après l'examen classique du nouveau-né, après ce silence face à son bras, face à son œil, Lev l'avait reposé dans son berceau et était resté un long moment immobile, le regard dans le vague. Puis, il était sorti sans un mot. De ce jour, il avait pris l'habitude de ne pratiquement plus rentrer, et quand il était là, il se terrait dans la remise, en bas ; il ne voulait plus rien avoir à faire ni avec elle ni avec les enfants. Et le jour était devenu un brouillon de la nuit,

un délavé,

un tissu sale le jour –

lent et poussiéreux et tissé de fils tous semblablement gris, le jour.

Et dans ce jour délavé, elle sent soudain à quel point Lev avait dû se débattre seul avec ses souffrances. Mais quelque chose lui souffle que toute cette solitude, que tout ce gâchis ont peut-être une fin, que Lev a peut-être voulu lui dire quelque chose ce matin – qu'il l'a peut-être appelée à l'aide. Et sur cette merveille, sur cette possibilité inouïe, insensiblement, Anna se laisse aller à la fatigue, elle esquisse un sourire fugace – et la nuit la prend à elle

et la nuit est presque tendre.

Sans la quitter du regard, lentement, Mikhaïl s'éloigne d'elle ; il se glisse dans le jour liquide, il se mêle aux vents infimes et fluants. Passant en silence dans la chambre voisine, il remarque Téliakov. Depuis combien de temps le capitaine est-il enfermé là ? Comment savoir ? Le vieux policier reste adossé à la porte – il plisse les yeux, il grimace et se masse les tempes. Enfin, il finit par se redresser ; il s'avance dans la chambre et balaie d'un œil mauvais les monceaux de magazines et de vêtements qui jonchent les meubles et le sol. *Regarde-moi cette chambre ! Il nous faut quitter ce Quartier maudit le plus vite possible – il est bientôt midi et on nous attend sur la frontière. La rafle va bientôt commencer.* Un rictus amer vient tendre ses lèvres ; à nouveau, il se dit qu'il s'est trompé, qu'il ne trouvera rien ici – il se dit qu'il va se reposer quelques minutes et que, dès qu'il ira mieux, ils pourront repartir. Sans même y penser, il s'appuie contre la fenêtre, il écarte le rideau sale. Sur la petite place proprement inondée de lumière, les pompiers et les hommes de la morgue sont partis. Seuls restent Sergueï, Hippolyte et Ivan, qui fument en clignant des yeux.

Soudain, Téliakov sursaute ; il vient d'apercevoir Alexeï Grisov par la fenêtre de l'appartement d'en face. Le jeune homme est immobile ; il observe lui aussi la place. Le capitaine le fixe, fasciné – il se demande s'il rêve ou non. Et toutes ses résolutions, toutes ses analyses volent en éclats comme des cristaux de nitrammite ;

ses yeux, son ventre s'emplissent d'étincelles ;

des nuées électriques se mettent à bourdonner sous ses bras, sous son crâne,

et à cet instant, Téliakov sent son cœur qui bat – il sent tout ce que seul l'homme peut faire à l'homme.

Planant toujours en cercles au-dessus de lui, Mikhaïl l'entend balbutier et il sourit. Et il n'est pas seul : au loin, dans la moiteur étouffante d'une boutique qui ne voit jamais la lumière du jour, des mains millénaires cousent la vie sur leurs machines ronronnantes – et une des trois vieilles qui travaillent là sourit elle aussi, par moments. Est-ce celle qui grommelle et se demande ce que le capitaine cherche vraiment, est-ce celle qui le sait à moitié mais ne veut pas l'avouer – ou la troisième qui feint de s'en moquer, qui lève deux bouts de tissu, qui vérifie un pli ? Qui sait ? En tout cas, dans ces yeux jaunis par les ans, le capitaine fixe Alexeï Grisov, il entend une voix ancestrale qui lui murmure que non, il ne s'est pas trompé ; qu'au contraire ces gens sont exactement ce qu'il cherche ; et le capitaine écoute cette voix qui lui lance *Regarde ces yeux !* Et à cet instant où un sourire fugitif barre son visage buriné, il donnerait beaucoup, et quelques pilules même, pour savoir ce qu'Alexeï Grisov fait là,

de l'autre côté du jour.

Et Mikhaïl doit répéter entre ses lèvres parfaites les mêmes prières et présenter les mêmes tributs au vent ; et ses prières doivent être entendues,

et le jour et le temps doivent rouler dans des paumes millénaires, cristaux aux mille faces, car l'esprit du jeune homme glisse de l'autre côté du jour, de l'autre côté du temps même, car à nouveau

il *voit* ;

TROISIÈME PARTIE

Onze heures encore

« Si une succession d'erreurs techniques a provoqué la catastrophe, celle-ci a surtout eu lieu dans un certain contexte. À partir de 1992, l'usine devient largement déficitaire à cause de la mévente de ses produits. Malgré les campagnes de communication, les agriculteurs achètent moins de nitrammite qu'escompté. En 1993, l'usine ne parvient pas à produire de l'alpha-naphtol de bonne qualité et doit en importer, ce qui entraîne de nouvelles pertes financières. En décembre 1993, le directeur de l'usine est démis de ses fonctions par le fonds d'investissement qui a racheté l'usine à l'État. Il est remplacé par Leonid P. qui n'a aucune expérience des risques liés aux processus pétrochimiques en général, notamment à la fabrication de la nitrammite cristal. »

Section II du rapport *Praviv-Kibenov* du 26 avril 1997

il voit d'abord les yeux d'Alexeï qui errent dans le vague, complètement éteints, épuisés par les heures d'attente. L'adolescent ne surveille même plus le parking – il est près de onze heures, et cela fait trop longtemps que Fiodor et lui patientent en vain – il pense au père, à l'atelier, il pense à Illya, il se demande comment son frère va s'en sortir. Il se souvient de ce matin, quand ils étaient allés le chercher chez les Roms, dans la caravane de Pesha, avec Evgueni.

À l'intérieur de la caravane, la tapisserie tendue sur la fenêtre donnait un vermillon usé. Pesha était assise face à la porte. Elle portait une robe ivoire et un gilet assorti. Où avait-elle volé tout ça ? Impossible de savoir – cette fille était un mystère. Et ce mystère avait plongé son regard bleu dans celui d'Alexeï dès qu'il était entré. Cette fille le mettait mal à l'aise depuis qu'elle était apparue dans le Quartier et avait tout saccagé – et ce n'était pas ce qui venait de se passer avec le père qui allait arranger les choses. Incapable de soutenir son regard, Alexeï s'était tourné vers Illya qui était assis sur le lit.

Le costume noir qu'Illya s'était trouvé lui donnait un air incroyablement sérieux. Ses lèvres étaient pincées, ses sourcils légèrement arqués. C'était fou, comme il avait changé, s'était dit Alexeï – quelques semaines auparavant, il l'avait vu ramper dans sa cellule. *Ramper dans sa cellule.* Il devait au moins accorder ça à Pesha : son frère n'était plus le même depuis qu'il l'avait rencontrée. Mais avoir changé, et même avoir un plan, ça suffit pas – voilà ce qu'avait murmuré Evgueni avant d'ouvrir la porte de la caravane. Illya sort à peine de l'hôpital. Il atterrit dans un monde qu'il ne connaît pas. Il peut très bien rechuter. Alors, tu attends avec lui, avait conclu Evgueni. Moi, je dois retourner à la base, mais si on veut que ça marche aujourd'hui pour les papiers, il faut l'aider. *Jusqu'à ce que le gars vienne.* Et Alexeï reste sur cette phrase, les yeux dans le vague, incapable de surveiller quoi que ce soit – et son esprit plane en cercles au-dessus du parking, et les minutes et les heures s'écoulent, impalpables et tièdes, de l'autre côté du jour. Tout à coup, Fiodor le secoue brutalement.

— Hé, Alexeï… Alexeï !

— Qu'est-ce qu'il y a ?

— Je vois plus Illya.

Immédiatement, les yeux d'Alexeï se fixent. Sans réfléchir, il se lève et sort du renfoncement. Fiodor le suit et ils s'avancent sur le parking désert – et rien des cadavres de voitures, des monceaux de déchets qui encombrent le sol, rien n'a droit à leur attention – tout est pour cet espace, entre les branches du chêne vert qui leur fait face. Là où Illya devrait se trouver.

Et quand ils arrivent près de l'arbre, cette peur panique qui couve en Alexeï depuis des heures le submerge – son ventre se tord, son pas se suspend imperceptiblement. *Gâche pas tout… Gâche pas tout*, grince une voix mauvaise en lui ; et il parvient à peine à la faire taire, à souffler :

— Illya… Illya…

Sans attendre de réponse, il s'engage sous les frondaisons du chêne et contourne le tronc – et Fiodor ne voit rien, mais Mikhaïl, lui, aperçoit la main d'Alexeï qui traîne sur l'écorce une fraction de seconde, comme une prière muette, comme une caresse pour soulager une douleur fantôme. Et derrière l'arbre, comme si quelqu'un avait répondu à sa prière, Alexeï trouve son frère assis. Très vite, il réalise qu'Illya tremble de tout son corps, qu'il est couvert de sueur et qu'il a du mal à respirer.

— Eh là, eh là, murmure Alexeï en s'approchant de lui et en le prenant dans ses bras. Calme… Calme…

Illya enfouit son visage dans les bras de son frère et se laisse aller contre lui. Lentement, Alexeï lui caresse les cheveux – comme un vent doux, il lui murmure Illya… Illya… Quand il sent que son frère s'est apaisé, il lui glisse dans la main une petite pierre noire, brillante comme un minuscule morceau de miroir.

— Tiens, regarde : c'est pour toi.

Illya se penche sur la pierre et l'observe – il la tourne et la retourne dans sa paume, il gémit doucement, tandis que l'esprit de Mikhaïl l'observe, fasciné.

— T'inquiète pas, ça va bien se passer, tu vas voir, murmure Alexeï en s'écartant de son frère. Je t'ai dit, je suis de l'autre côté du parking – de là bas, je vois mieux ce qui vient. Mais au moindre problème, j'arrive.

Tout à coup, Fiodor tapote l'épaule d'Alexeï.

— Alexeï, mate ça, lance-t-il, en se baissant près d'eux.

Alexeï se redresse et de l'autre côté du jour, il assiste à l'arrivée de la police sur la place. Il compte d'abord trois, puis quatre, puis cinq voitures ; puis ce sont des camions, des transports de troupes et même un blindé léger. Au total, une quinzaine de véhicules manœuvrent pour se garer au fond du parking, près de l'ancien bus retourné. Un flic sort de la première voiture – la cinquantaine, un visage dur et fermé pour ce qu'Alexeï peut en voir. Putain, c'est Téliakov ? murmure-t-il, interdit. Comme tout le monde dans le Quartier, il connaît le capitaine – le seul qui ose tenir tête au Marquis et aux Vors. Mais le soleil est trop fort déjà, mais le monde est un enfer de brillance,

une saturation de rétine,

le monde est un déluge de lumière qui lui vrille les yeux,

et Alexeï peut se convaincre quelques instants encore que ce n'est pas Téliakov, seulement quelqu'un qui lui ressemble.

L'homme regarde machinalement sa montre, puis se dirige vers les camions et les blindés. Putain, il lui ressemble si c'est pas lui, se dit Alexeï, qui sent une peur cristal se déployer dans son ventre. Pendant que le chef donne ses ordres, d'autres flics forment un petit groupe à l'écart, près de sa voiture, dont un qui semble étrangement jeune.

— Ça peut pas être pour ton père, murmure Fiodor. Quinze caisses pour lui, ça rime à rien.

— Sûr. Et puis, les gars de la morgue de C… sont déjà là. Et les pompiers aussi. C'est autre chose, répond Alexeï en fixant le petit groupe de flics, sur la droite du parking.

— Peut-être pour le Marquis et l'Immanus ? suggère Fiodor.

— Mais qu'est-ce qu'ils foutent là ?

— Je sais pas. Peut-être pour les prendre à revers… Ou alors, c'est pour la rafle.

Une à une, les hypothèses naissent et se dissolvent dans l'alpha-naphtol des yeux d'Alexeï ; et partout, dans ses mains, dans ses veines, son sang se fait cristal rouge, son sang ne s'écoule plus. Pendant ce temps, le chef des flics a donné ses ordres et vient de rejoindre ses hommes qui l'attendaient en silence, puis le groupe se met en marche vers la place de la Révolution. *Vers la 1404*, réalise Alexeï.

— Illya… Illya, écoute-moi, murmure-t-il à son frère qui se redresse et le fixe de ses yeux luisants. Écoute… tu vas rester ici. Tu bouges pas. Ces flics, là, ils ne sont pas là pour nous, c'est sûr. Ils vont bientôt partir. Et on pourra faire ce qu'on a à faire. Alors, tu restes là, tu bouges pas et… et tu attends. Le gars va venir. On aura ces papiers avant ce soir, t'inquiète pas. Nous, on va suivre les autres, voir ce qu'ils font.

Illya essaie de répondre, mais il ne fait que balbutier – Alexeï peut presque sentir la peur qui le tient lui aussi, qui se déploie dans ses yeux Angoisse, dans son torse si chétif – la peur Cancer qui lui coupe le souffle, qui le dévore. L'un comme l'autre, ils sont incapables d'ajouter quoi que ce soit – leurs yeux seulement supplient, murmurent, leurs yeux seulement font promettre et promettent de revenir le plus vite possible. Et ils doivent se dire tout ce qui compte, leurs yeux, parce que Illya reprend peu à peu son souffle, parce qu'il cesse de trembler. Et dès qu'il sent que son frère est rassuré, Alexeï se tourne vers Fiodor, et déjà, il ne pense plus qu'à tenir sa promesse.

— Fiodor, tu fais le tour par-derrière la 1508. Tu les suis par la gauche. Je remonte par la droite. S'ils vont chez nous, on se retrouve chez Aslan. Pas un mot aux gars du Marquis si t'en croises.

Et sans rien ajouter, ils abandonnent le demi-jour tiède du chêne. Comme des spectres, en silence, ils se glissent le long des murs, ils trafiquent la lumière et l'ombre, ils s'avancent dans les rues parallèles. À aucun moment, ils ne quittent les flics des yeux ; à travers les murs, les barres, ils les surveillent – ils entendent leurs souffles de plus en plus lourds, ils devinent la sueur qui perle à leurs tempes, la peur qui les gagne à mesure qu'ils s'enfoncent dans le bloc des 1400. À aucun moment, le capitaine ou ses adjoints ne les remarquent – ils les sentent simplement, comme une marque dans l'air surchauffé : Fiodor et Alexeï sont bien trop à leur affaire, bien trop dans leur élément pour leur laisser plus. Seul défaut, seule impureté de nitrammite dans ce cristal de maîtrise : par moments, Alexeï sent que le jeune flic l'aperçoit – comme s'il savait où il devait regarder pour le surprendre. Et tandis qu'il le suit à distance, la haine et la colère travaillent en lui, elles durcissent ses yeux et font grincer ses mâchoires. Et c'est un autre cristal qui croît en lui désormais, qui se nourrit du soleil,

qui luit dans ses yeux,

une fleur rouge de haine.

Mais rien au monde, rien même cette fleur écarlate ne peut empêcher les flics d'entrer dans le hall 1404. Caché dans un renfoncement de la 1400, Alexeï en est réduit à observer le manège des pompiers et des agents de la morgue. Ce qu'il craignait se confirme : c'est bien le capitaine Téliakov qui est entré chez lui. *Putain, mais pourquoi il vient ici ? Et juste aujourd'hui ? Ça peut pas être juste pour le père. Et Evgueni n'est même pas là.* L'adolescent attend que tous les officiers aient disparu, qu'il ne reste sur la place que de la menue monnaie ; alors il quitte le renfoncement pour se diriger chez Aslan ; mais au même moment, l'un des flics, *le jeune*, sort de l'atelier au rez-de-chaussée de la 1402.

Alexeï n'a d'autre choix que de continuer à marcher comme si de rien n'était. Il fixe le policier qui s'allume une clope et laisse traîner son regard quelque part dans les friches. Il jurerait le voir trembler. Mais alors qu'Alexeï est encore au milieu de la rue, le policier se tourne soudain vers lui et le dévisage. Alexeï s'arrête presque sur le coup – il n'a jamais vu des yeux aussi durs. Mais il ne se laisse pas faire ; il plisse les yeux et sent la colère déferler dans ses veines, dans ses bras, comme une lave. Pendant une seconde, il a presque envie que le flic le reconnaisse, qu'il se lance à sa poursuite. Cela ne servirait à rien, cela gâcherait sans doute tout, mais il pourrait lui défoncer la gueule, juste pour voir si ses yeux restent aussi durs tout du long, juste pour l'entendre gémir. Et dans les tréfonds de cette seconde de cristal, de ce précipité de haine, aucun des deux jeunes hommes ne s'y trompe,

c'est l'annonce du Duel.

Mais ce n'est que l'annonce : Mikhaïl ne fait aucun geste dans la direction d'Alexeï – il se contente de soutenir son regard de lave, de tirer sur sa clope. *C'est pas possible qu'ils viennent pour nous. Sinon, il tenterait quelque chose,* se dit Alexeï en disparaissant à l'arrière de la barre d'Aslan.

Quelques instants plus tard, celui-ci l'accueille en gueulant, mais Alexeï le fait taire d'un regard. En silence, les deux adolescents s'approchent de la fenêtre du salon et dominent la petite place qui fait face à la 1404. Alexeï balaie des yeux les pompiers, les agents de la morgue, la rue qui brille déjà tellement il fait chaud. Rien de tout cela ne retient son attention – grains de sable, cristaux minuscules, roubles,

petite monnaie que tout cela. Une seule chose compte pour lui : le jeune flic qu'il vient de croiser finit sa clope, il entre dans le hall de 1404. Et quand il y disparaît, une fusée Supplice traverse Alexeï de part en part, un reflet mauvais balafre ses yeux. *Ils vont parler à Mère.* La phrase jaillit, simple, claire, monstrueuse. Et sur cette phrase, l'esprit de l'adolescent se tord et s'étire jusqu'à se briser – jusqu'à n'être plus qu'une phrase, parfaite, terrible, qui tournoie devant ses yeux. *Ils vont parler à Mère* – et rien ne peut l'arrêter, et cette phrase Horreur continue sur sa lancée et réduit son esprit en miettes,

et en fait du sable,

de la poussière

son esprit.

Il imagine Mikhaïl dans le hall, il se glisse derrière lui ; ensemble, ils contournent l'ascenseur et ressortent dans la cour, ensemble ils montent l'escalier jusqu'à la véranda. Alexeï s'y voit presque ; et la sueur a beau faire son œuvre et commencer à le démanger, à l'irriter, il ne fait pas le moindre geste : ses yeux déments ne peuvent se détourner de la véranda. De là, il voit le salon, il voit sa mère, comme s'il se tenait juste derrière Téliakov et le jeune flic. Il entend presque sa mère. Est-ce qu'elle leur parle d'hier ? De Père ? D'Evgueni et de la porte-fenêtre ? Est-ce qu'elle va tout gâcher en leur parlant d'Illya ? murmure-t-il. Est-ce qu'elle va tout gâcher ?

Aslan ne l'a jamais vu dans un état pareil. Pendant peut-être vingt minutes, les hommes de la morgue rentrant, ressortant avec le brancard, l'installant dans leur fourgon, les hommes de la morgue et les pompiers disparaissant au loin, Alexeï ne réagit pas. Ce n'est pas de la peur, c'est autre chose, Aslan en est certain. Il n'ose ni toucher Alexeï ni lui parler ; comme tout le monde, il sait ce qu'on raconte à propos de sa mère – tous les vieux du bloc parlent de ce qu'elle faisait enfant, de ses yeux parfois, de ses crises. Mais c'est la première fois qu'il voit Alexeï dans cet état –

ses yeux, il n'en revient pas –

comme ils tremblent, comme ils fulgurent.

Et quand Téliakov aperçoit à son tour Alexeï depuis l'autre côté de la rue qui est l'autre côté du jour, quand Téliakov voit ses yeux, lui-même n'en revient pas. Et à cet instant, le monde cristallise, il dessine entre les deux faces de cette seconde folle une arête parfaite,

et au même instant, à quelques rues de là, des lèvres millénaires marmonnent des obscurités,

des yeux bridés recherchent sur le cristal parfait du jour une face particulière,

un avenir.

Et ces lèvres, et ces yeux, qu'espèrent-ils, que voient-ils advenir ? Le capitaine qui se recule, comme sonné, après avoir reconnu Alexeï Grisov ? Le capitaine, sans doute, qui fait quelques pas à travers le désastre de la chambre, qui sort dans le couloir, qui titube et qui ouvre la porte de la chambre d'Anna Grisov. Mais est-ce qu'ils devinent que Téliakov veut lui demander où sont ses fils ? Qu'il veut la piéger, lui faire avouer ce qu'elle sait et ne dit pas ? Ou est-ce que les trois vieilles savent depuis le début que, sur cette face du cristal de nitrammite, Anna Grisov dort d'un sommeil de plomb, que Téliakov ne pourra la réveiller ? Qu'il lui faudra se calmer, faire quelques pas dans la chambre, s'approcher du lit. Et discerner, dans l'obscurité étouffante, des traces de sang sur le visage d'Anna Grisov. Oui, c'est cela, des traces de sang, marmonnent les lèvres millénaires. Est-ce qu'elles devinent tout cela ? Est-ce qu'elles entendent cette voix qui répète à Téliakov qu'il lui faut quitter le Quartier, ne pas perdre de temps ? Est-ce qu'elles sentent qu'il ne parvient déjà plus, après ces yeux Fulgure, après ce sang Macule, qu'il ne parvient déjà plus à se maîtriser,

est-ce qu'elles sentent que ces deux monstres, cette obligation de ne pas perdre de temps, cette fascination qui naît en lui, que ces deux monstres se battent à la surface liquide de ses yeux et le dévorent ? *Cela ne se reproduira pas. Cela ne se reproduira pas. Réfléchis : combien de fois en vingt ans ? Combien ?* La main millénaire de Nona s'agite et soupèse – combien de pierres noires roulent dans sa paume ? Quatre ou cinq, à peine – et ses lèvres parfaites se plissent quatre ou cinq fois, à peine,

et elle murmure Ça ne se reproduira pas, Téliakov. Ça ne se reproduira pas et tu le sais.

— Tu ferais bien de rentrer, lui lance sa sœur aînée. Ils vont bientôt arriver.

« Pour rééquilibrer ses comptes, la filiale licencie une partie de son personnel qualifié et le remplace par des employés sous-traités non formés. L'effectif de l'usine passe d'un millier d'employés à 642. »

Section II du rapport *Praviv-Kibenov* du 26 avril 1997

Ils vont bientôt arriver. Dans le fond du salon, Mikhaïl ouvre les yeux et se redresse péniblement. Est-ce le bruit d'une porte qui claque au loin ? Le hasard ? Yéléna qui vient de lui souffler quelque chose ? Impossible de savoir. Une seule chose compte : il vient de redescendre et personne ne l'a surpris. Le plus vite possible, il range son matériel – du fond de sa sacoche, une dizaine de petites pierres tombent à terre. Noires. Volcaniques. Vitreuses. Mikhaïl en ramasse quelques-unes et les fixe un instant, interdit. Mais il n'a pas le temps d'y réfléchir – il entend du bruit dans l'appartement. Il referme précipitamment sa sacoche, la glisse dans sa veste et se lève. Comme il peut, il fait quelques pas vers la véranda, encore tremblant du rêve d'Anna, serrant les pierres dans son poing ;

c'est à ce moment que Téliakov sort de la chambre d'Anna et l'aperçoit. Un instant, les deux hommes se font face en silence – espérant que leurs troubles ne se remarqueront pas, espérant que l'obscurité, que la distance les garderont.

— Sergueï, finit par lancer le capitaine dans son talkie-walkie, sans quitter Mikhaïl des yeux.

Quelques instants plus tard, le lieutenant monte l'escalier en courant – Mikhaïl a l'impression que sa formidable envergure apparaît une seconde à peine après que Téliakov l'a appelé. Sitôt entré dans la véranda, Sergueï plante d'instinct son regard dans celui de Mikhaïl.

— On y va ? demande-t-il à Téliakov, tout en continuant à fixer Mikhaïl.

— Non, Sergueï. Regarde-moi.

Alors seulement, le lieutenant se tourne vers son supérieur. Toute la tension dans son regard de métal, dans ses mains terribles, toute la tension dans son port semble l'abandonner – et Mikhaïl saisit là une obéissance qui ne s'achète pas, qui ne peut que se mériter.

— Sergueï, il se passe quelque chose..., commence Téliakov.

— On s'en fout, non ? Il faut pas qu'on y aille, rapport à la convocation ?

— Pas tout de suite.

— C'est pas ce qui était prévu. La frontière...

— Je sais, Sergueï... Mais on aura largement le temps de faire ce qu'on a à faire aujourd'hui... On était en avance. Il y a quelque chose qui ne me plaît pas. Tu vas joindre les gars sur le parking. Je veux une voiture sur chaque rue qui rayonne de la place et six hommes ici dans cinq minutes. Deux qui dépassent la 1404 et qui prennent la rue qui suit sur la gauche, deux qui prennent la rue sur la gauche avant la 1406 et deux autres sur la petite place.

— Qu'est-ce qu'on fait ?

— Alexeï Grisov est juste là, dans la barre en face ; il nous surveille. Il se passe quelque chose de pas net, Sergueï. Je suis sûr que l'autre frère est là aussi, Illya.

— Et à nous trois, on peut pas choper deux gosses ? On a besoin des autres ?

— Ces barres à moitié vides sont des putains de labyrinthes. Je veux prendre aucun risque : on les encercle, on les chope tous les deux en cinq minutes et on les embarque dans un fourgon pour les cuisiner plus tard au poste. Et ensuite, on va faire ce qu'on a à faire.

Et dans les yeux rougis de Téliakov, Sergueï et Mikhaïl aperçoivent un cristal aux formes inattendues – le capitaine leur cache quelque chose. C'est une fragilité soudaine, à la fin de sa phrase, c'est cette manière étrange de détourner le regard. Mais Sergueï n'a rien de précis à objecter et Mikhaïl vient d'arriver dans l'équipe : aucun d'entre eux ne peut résister.

— Sergueï… on fait ça bien, conclut Téliakov qui semble se ressaisir. Je veux qu'ils ne se doutent de rien. Je les veux.

Un instant, Sergueï est rassuré : le capitaine ne plaisante pas, il n'a pas l'air fou – il veut simplement ces gosses. Et Sergueï va les lui donner – très vite, il descend l'escalier. Mais il n'a pas atteint la cour que le capitaine s'effondre au milieu de la véranda.

— Sergueï ! s'écrie Mikhaïl, retenant comme il peut Téliakov.

Sergueï remonte les marches en courant et attrape le capitaine par le torse, tandis que Mikhaïl essaie de soutenir sa tête qui balle, défaite.

— Tiens-le, crie Sergueï. On le pose là, sur le canapé.

— Mais qu'est-ce qui lui arrive ? murmure Mikhaïl, les yeux écarquillés.

— Ça lui arrive parfois. Fouille ses poches. Cherche ses pilules ; y a que ça qui le calme.

— C'est ça ?

— Ouais. Sors-en une, vite.

Les doigts tremblants, les yeux moites, Mikhaïl place tant bien que mal une pilule noire entre les lèvres de Téliakov et attend – souffle heurté, chaleur intenable, pilules minuscules,

nos hommes.

Et pendant le brouillon d'une minute,
l'air surchauffé de la véranda les entoure
comme un enfer de silence,
et ni lui ni Sergueï n'osent rien dire
jusqu'à ce que Téliakov ouvre les yeux.

— Serg… Sergueï, commence-t-il d'une voix éteinte. Je vais me poser un peu dans ce canapé. Toi, va me chercher ces gosses. Quand tu reviendras, ça ira mieux. Ne t'inquiète pas.

— OK, j'y vais. Mais Mikhaïl reste avec vous.

— Non, non, c'est bon, je te dis, parvient à répliquer Téliakov qui a senti le danger. Ça va aller. Il va avec toi.

« En 1994, un seul agent est préposé à la salle de surveillance de la synthèse de nitrammite ; des ouvriers spécialisés se trouvent assignés à des tâches qu'ils maîtrisent peu, tandis que les manœuvres qui remplacent le personnel qualifié sont pour la plupart des immigrés qui ne lisent pas notre langue, et donc pas les manuels d'instructions. »

Il est presque une heure de l'après-midi à présent ;
le Quartier tout entier est harassé de soleil,
il gît à terre, exsangue, immobile ;
et soudain, sans prévenir, deux faces du monde se touchent – elles entrent en collision
et dessinent une arête parfaite.

Et le long de cette arête, tout s'agence pour faire sens dans l'esprit d'Alexeï. Cinq minutes auparavant, quelques flics ont quitté la place en courant ; deux de leurs caisses sont passées en trombe devant la fenêtre. Ils s'agitaient. Mais toute cette agitation était bien trop faible, bien trop insignifiante pour sortir Alexeï de sa torpeur, pour détourner ses yeux de la pensée de sa mère parlant, de sa mère expliquant enfin son propre mystère. Et c'est seulement quand Aslan hurle dans le couloir que tous ces faits sans importance – les flics qui courent sur la place, les voitures qui passent en trombe, Aslan qui se précipite vers lui – que toute cette menue monnaie s'organise ;

que l'arête se dessine.

Et alors, par-delà le chaos, les cris, les bruits de lutte dans le couloir, par-delà Aslan poursuivi par les flics qui surgissent dans la chambre, par-delà ses yeux fous, sa bouche tordue,

Alexeï voit la direction.

D'instinct, il plonge tête la première vers la fenêtre et la fracasse. Il atterrit dans la rue, trois mètres plus bas, au milieu d'une pluie d'éclats de verre. Le temps qu'il se redresse, Aslan est près de lui. Au-dessus d'eux, dans l'appartement, les flics se penchent à la fenêtre, et hésitent à sauter eux aussi. Alexeï ne leur accorde même pas un regard ; il retient un instant Aslan par la manche, et lui lance :

— On se retrouve chez Fiodor.

Et il n'y a plus dans ses yeux de trace d'inquiétude – elle a été soufflée et il ne reste plus que cette lueur terrible qui n'appartient qu'aux Grisov. La certitude de la direction. Et puisqu'il la voit, puisqu'il la suit quand les flics n'ont pour eux que le désert à perte de vue, ils ont beau être plus nombreux, et la battue que Sergueï a mise en place a beau être pensée à l'ancienne et être presque parfaite et presque sans faille, ils ne peuvent rien contre lui. Il évite les premiers flics sur la place – il s'enfonce dans la 1402 et très vite, il les sème. Longeant les murs, disparaissant dans les zones d'ombre, se fondant en elles, se nourrissant d'elles et leur rendant le culte qui leur est dû, Alexeï est chez lui. Insensible à la chaleur folle qui règne, il s'éloigne rapidement, se retournant de temps à autre pour vérifier qu'il n'est pas suivi,

et le Quartier tout entier travaille pour lui. L'adolescent s'échappe en ne laissant qu'une trace dans l'air – à courir, à se cacher dans les renfoncements, à traverser les murs troués, à sauter de toit en toit. Et si jamais, à aucun moment, il n'a la moindre crainte pour lui-même, il ne se relâche pas, il ne sourit pas comme il sourit toujours quand il a affaire aux flics. Parce que aujourd'hui il n'y a aucune place pour l'échec. *Pourvu qu'ils n'aient pas Illya. Pourvu qu'ils n'aient pas Illya.*

Juste avant d'arriver sur le parking, à la frontière des terres du Marquis, il doit se cacher dans une mercerie hors d'âge – un des rares magasins à être encore ouverts. Il referme la porte juste avant que les flics ne passent devant, et il lui suffit de se plaquer contre le mur pour qu'ils ne le remarquent pas. Il se retourne un instant vers l'intérieur du magasin et fixe les trois vieilles qui tiennent la boutique. Elles n'ont pas arrêté de coudre et restent penchées sur leurs machines avec la même concentration minutieuse. Elles semblent sans âge – elles sont couvertes de rides et leurs yeux bridés leur donnent cet air hiératique des peuples dompteurs de chevaux. Même s'il les connaît à peine, Alexeï n'a jamais compris pourquoi tout le monde dans le Quartier les surnomme les trois folles. Il a toujours ressenti une tendresse particulière pour ces vieilles – peut-être parce qu'elles ressemblent à sa propre grand-mère, Evguenia. Il espère qu'elles ne vont pas se mettre à paniquer, à hurler pour ameuter les flics. Comme si elle l'avait entendu penser, sans relever les yeux de son ouvrage, la plus âgée lui lance :

— Tu devrais y aller. Il arrive.

— Qui ça ? murmure-t-il, interdit.

— Pars, je te dis.

Alexeï ouvre la porte, et, s'il n'y croit qu'à moitié, il n'en court pas moins. Quand il atteint les abords du parking, il s'arrête contre le bâtiment délabré de l'ancienne boulangerie et observe les flics. Ils s'agitent comme des mouches. Ça n'est pas bon signe. Ils vont finir par éveiller la curiosité du Marquis et de l'Immanus ou, pire, des Vors. Et alors, tout sera beaucoup plus compliqué. *Mais qu'est-ce que la vieille voulait dire ? De qui est-ce qu'elle parlait ?*

Pendant ce temps, à quelques rues de là, Mikhaïl titube. Depuis qu'il a faussé compagnie à Sergueï, le monde vacille – son crâne va finir par se liquéfier s'il continue de faire si chaud. Manquant de trébucher, il s'appuie sur la grille métallique d'une mercerie délabrée. Haletant, il se traîne contre la vitre sale, il pousse la porte,

il s'effondre dans la boutique,

aux pieds d'une vieille femme étrange – le monde étincelle

et dans ses embrasements, dans sa folie, Mikhaïl aperçoit des colliers inquiétants, des lambeaux de peaux de mouton, des bandelettes qui pendent au cou de la vieille femme,

il entend une voix qui murmure Laisse-le Nona, qu'il se débrouille.

La vieille ne se lève pas tout de suite ; penchée sur sa table, elle l'examine un moment qui geint à terre, elle hoche une tête millénaire. Puis, en silence, elle saisit quelques feuilles qui traînaient près de sa machine. Elle les émiette dans une sorte de gobelet sale – orangé comme cet orange des brumes qui flottent à l'est du Quartier. D'une bouteille hors d'âge, elle verse une eau trouble dans le gobelet – et l'eau disperse les débris de feuilles. Alors seulement, elle vient s'agenouiller près de Mikhaïl. Elle soulève sa tête et la place sur ses cuisses ancestrales. Le jeune homme divague, il marmonne, il tourne de l'œil – il l'entrevoit par intermittence. Tiens, bois ça, lui intime-t-elle. Péniblement, le jeune homme avale l'âcre mélange qu'elle fait goutter entre ses lèvres. Dès la première gorgée, il étouffe –

il a le souffle coupé, il éructe –

il essaie de se redresser. Calme-toi, lui souffle la vieille en caressant ses cheveux, en lui souriant de ses lèvres parfaites. Mais le jeune homme ne l'écoute pas ; il finit par se redresser tout à fait, effaré, interdit.

— Putain, vous êtes qui, vous ? Qui c'est, Nona ?

Il fait face aux trois sœurs, il essaie de les fixer, mais ses yeux se refusent à lui, ses yeux délirent.

— Qu'est-ce qui se passe ici ? balbutie-t-il. Et cette voix, là, votre voix… c'est vous que j'entends depuis tout à l'heure ?

Et quand ses yeux rougis rencontrent enfin les yeux de Nona, ils prennent feu. Une volée d'images se disperse à leurs surfaces enflammées – Lev Grisov, la décharge, le fusil. Et puis soudain, *l'arbre.* L'arbre qu'il vient de voir dans la rue, juste avant de s'effondrer dans cette boutique surchauffée. Putain, qu'est-ce qui se passe ? répète-t-il, complètement dépassé – et tandis qu'il devine sa main qui tremble près de son visage, des images de l'Usine, des brumes orange, de Yéléna s'effilochent devant ses yeux.

— Qu'est-ce que vous m'avez fait boire ? marmonne-t-il.

Sans lâcher les trois sœurs du regard, secoué d'étranges convulsions, il se traîne jusqu'à la porte de la boutique. Ses yeux maladifs clignent sur les visages parchemins, sur les cheveux serpents, sur les colliers étranges qui pendent à leurs cous millénaires. Et tout est si flou qu'il lui semble que des pierres noires, que des cristaux le fixent, sertis dans les yeux jaunis des trois sœurs – plus rien n'a le moindre sens. Il lui faut s'éloigner, il lui faut quitter cet enfer ; il s'y reprend à plusieurs fois pour ouvrir la porte, il donne tout ce qu'il a pour faire quelques pas dans la rue.

Quand il s'est suffisamment éloigné, Nona se lève et vient contre la vitre vérifier qu'il ne retombe pas.

— Tu lui as dit pour l'arbre, quand il était couché ? lui lance sa sœur aînée.

— Non. J'ai juste essayé de le réveiller.

— Alors, comment il sait ?

— Il a pris de la Mescal. Sa sueur sent.

— De la Mescal ? Dans son état ? Sans doute que la morphine n'était pas assez forte pour oublier cet enfant qu'il a cru revoir sur la photo… Les hommes sont décidément pleins de surprises…, marmonne l'aînée.

— Tu vois, murmure la puînée dans le fond de la pièce, sans lever les yeux de sa machine. Tout n'est pas perdu…

Pendant ce temps, lentement, avec d'infinies précautions, Alexeï se glisse jusqu'à l'arbre où il a laissé Illya. Son frère n'est plus là. Il le cherche un moment, les yeux dans le vague, ayant déjà compris ce qu'il ne veut pas comprendre, ayant déjà lu ce qu'il ne veut pas lire là, dans ce creux vide des racines de l'arbre, dans ces branches qui s'agitent mollement. Qu'Illya a renoncé. Qu'il a fui. Qu'il ne le fera pas. Il regarde machinalement sa montre, mais sans la voir vraiment – elle affiche une heure cinq.

Quand il se redresse, il aperçoit le jeune flic qu'il a croisé tout à l'heure, devant la 1404. Ce gars est parvenu à le suivre sans qu'il s'en rende compte – Alexeï n'en revient pas. Plus inquiétant, il ne court pas, il ne le braque pas ; il avance presque lentement – et le plâtre de juillet vibre autour de lui comme une pluie fine. Et en le voyant avancer si lentement, Alexeï réalise pour la première fois qu'il est en danger. Que ce flic ne va pas seulement tout gâcher avec Illya. Qu'il ne va pas s'arrêter là. Ce n'est pas Téliakov le vrai problème, murmure Alexeï – c'est ce jeune homme auquel personne ne prête attention.

Il crache dans sa direction et part en courant chez Fiodor. D'instinct, il sait que le flic n'essaiera même pas de le suivre. Il peut sentir son regard sur lui tandis qu'il s'enfuit. Quelque chose en lui sait qu'ils finiront par se retrouver – et déjà il redoute ce moment.

« Certaines opérations de maintenance sont espacées voire supprimées, le personnel manque d'objets d'entretien courants (vannes, rivets, etc.). En mai 1994, une équipe américaine mène un audit et relève une "centaine d'entorses aux règles de sécurité", autant sur l'équipement manquant, mal agencé et mal entretenu que sur le personnel, insuffisamment formé. »

Quelques minutes plus tard, après avoir passé une porte recouverte de tags, Alexeï s'enfonce dans un couloir jonché de déchets en tout genre – des barres à mine, des rivets, des vannes. Au fond du couloir, dans ce qui sert de chambre à Fiodor, il entend celui-ci et Aslan qui discutent à mi-voix. Fiodor explique qu'il a dû semer deux gars du Marquis, qui le suivaient de trop près.

— Bon alors, on fait quoi ? lance-t-il au moment où Alexeï entre dans la chambre plongée dans l'obscurité.

Alexeï ne répond pas tout de suite. Il tremble encore, il s'arrête un instant, il prie l'obscurité de la chambre – tant il sait que ce qu'il a à dire réclame toutes ses forces.

Et l'obscurité entend sa prière, et quand sa voix part, l'obscurité la durcit, elle la prend à elle et la travaille,

et la voix d'Alexeï se fait plus grave, plus pure et plus tendue, et la voix d'Alexeï est parfaite soudain,

tant l'obscurité lui donne tout ce qu'elle a – comme si elle avait attendu ce moment depuis des années.

— Je vais appeler chez moi, articule-t-il lentement.

Aslan et Fiodor ne répondent rien. Leurs yeux fouillent l'obscurité pure et grave, leurs yeux cherchent où Alexeï a trouvé la force de prononcer ces mots – parce qu'ils savent ce qu'ils signifient pour lui. Ils le sentent qui résiste au poids fabuleux de ces mots sur ses épaules ; ils le sentent et ils veulent le voir. Mais l'obscurité ne leur donne rien – jusqu'à ce qu'Alexeï avance vers un rai de lumière, jusqu'à ce qu'enfin il naisse de l'ombre.

Et quand ils aperçoivent enfin ses yeux de lave, ils sont stupéfiés par ce calme, par cette maîtrise folle – et Fiodor ne peut rien faire d'autre que lui tendre son téléphone comme un quelconque second couteau. Et quelques secondes plus tard, comme s'il n'avait même pas besoin de reprendre son souffle, comme s'il n'avait déjà plus peur de rien, la voix d'Alexeï retentit à nouveau. Elle se propage partout dans la chambre, elle court sur le monde,

elle perce le ciel comme un coup de fusil.

De l'autre côté du cristal du jour, Anna Grisov repose le téléphone et s'affaisse lentement sur son lit. Les pans de son peignoir se prennent sur la table de nuit et accrochent au passage un verre qui traîne là. Le verre roule, chute au sol et s'y fend. Anna ne fait rien pour l'arrêter et ne réagit pas quand il se brise. Elle l'entend. *Lev.* Il vient de lui parler. Il vient de lui parler avec une voix qu'elle côtoie depuis des années, et qui ne l'a en quelque sorte jamais quittée ; il vient de lui parler avec la voix d'Alexeï. Jamais elle n'aurait cru qu'il soit assez fort pour reprendre la voix de Lev, qu'il ait les épaules pour supporter un tel poids. C'est fou, ce qu'il vient d'accomplir. Elle s'entend encore balbutier, elle se voit pratiquement opiner à ses ordres. Elle sent tout ce qu'Alexeï vient de dévoiler en quelques mots ; toute cette force, toute cette dureté. *Où a-t-il trouvé tout ça ?* Et la chaleur est si folle, et le sang est si lourd à ses tempes que ses yeux de Pythie partent un instant dans le vague ; ils sondent le temps, ils le revoient, cet être fragile qu'ils ont toujours connu. À cinq. À dix. À quinze ans. *Où a-t-il trouvé tout ça ?*

Tout avait peut-être commencé avant sa naissance. Elle-même ne s'était jamais vraiment remise de l'enterrement d'Ivania – la fille mort-née qui avait suivi de dix mois Evgueni. Pendant des mois, pendant des années peut-être, elle avait été triste à en mourir ; jour et nuit, elle s'était abrutie de télévision et d'alcool. Le poids de toutes ces années de combat avec Lev avait été trop grand sur ses épaules, et quelque chose en elle avait cédé comme ces bâtiments autour de l'Usine. Elle passait des heures effondrée sur le canapé hors d'âge, échevelée, hagarde, à dissoudre tous ces cristaux de haine, d'impuissance, tous ces cristaux de lassitude dans l'aquavit. Mais même l'alcool ne pouvait pas tout : il restait toujours, dans la masse turbide de son esprit, cette douleur sourde dont rien ne pouvait la délivrer. Mais est-ce qu'elle sentait encore quelque chose ? Est-ce que la vie n'était pas une sorte de douleur fantôme ? Elle ne parvenait plus à voir ce que les autres ne voyaient pas. Elle n'entendait plus ces voix dans le vent. Elle qui avait toujours ressenti le monde autour d'elle s'était retrouvée complètement seule. Lev n'était jamais là, il n'apparaissait plus que quelques fois par an, mystère, spectre mauvais, il se jetait sur elle, comme pour se venger. Et les enfants qui naissaient les uns après les autres sans rime ni raison, et les enfants même ne parvenaient à la raccrocher au monde. Au fil des années, sa solitude au milieu de ce quartier qui s'était au fond toujours méfié d'elle, sa solitude était devenue totale.

Avec son instinct d'aîné, Evgueni avait vite compris que l'autorité chancelait – qu'il suffirait de quelques coups pour la faire vaciller. En quelques mois, à l'adolescence, il aurait pu prendre ce qui lui était dû. Faire comme tous les jeunes du Quartier : quand le père n'était pas là, menacer sa mère et lui extorquer ses misères d'allocations. Mais, pour une raison qui reste un mystère, pour une raison qu'Anna elle-même ne démêle pas, Evgueni ne leva jamais la main sur elle. Peut-être se lassa-t-il par avance de ce royaume misérable qui lui était échu, peut-être renonça-t-il à le soumettre avant même que la question ne se pose. Du jour au lendemain, il avait délaissé l'appartement familial et était parti explorer le monde, de plus en plus loin et de plus en plus longtemps. D'abord les terres du Marquis, ensuite les barres des Vors, puis la ville – les pans du monde qui sauraient peut-être lui résister. De son côté, Illya avait été malade dès son plus jeune âge. Il n'avait pratiquement jamais vécu ici. Ainsi, dès le début, Alexeï avait été complètement livré à lui-même. Personne ne s'était occupé de lui. Même Anna ne lui adressait jamais la parole – alors qu'elle le voyait tous les jours, c'était comme s'il n'existait pas pour elle. Elle n'avait aucune idée de ce qu'il faisait de ses journées, elle se moquait qu'il aille à l'école ou qu'il traîne avec les autres gosses. Mais il était sans doute trop peureux ou trop lâche pour ça – c'était ce qu'elle s'était toujours dit. Elle imagine des jours entiers à errer, à errer entre soleil fou et raclées, entre peur et ennui, à errer sans jamais savoir ce qui l'attendait, ce qui guettait en chemin ; elle imagine des milliers d'heures, des déserts immenses, insipides et violents, au fond de la véranda, dans cette fournaise qui semblait parfois livrée en sacrifice au soleil, des milliers d'heures à se cacher, à éviter les coups, à chercher quelque chose d'imprécis, qui n'avait ni nom ni forme et qui devait se dérober sans cesse, à manger tout et n'importe quoi – Anna se souvient de l'avoir surpris une fois en train de mâcher des morceaux de carton, recroquevillé, les yeux fixes, les mains tremblantes. Elle le revoit – ces cheveux si sales, ces yeux si noirs, cette souffrance si pure et si inutile. On aurait dit un animal pris au piège.

Mais quand cet animal s'était-il libéré ? Quand était-il devenu ce monstre qui venait de lui parler au téléphone – où avait-il trouvé cette force, ce calme ? Quand avait-il soulevé tout ce qui pesait sur lui, quand avait-il dompté toute cette souffrance en lui ? Peut-être que, pendant toutes ces années, il n'avait pas fait qu'attendre que les jours et les nuits passent en se gavant de saletés, en espérant ne croiser personne. Peut-être que pendant tout ce temps, à force d'esquiver les coups, de se blesser aux jours, il avait appris à encaisser, à se défendre, peut-être qu'il s'était durci plus qu'il ne l'aurait fait ailleurs – comme ces branches qu'elle séchait dans le feu enfant. Peut-être qu'à cette époque déjà il avait ouvert les yeux sur ce Quartier livré aux dieux de la mort, sur ce désert immense qu'avait laissé l'incendie derrière lui. Peut-être que quelque chose s'était brisé, qu'une faille s'était ouverte en lui quand il avait compris à quel point lutter était inutile. Oui, c'est cela, exactement cela, murmure Anna. Et ses narines frémissent et ses yeux de Pythie s'agrandissent – elle avance, elle tâtonne, elle s'approche de cette faille qu'elle devine en Alexeï. Et soudain elle *voit* : cette faille reproduit, dans ses lignes, dans sa propagation, cette fêlure qu'elle a toujours sentie en Lev.

— Voilà comment il a pu être sa voix, murmure-t-elle médusée : d'une manière ou d'une autre, il a pu s'approcher de son père. Soudain elle en est sûre. Voilà ce qui rend Alexeï si spécial : il a connu Lev. Il est sûrement le seul être sur cette Terre à y être parvenu. Anna ignore comment il a fait, mais elle en est certaine. Pendant toutes ces années, il s'est nourri de son père, il a grandi dans son ombre immense. Et il a attendu ce jour pour leur prouver à tous, pour leur dire à tous qu'il est le fils de Lev Grisov – le seul capable de parler avec sa voix. Et à nouveau, la voix de son homme résonne dans son crâne :

— Écoute… il faut que tu ailles chercher Illya. Il a dû paniquer ou quelque chose du genre. Je parie qu'il est retourné chez les Roms. Alors, tu vas le chercher là-bas, tu le ramènes sur le parking et tu le forces à y rester. Il a un rendez-vous important.

Elle n'a pas réellement suivi la suite, elle s'en souvient à peine. Sans doute qu'Alexeï lui en a dit le moins possible. Tu vas au campement des Roms. Avec la voiture. Illya sera là-bas, dans une caravane rouge vers l'entrée. La caravane appartient à une fille qui s'appelle Pesha. Tu entres et tu le ramènes dans la voiture, jusqu'au parking. Et tu lui dis. Tu lui ordonnes de rester derrière le parking – il saura où.

— Et les flics ?

— Les flics, je m'en occupe, c'est pas un problème.

— Et si Illya refuse ?

— Tu le forces. Je veux pas savoir.

Elle n'en revient toujours pas qu'il lui ait parlé ainsi. Et cette voix, ce grave. Et ces moments de silence que Lev laissait parfois. Comment pouvait-il avoir appris ces silences-là, ces silences si durs, ces nitrammites de silences, s'il n'avait pas été *en présence* de Lev ?

— Bon, dans cinq minutes…

Et il avait raccroché sans rien ajouter. C'était Lev. Lev qui lui reparlait. Malgré ce qui s'était passé ce matin.

Dans la salle de bains, Anna en tremble encore en se lavant, en s'habillant. Elle attend contre la porte – essayant tant bien que mal de se calmer, de rassembler ses esprits. Pour faire passer cette tension qui pèse sur l'échine du jour, elle arrache soudain la tringle du rideau de la douche – elle la jette à terre, elle voudrait la fracasser, la tordre. Mais tout à coup, elle entend des cris dans la rue, des coups de sifflet, des bruits de course, de lutte – Alexeï qui tient sa promesse.

Et quand elle n'entend plus rien – ou alors, dans le lointain, dans l'indistinct, dans le bourdonnement que le soleil roi impose à toute chose – elle se faufile hors de la salle de bains. Du couloir, elle scrute les bruits de l'appartement. Elle n'entend rien – elle passe dans la véranda, tendue et concentrée. Et la vie est un de ces cristaux de nitrammite qu'elle caressait pendant des heures enfant, et entre Anna et cette adolescente qui ne vivait que pour son homme il y a mille ans, il n'y a rien, il n'y a qu'un souffle,

qu'une arête parfaite.

Quand elle est convaincue que les flics sont partis, elle sort de la 1404 et se retrouve sur la petite place qui lui fait face. Elle se glisse dans sa voiture et démarre – et tout cela n'a duré qu'une seconde, qu'un souffle, que le temps de murmurer un mot – Lev. Et le visage d'Anna rayonne comme il n'a pas rayonné depuis vingt ans. Elle entend le vent, elle sent même son Roi par moments. Elle se rapproche enfin de lui, elle en est sûre. Et fascinée par cette possibilité, elle ne prend garde à rien. Elle fait sa première erreur. Elle prend l'absence de flics, de barrages, de sirènes, pour la marque du métier, du savoir-faire d'Alexeï. Quand c'est le capitaine Téliakov qui œuvre. Quand c'est lui qui la suit et se laisse guider par elle – depuis qu'il l'a surprise dans la véranda.

Pourtant, avant qu'Anna Grisov ne sorte de sa chambre, Téliakov ne pensait plus qu'à une chose : quitter le Quartier dès que la crise serait passée et que la pilule aurait fait effet.

Tout partait lentement en vrille. Au talkie, les hommes hurlaient, mais lui voyait bien, couché dans le canapé du salon, que ça ne menait à rien, qu'ils perdaient irréversiblement le contrôle. Il n'y avait qu'une seule bonne nouvelle dans tout ce désastre : Mikhaïl avait été rapide et lui avait trouvé une pilule juste après le *plongeon* – et la crise ne devrait pas durer plus d'une demi-heure. Il n'y avait qu'à attendre. Mais un quart d'heure après, si sa tête est un peu moins douloureuse, les nouvelles au talkie sont tellement mauvaises que Téliakov finit par l'éteindre, par fermer les yeux et penser au nombre de pilules qui lui restent. Ça ne va peut-être pas suffire, finalement. Il vaut mieux partir d'ici le plus vite possible. Si la rafle échoue, on le lui reprochera personnellement. Le préfet lui-même s'en est mêlé. Mais chaque fois qu'il se répète qu'il lui faut rappeler ses hommes, il revoit les yeux d'Alexeï de l'autre côté de la rue. Depuis combien de temps n'a-t-il pas vu des yeux pareils ? Au moins vingt ans. *C'est peut-être ta dernière chance.* Et il en est là, le crâne fracturé en deux, se raisonnant malgré la chaleur folle, il en est là, espérant que la chance viendra à lui et ne sachant sous quelle forme elle pourrait se présenter, il en est là quand son regard est attiré par un mouvement dans la véranda. *La dernière chance.* Alors, il se crispe et il prie pour que le canapé ne grince pas,

et le canapé ne grince pas quand il se redresse.

De l'autre côté de la véranda, Anna Grisov passe devant lui, sans le voir. Il la laisse sortir et descendre l'escalier ; il la suit du regard quand elle traverse la cour et disparaît dans le hall. Quand il entend sa voiture démarrer sur la place, il saisit son talkie et appelle ses hommes sur le parking : Anna passe devant eux juste après qu'il a fini de leur expliquer ce qu'il veut. Ensuite, il contacte les hommes qui sont disposés autour du Quartier. Ceux qui sont près du stade font disparaître leur barrage et attendent l'arrivée d'Anna. Ils la laissent s'engager sur le chemin de terre qui mène chez les Roms sans se douter de rien. Et Téliakov n'a plus qu'à attendre son retour pour la prendre, elle et ce qu'elle va chercher là-bas, au fond du désert. *Parce qu'elle va revenir,* il en est sûr.

« Le directeur de l'usine répond au cabinet d'audit que les réparations auront lieu sous plusieurs mois, alors qu'il s'agit de dysfonctionnements majeurs, y compris dans les unités de nitrammite. Il quitte l'usine en janvier 1996 après avoir imposé des économies drastiques sans que la majorité des réparations ait été menée. »

À l'instant où Téliakov éteint son talkie-walkie et se demande s'il a pensé à tout, Mikhaïl suit du regard la voiture d'Anna qui traverse le parking. Tapi au creux de l'arbre où il a aperçu Alexeï, il tremble. Il ne sait pas vraiment ce qu'il fait là. Il se souvient vaguement que quand il s'était retrouvé sur la place devant la 1404, alors que tous ses collègues se mettaient à courir,

il avait revu l'arbre de son rêve de ce matin.

Il était là soudain devant lui. Parfait. Ses branches s'agitaient mollement dans le vent. Son ombre. Son tronc. Et, au lieu de suivre Sergueï et les autres, sans réellement savoir pourquoi, il s'était dirigé vers le parking. Il marchait comme il pouvait, et tout à coup, le monde s'était mis à tanguer ; il s'était effondré contre la porte de cette étrange boutique. Il avait essayé d'entrer pour demander un verre d'eau, mais il était tombé à terre, il lui semble – tout était flou, il faisait une chaleur proprement infernale, il ne sait plus exactement. Il se souvient que des vieilles étaient apparues soudain, que l'une d'elles lui avait caressé les cheveux, qu'elle lui avait fait boire une sorte de breuvage âcre. Tout s'était mis à tourner plus encore – et il ne se rappelle plus comment il était sorti de la boutique, ni comment il s'était retrouvé sur ce parking.

Mais soudain, il avait aperçu l'arbre, et derrière l'arbre, Alexeï Grisov qui était caché, qui se relevait. Le jeune homme l'avait fixé un moment, et avant qu'il ne puisse lui dire quoi que ce soit, il s'était enfui en courant. Mikhaïl ne savait même pas si ce qu'il voyait était réel ou non. Il était hors de question de se lancer à sa poursuite. Alors, il avait simplement continué à avancer ; il s'était approché de l'arbre jusqu'à entrer dans son ombre, jusqu'à toucher son tronc – pour être au moins sûr qu'il était réel.

Et maintenant qu'il est derrière l'arbre, il en est sûr. *Illya était là tout à l'heure. Alexeï aussi. C'étaient eux qui nous observaient. Depuis le début.* Il n'en revient pas. *Toute cette histoire est délirante. Tout ça est réel.* Il sent son cœur qui bat follement. Tout est en train de lui échapper. Il va finir par faire n'importe quoi. Mais sous son âme reptile, il sent que tous ces gens l'appellent. Il n'a qu'une seule envie. *Y retourner.* Les voir encore. Depuis des années, depuis *ta mort, Manolis* – il est parvenu à le dire, depuis *ta mort, Manolis* – il n'a pas ressenti ça. C'est plus fort que la morphine, que la Mescal. Dans ses veines cette Vie liquide qui dégouline de ces gens, dans sa gorge, ce breuvage tiède de la vieille qui le brûle. Et ses bras le démangent, et il voudrait se gratter, s'arracher la peau avec ses ongles pour faire cesser l'envie – les rejoindre, il ne veut plus que ça. Soudain, il se voit en train de se racler les mains contre le tronc, d'arracher son écorce parfaite. Il le frappe peut-être – il ne sait plus vraiment. En tout cas, il va craquer d'un moment à l'autre. Et quand la voiture d'Anna Grisov passe près de lui et disparaît dans l'horizon de poussière,

il sent ses jambes qui cèdent sous lui – tant ce qu'il vient de voir est un signe,

tant tout son corps le sait.

Il s'effondre contre le tronc, il se met à trembler comme un dément. Ses mains palpitent sur la fermeture éclair de sa sacoche, elles frémissent à la voir s'ouvrir si lentement. D'instinct, il serre les pierres noires qu'il trouve dans la sacoche – il les serre jusqu'à la douleur. Il lui semble que Yéléna commence à lui caresser le bras d'un doigt négligent, il lui semble entendre sa voix si grave *je ne sais pas si je t'ai dit : ma tante est à moitié chamane. Elle met de ces pierres partout – elle dit qu'elles la protègent.* Lentement, ses doigts parfaits remontent le long du cou du jeune homme,

et Mikhaïl doit gémir tellement c'est bon –

et quand il ose enfin s'injecter la fin de sa dose, quand son esprit s'évapore, sa paume s'ouvre, fleur rouge suffoquée de plaisir – et les pierres noires roulent de sa main et tombent à terre,

toutes.

« Malgré tout, l'usine perd des milliards de roubles et les perspectives de vente de nitrammite sont médiocres. Les actionnaires planifient donc le démantèlement de l'usine pour réutiliser ses équipements dans des unités au Brésil et en Indonésie. Mais le gouvernement refuse la fermeture pour ne pas effrayer les investisseurs étrangers. Pendant quelques semaines encore, l'usine végète. »

De l'autre côté du jour, Téliakov ouvre les yeux ; il vient d'entendre du bruit dans le salon. Lentement, il se redresse, il vérifie que sa tête ne le lance plus. C'est déjà ça, se dit-il. Maintenant, il doit aider ses hommes. Comme il peut, il rallume son talkie et appelle Sergueï ; celui-ci lui explique qu'ils ont failli attraper Alexeï Grisov et un autre jeune à plusieurs reprises, et qu'il a fini par recruter tous les hommes disponibles pour mener la battue derrière le bloc des 1400. Ils sont arrivés à les cerner dans les friches industrielles qui s'étendent derrière la cave coopérative. J'arrive, tranche Téliakov. Merveilleux. Quarante et un hommes pour deux gosses, soupire-t-il en éteignant son talkie.

Encore hésitant, il se lève et parvient à faire quelques pas dans le salon. Il traverse la véranda surchauffée et, s'agrippant au garde-fou rouillé, il descend l'escalier de béton pour se retrouver dans la cour. À chaque pas, il se demande si son crâne va tenir. Mais c'est seulement quand il sort dans la rue déserte, que le soleil lui vrille les yeux, c'est seulement alors qu'il réalise. Il ne tiendra pas, c'est sûr. Il s'arrête, éreinté par la douleur. Qu'est-ce qui m'arrive encore ? Est-ce que c'est ce vent ? Cette brume ? Il faut tirer les hommes de là, marmonne-t-il ; et le pas chancelant, et le pas spectre, il se dirige vers l'ancienne tranche métallurgique.

Au loin, il distingue bientôt quelques-uns de ses hommes qui font le tour d'un des entrepôts – se découpant sur les surfaces rougies, courbés par la chaleur démente, ils marchent avec une espèce d'épuisement halluciné. À mesure qu'il s'approche, Téliakov comprend qu'il lui faut faire vite – eux non plus ne tiendront pas longtemps. Quand il arrive enfin à leur niveau, il reconnaît Sergueï dans un des groupes.

— Ils sont là, tous les deux, dans ce bâtiment, lui lance son lieutenant avec un mélange de rancœur et de fierté. On cerne toutes les issues et on rentre. Ils ne peuvent plus nous échapper.

Téliakov l'écoute à peine ; il cherche Mikhaïl parmi ses hommes – mais à cet instant, le jeune homme n'est qu'un souffle au-dessus du parking, qu'un mirage dans l'air surchauffé, et le capitaine ne le voit nulle part. Et comme si cela ne suffisait pas, Nikita, un de ses hommes, ose soudain l'interrompre dans ses pensées.

— Capitaine, commence-t-il, il faut que je vous dise… En poursuivant les gosses…

— Accouche, Nikita, lui lance Téliakov en le dévisageant l'air presque mauvais.

— … On s'est retrouvés loin d'ici à un moment… et on est tombés sur quelque chose de pas net, capitaine… dans une rue, après le territoire du Marquis, il y avait une carcasse de voiture, retournée sur le trottoir… Laissée là, comme ça…

— Et alors ? Qu'est-ce que ça me fait ? Il y a des centaines de carcasses dans le coin.

— Pas des comme ça, capitaine… Pas des comme ça… Celle-là, c'était une Mercedes, une voiture officielle. Avec des plaques réglementaires…

— Comment ça ? réplique Téliakov. Une caisse accréditée ? C'est pas possible : jamais un officiel viendrait par ici, et en plus, ces caisses sont localisées. S'il en manquait une, on l'aurait su.

— Sauf… Sauf si c'est quelqu'un d'assez haut placé pour faire dépucer son véhicule, capitaine…

Téliakov observe le jeune policier en silence, l'air de plus en plus sombre.

— Toi, tu sais à qui appartient cette caisse…

Il en est sûr – il le lit dans la folie du monde, dans les yeux du jeune homme qui parvient à soutenir son regard d'acier.

— Ben… en janvier dernier… j'ai été chargé de la protection du préfet Pétrov, capitaine. Cette Mercedes, c'est la voiture du préfet ; j'ai aucune idée de ce qu'elle fait là, mais c'est elle, j'en suis sûr.

Téliakov se tait. Il essaie de réfléchir, mais il fait trop chaud. Il se souvient vaguement que le préfet a récemment disparu pendant presque une semaine. Sa sécurité l'avait cherché partout et avait même fait appel à lui pour les recherches, mais cela n'avait rien donné jusqu'à ce que Pétrov réapparaisse, sans que personne ne sache où il était passé.

— Qu'est-ce que c'est que cette histoire ? maugrée-t-il. Et rien de plus ? T'as jeté un œil à l'intérieur de la voiture ?

— Non, on s'occupait du gosse. J'avais pas le temps.

— Sergueï, lance Téliakov sans quitter le jeune policier du regard, il va falloir qu'on éclaircisse cette histoire de voiture. Dès qu'on a chopé ces gosses, tu m'envoies Hippolyte et Nikita voir cette Mercedes. Je veux savoir ce que la voiture du préfet fait dans ce putain de Quartier ! Bon, maintenant, on s'y met !

Autour du capitaine, les hommes se préparent à l'assaut. Leurs visages émaciés sont couverts de sueur, leurs yeux battent maladivement, comme s'ils demandaient pitié, comme s'ils demandaient grâce au ciel – quand aucune pitié, quand aucune grâce n'est destinée à venir du ciel, seulement une chaleur qui finira par les anéantir si elle ne les a pas rendus fous avant. Et dans cette chaleur démente, ils se postent autour de l'entrepôt avec des airs de machines détraquées, au milieu des herbes corrompues qui ont repris leurs aises. Ils serrent compulsivement leurs armes, sachant bien qu'ils ont ordre de ne pas s'en servir – mais il ne fait aucun doute que dans quelques instants, ils seront incapables de s'en empêcher. *Ce Quartier va nous perdre,* murmure Téliakov. *Tous.*

Et quand Sergueï lance l'assaut, une sorte de joie terrible les submerge tous – ils vont enfin coincer le responsable de cette sueur, de ces larmes qui leur coulent le long des joues, et ils vont lui faire payer. Pour chaque dune de poussière qu'il a fallu escalader en vain. Pour chaque grain de sable qui est venu irriter leurs yeux et dessécher leurs bouches. Le capitaine les suit, lui aussi incapable de maîtriser la tension de ses mâchoires, le mouvement de ses mains, lui aussi fou de chaleur. Et très vite, les premières étincelles jaillissent – dans leurs yeux, dans leurs mains,

dans les tréfonds de leurs ventres.

Mais quand ils ouvrent les portes et pénètrent dans l'entrepôt, il fait encore plus chaud – à peine entré, Téliakov a l'impression que le sol ondule sous ses pieds, que les murs transpirent une poussière orange malsaine. Rien ne peut rester vivant ou tapi très longtemps dans cet enfer. Ces putains de gosses vont finir par bouger pour s'échapper, sinon ils vont en crever, ça ne fait pas un pli, murmure un des hommes à sa gauche. Et ils trouvent bien quelqu'un – un corps inerte, près d'un chaudron de fonte de la taille d'un char d'assaut. Un des leurs qui n'a pu supporter l'attente et est entré, à moitié fou, avant que Sergueï ne lance l'assaut. Et maintenant, il gît inconscient. Et il n'a plus ni arme ni talkie-walkie.

Et avant que Sergueï et ses hommes ne se retournent vers l'entrée, ils entendent les grandes portes d'acier se refermer – ils comprennent. Les gosses les ont simplement attirés ici. Ils les ont rendus fous, et puis ils se sont servis de cette folie. En aucun cas, à aucun moment, ils n'ont été cernés, réalise Téliakov.

De l'autre côté de l'entrepôt, il reconnaît Alexeï Grisov, qui force pour fermer les deux battants. Malgré la distance, malgré la palpitation de l'air, il lui semble voir l'adolescent sourire. Il doit bien se douter que la porte ne les retiendra pas très longtemps. Qu'ils finiront bien par trouver d'autres sorties ou par défoncer la serrure. Mais l'essentiel pour le moment n'est pas le temps. Pas encore. L'essentiel est de les garder fous. L'essentiel est qu'ils ne pensent plus qu'à lui, qu'ils veuillent tous lui faire la peau, qu'ils en rêvent dans leur cauchemar de chaleur. Qu'aucun d'eux à aucun moment ne pense à Illya. Et pour cela, il faut rire ;

et pour cela, en forçant pour refermer les portes, Alexeï Grisov rit,

et par les fentes de ses yeux il leur lance à tous ce qu'il a de pire en lui

— des éclairs, des étincelles d'un mépris comme aucun d'entre eux n'en a jamais vu.

QUATRIÈME PARTIE

Treize heures vingt-trois minutes et trente-trois secondes

« L'essai proprement dit débute à 1 h 23 minutes 4 secondes. »

Section III du rapport *Praviv-Kibenov* du 26 avril 1997

Après avoir verrouillé la porte avec une barre à mine, Alexeï remonte sur le toit de l'entrepôt et se cale contre un abri de tôle. À quelques mètres sous lui, il entend les flics s'escrimer en vain sur la porte – les premières insultes qui fusent, les premiers râles de ceux qui tentent en vain de tordre la tôle. Parfait, se dit-il, ils en ont pour un moment avant de parvenir à sortir.

Il espère que sa mère a trouvé Illya chez les Roms, qu'elle va le convaincre de revenir et d'attendre sur le parking. Maintenant, tout est sous contrôle. *Sauf le jeune flic*, réalise-t-il. Il donnerait beaucoup pour savoir où est Mikhaïl en ce moment. Et s'il fermait les yeux, il saurait peut-être ce que seul le vent aux lèvres parfaites sait, il sentirait que celui qu'il craint est juste là, près de lui, sur le toit – dans ce vent léger qui effleure sa nuque – il saurait que Mikhaïl n'est pas vraiment avachi près du parking ; qu'il glisse au-dessus des toits recouverts de rouille, qu'il sent cette sueur de la vie, dans son cou, sur son torse ;

qu'il sent ce cœur qui pompe dans sa poitrine, qu'il entend lui aussi les cris des flics en contrebas,

qu'il sourit lui aussi,

et que lentement, son esprit se délie comme se délie celui d'Alexeï.

Allongés l'un près de l'autre, du haut du toit, les deux jeunes hommes laissent traîner leurs yeux mi-clos sur les friches alentour, ils hument l'acide infime des odeurs d'aphyllanthes ;

et par moments, bercé par le vent aux lèvres aimantes, Alexeï ferme les yeux et murmure ces prières indistinctes que l'homme adresse parfois au vent,

il lui demande ce que son père a voulu lui dire ce matin,

et Mikhaïl répète comme il peut ses prières,

et par moments, leurs voix se mêlent,

et quelque chose d'immense et de minuscule, quelque chose que Mikhaïl n'aurait jamais pu imaginer débute à 13 h 23 minutes et 4 secondes. Loin dans le vent, une vieille fille entend leurs voix qui se mêlent, et ses lèvres parfaites s'étirent et s'ouvrent – elle tire un tissu sombre devant elle, elle murmure, elle raconte que

tout est parti de cette véranda – du soleil, partout, sur toute chose, comme la dernière des punitions. De l'appartement vide. D'Alexeï qui errait dans la véranda, seul à en crever, à se demander ce qu'il pourrait faire de toutes ces journées qui traînaient par terre, à ses pieds. De ces heures à sentir croître cette douleur sourde, ce cristal informe d'ennui et de solitude, à sentir ses bras se meurtrir à ces arêtes,

à ces extrémités toujours blessantes du jour –

de ces heures à apprendre que quelle que soit la douleur qui nous habite, qui nous fouille,

rien ne nous donne jamais la direction.

Et un jour, pour une raison oubliée depuis, peut-être juste pour voir si quelque chose arrivait, il mâchait du carton dans la véranda : sa mère entra et le surprit – incapable de soutenir son regard, il s'enfuit dans les étages de 1404. Là, il erra au hasard dans les appartements vides, au milieu des salons abandonnés et des meubles renversés – les yeux mi-clos, il allait, laissant traîner un doigt maussade sur cette étrange poussière orangée qui recouvrait tout, passant d'un appartement à l'autre par les murs troués. Après quelques heures d'errance, dans la cuisine d'un appartement complètement saccagé, il trouva un cran d'arrêt par terre. Un kizlyar. Et le vent doux se souvient de cet instant où il appuya sur le bouton du manche, de cet instant où la lame a surgit – parfaite, luisante. Effrayé, l'enfant se redressa et scruta la pénombre de la cuisine, comme s'il s'attendait à voir quelqu'un. Mais personne n'apparut, et il finit par glisser le couteau dans sa poche. Et à cet instant, quelque chose venait de se décider – c'est ce jour-là qu'il commença à ramasser des objets un peu partout. C'était plus fort que lui – c'étaient des vis, des bougies, des outils, des pierres noires – c'étaient toutes sortes de trésors. Et à force de fureter, vers huit ans, il se mit à explorer les friches qui ceignaient le bloc des 1400. Derrière les terrains vagues de l'ancien stade, il découvrait un sous-bois de pins d'Alep et de ronces. Et là se trouvait le plus beau des chênes verts sur cette Terre – un centenaire, au moins, avec un port parfait, avec un tronc fendu en deux qui dessinait comme un scorpion immense. Et les mois qui suivirent, l'enfant les passa dans l'obscurité sèche que respirent ces arbres magiques. À peine arrivé près du chêne, il se fondait dans les feuilles coupantes. Il écartait doucement les branches et se postait contre le tronc, tous sens en éveil. Et tandis que son souffle se calmait peu à peu,

sa peau virait au vert-de-gris,

elle se couvrait d'écorce.

Il était tellement bien alors qu'il oubliait parfois complètement pourquoi il était là, ce qu'il y faisait. Un quart d'heure passait – parfait,

au cœur des rafales légères,

des crissement de feuilles,

de l'odeur du thym.

Si elle l'avait vu alors, sa mère aurait su qu'Alexeï suivait la même piste qu'elle. Qu'il entendait lui aussi ces souffles dans l'air. Qu'il devinait les mêmes dessins qu'elle dans certaines ombres. Elle aurait su qu'ils étaient beaucoup plus proches qu'elle ne l'imaginait. Mais personne n'avait jamais surpris Alexeï dans ces moments-là – l'essentiel de ce que nous avons à vivre,

nous le vivons seuls, murmure une voix gercée dans le vent.

Pas toujours, répond une autre voix, pas toujours ; regarde, le jeune policier est là aujourd'hui. Avec un peu de chance, il verra Alexeï reprendre contact avec la réalité, il verra qu'il avait les mêmes yeux que sa mère – la même gêne quand il osait enfin ramper sous les branches basses du chêne.

Là, caché derrière le tronc, il dégageait sous un tapis de glands, de feuilles et de terres brunes, les planches d'une palette. Et cet effort pour la faire coulisser. Et ce raclement parfait du bois contre la terre – voilà de quoi était fait le jour. Mais qui peut comprendre le pouvoir de ces choses sur nous ? Qui, sinon nous ?

Le trou qu'il dévoilait sous la palette faisait peut-être

un mètre de profondeur et de côté. Il était arrivé à Alexeï, quand il avait neuf ans, de s'y cacher un soir qu'Evgueni avait trop bu. Le temps de se calmer, d'attendre que son frère cesse de gueuler aux abords du stade, il avait fini par s'y endormir. On tisse avec les endroits où l'on a dormi d'étranges liens de reconnaissance – les havres de paix, les heures de silence sont rares. Le volume du trou avait une signification – Alexeï devait avoir vu cette nuit en Oracle dans le dessin des feuilles du chêne quand il avait creusé le trou. Après cet épisode, c'était, chaque fois qu'il le découvrait, le souvenir de cette nuit qui revenait, avec l'odeur de terre, celle des feuilles remuées, avec la poussière qui dansait, irréelle, autour de lui. Et une bénédiction sans mot, ne s'adressant à rien en particulier – au lieu, simplement et confusément. Ensemble, ils s'étaient tirés d'affaire. Il était dans l'ordre des choses qu'il lui confiât ses riens les plus précieux. Au milieu du fouillis des outils, des lames aux courbes parfaites, des boîtes de confiture remplies de tolis qu'il avait dérobées à sa mère et à sa grand-mère, solennel et muet, il déposait sa trouvaille au fond du trou – une bougie de moteur, une scie à métaux. Il n'y avait ni cérémonie ni oraison, rien qu'un silence stupéfait – il venait de déposer cette scie, cette bougie, cette lame à sa place dans l'Univers. Et seul comptait,

l'entourant comme le ventre chaud d'une mère,
le crissement des feuilles du chêne vert.

Et le vent aux lèvres douces murmure que des années entières passèrent ainsi – dans le calme, dans la perfection magique du chêne. Et peut-être qu'assis sur le toit de l'entrepôt Alexeï le sent à nouveau autour de lui, qui n'a jamais cessé de le protéger. L'odeur de sa terre. La chaleur de son tronc. Le crissement de ses feuilles parfaites dans le vent.

Avec le temps, il prit de l'assurance et s'éloigna plus encore du Quartier. À douze ans, il désertait la barre et l'école pendant des journées entières – dormant à la belle étoile, buvant l'eau noire des ruisseaux, cuisant les rongeurs qu'il abattait avec un fusil volé. Il suivait les traces des chasseurs, ces embryons de pistes qui se perdaient inexorablement dans les chênes kermès, dans les aphyllanthes – comme si la nature avait fini par régler leur compte à ceux qui s'étaient entêtés à la traquer trop loin. Et quand il n'y avait plus de direction claire, il poussait à l'instinct, en direction de l'Usine, là où tout semblait s'éteindre. Aux abords de la zone d'exclusion, il découvrait des forêts lugubres d'arbres aux branches tordues, des plaines ravagées que le vent fouettait d'une sorte de poussière grisorange. Et quelque part dans ce monde à l'agonie, dans ces murmures acides du vent, dans ces édits de rouille, quelque part dans cet abandon des machines-outils, la mélancolie confuse d'un combat perdu par tous, d'un combat dont il ne restait aujourd'hui que ces cicatrices grises,

qu'une douleur fantôme.

C'était comme si tout ce qui n'avait pas encore succombé était à bout de forces – condamné de toute façon. Et s'avançant au milieu de ces holocaustes de misère qu'aucun dieu ne venait plus visiter, l'enfant devinait que sa famille finirait elle aussi réduite en poussière – dispersée dans le vent. Son père. Sa mère. Sa grand-mère. Illya. Et peu à peu, une amertume sourde, un automne prenaient règne dans ses yeux ; c'était cette certitude d'être lui aussi condamné, de n'avoir rien d'autre au monde que ces friches. Rien qui l'ait accepté. *Rien pour quoi vivre.* Pendant des heures, sur sa peau irritée, le vent Solitude murmurait ces mots noirs : pour quoi vivre ? Et nulle part, Alexeï ne trouvait de réponse, et il allait finir par devenir fou. Et s'il n'avait pas eu de chance, nul doute qu'il se serait empoisonné, qu'il se serait fini comme un chasseur, au fusil, sous son chêne. Et Mikhaïl écoute le vent qui murmure autour de lui – et pour quelques secondes encore, sur cette face du monde nitrammite, il peut sentir sur les épaules d'Alexeï ces poids immenses et minuscules ;

dans ses veines de treize ans, ces douleurs, ces amertumes qu'il croyait avoir tuées en lui ;

il peut éprouver cette vie, cette grande plaie dans la nuit du monde,

cette déchirure qui passe par nos corps.

Et il ne veut qu'une chose – sentir ces larmes sur ses joues encore, les faire rouler dans sa paume comme des pierres noires – et il supplie le vent aux lèvres parfaites de continuer, il supplie Alexeï de fermer les yeux quelques secondes encore.

Et le vent aux lèvres liquides est bon, et il s'enroule autour de son chêne et reprend ; il souffle que, pour Alexeï, la chance se présenta au printemps.

Il voulut éviter une bande de jeunes aux abords de l'ancien stade, et fit un détour près d'un entrepôt qu'il n'avait jamais exploré. C'est là qu'il découvrit la Volvo. Elle pointait hors des frondaisons d'un vieux chêne cerné d'innombrables ronces. Ce n'était plus qu'une carcasse. Au premier coup d'oeil, on devinait la rouille qui achevait son travail de corruption – partout régnaient les cristaux cinabre, les efflorescences malsaines qui étaient le début de la fin,

qui étaient l'appel de la poussière.

Par endroits, l'armature apparaissait déjà, renvoyant elle aussi des teintes rougeâtres et imprécises. Les vitres retournaient lentement à la nuit qu'elles n'auraient jamais dû quitter, pluie d'éclats innombrables retenus loin du sol, dans le purgatoire d'un dédale de ronces, qui ne mourraient jamais vraiment, qui ne connaîtraient jamais le repos. Un bloc blanchâtre de calcaire avait enfoncé le pare-brise qui s'incurvait comme pour dessiner la forme de la pierre, comme pour l'accueillir – laissant partir de là, folles de douleur, une centaine de stries plus ou moins franches dans lesquelles se perdait la lumière. C'était un vitrail qui se dévoilait devant Alexeï. Un vitrail travaillé par la haine, par la déchéance, par l'abandon. Un vitrail comme le Quartier savait les travailler. Heureusement, la pierre, de la taille de son torse, avait atterri côté passager. Le conducteur avait encore droit à quelques surfaces lisses sur lesquelles la poussière régnait – un dessin de triangles s'emboîtant au hasard, aux hypoténuses jointes comme autant de prières. Et derrière, malgré la poussière, malgré les toiles d'araignées tendues entre les rétroviseurs et les buissons, Alexeï distinguait nettement le volant. Et rien d'autre ne comptait. Écartant le fouillis des branches et des ronces, il s'approcha et parvint au niveau du capot – encore chaud de l'après-midi, recouvert de feuilles, de poussière, grinçant très légèrement sous ses doigts stupéfaits. Les phares brisés abritaient ce retour à la vie insecte, cette vengeance muette de tout ce qui nous a subis. Le pare-chocs pendait, se retenant à la carcasse par des vis tordues, menaçant de rompre. Côté conducteur, la portière était enfoncée et Alexeï dut s'y reprendre à plusieurs fois pour la faire jouer. Mais quand elle céda, la tension accumulée dans l'effort retomba instantanément : il était calme. Son regard plongea dans la moiteur de l'intérieur, dans les cépées qui reprenaient leurs droits – du dessous, de la porte du passager, de l'arrière. De fines volutes de poussière s'ébattaient parmi les rais de lumières – souveraines, lentes, aux courbes parfaites. Il scruta la couche de débris en tout genre qui jonchaient le tableau de bord, puis fouilla l'intérieur de la portière à l'aide d'une branche. Mais il se moquait bien de ce qu'il trouvait là. Il guettait, avec l'instinct du chasseur, la manifestation de la vie qu'il avait forcément dérangée dans ce paradis. La branche robuste de chêne vert était pour ces énormes araignées qui ne tissent pas de toile – qui n'en ont pas besoin, qui chassent le rat, l'oiseau. C'étaient elles qu'il s'attendait à voir surgir à tout instant – là son arme serrée, son bras tendu, là ses yeux scrutant les mouvements indistincts dans la poussière. Quand il en eut assez, sans lâcher la branche, il fit mine de s'asseoir sur le siège conducteur. Sa ruse fonctionna : à l'instant où ses jambes touchaient le cuir brûlant, une énorme vipère jaillit de sous le siège passager, fonçant sur son bras droit. Il écarta le corps reptile d'un coup de branche et se dégagea de l'habitacle. Les jambes arquées, la main gauche sur la portière, il faisait face au serpent. La bête, qui mesurait plus d'un mètre, glissa vers le siège conducteur, sa langue, ses pupilles verticales se contractant spasmodiquement. Quand enfin ils furent satisfaits de leur position, ils se figèrent. La bête bondit la première, vers son visage. Alexeï rabattit le corps en extension d'un coup de branche et, voyant la tête pendre une fraction de seconde hors de l'habitacle, il referma la portière de toutes ses forces. Le corps fut sectionné sur le coup. Une vingtaine de centimètres tomba à terre – gueule s'agitant en soubresauts erratiques, gueule furieuse et crachant son venin sur le sol. Alexeï l'écarta d'un coup de pied, la renvoyant sous la voiture – et cela, il le fit d'instinct et sans mépris, sachant que l'on pouvait venir de là, sachant combien cette tête marquerait désormais son territoire aux yeux des peuples invisibles. Il rouvrit la portière – sa victoire était là, qui s'agitait follement sur le siège conducteur. Quand elle se fut calmée, il la prit sans hésiter – provoquant les derniers tremblements, les derniers coups de fouet inutiles. Il la jeta vers l'arrière de la voiture, la marquant une fois pour toutes comme son territoire. Puis, d'une main sûre, il balaya la poussière du cuir du siège. Des pieds, il écarta les pousses de genêts qui traversaient le fond de l'habitacle – certaines longeaient les pédales pour se tordre contre le plafond, d'autres, plus rapaces, avaient contourné le volant et se dirigeaient vers la lumière du pare-brise. Quand enfin il parvint à poser ses pieds sur le plastique – à éprouver cette résistance parfaite des mécanismes obscurs à qui il commandait désormais, son visage fut barré d'un fugitif sourire. Et si l'esprit des hommes n'est qu'une goutte de sueur, qu'une écume fragile, le monde entier s'y reflète ;

une vie entière tenait dans ce sourire,

et de l'autre côté du jour, Mikhaïl le sent, et il voudrait toucher ses lèvres – retrouver cette torsion infime, ce flottement.

Quand Alexeï sortit de la carcasse et referma la portière, il était décidé – il allait revenir avec ses outils, le plus vite, le plus fort possible. En un jour à peine, l'habitacle et le plafond du coffre furent cloisonnés de bâches transparentes. Une semaine plus tard, les cépées et les kilos de poussières gisaient en tas sous l'arrière de la voiture. De la boîte à gants, l'adolescent dégagea une boussole de marine. Pendant des heures, il la contempla, fasciné – il avait beau l'agiter, la retourner dans tous les sens, elle savait – elle connaissait sa direction dans le désert. Il posa ce trésor en bonne place sur la plage avant. Et tout fut parfait alors, et il put passer des mois entiers dans la Volvo – survivant à cette langueur démentielle de l'été, aux jours sans cesse plus chauds, sans cesse plus inutiles. Il longea ces monstres qui règnent sur les adolescences, qui déposent en l'adulte, sans qu'il le sache et sans pourtant qu'un instant il ne puisse s'en départir, la commune mélancolie de l'absence d'objectif assignable. Tout cela, il l'évita dans sa Volvo, incurvant la trajectoire, frôlant les murs, les obstacles à toute vitesse, sillonnant les autoroutes américaines ou écumant le Quartier.

Mais cette idylle prit fin brutalement au mois de septembre. Un groupe de jeunes qui s'égaillaient dans les friches après un bal dut tomber par hasard sur la voiture. Ils n'eurent pas besoin d'aller chercher très loin : il leur suffit d'enfoncer un mouchoir dans le réservoir et de mettre le feu. Le lendemain, quand Alexeï revint, il ne restait plus de la Volvo qu'une armature calcinée. Il s'avança à travers les ronces, interdit. Çà et là, dans les herbes noircies, il distinguait des fragments fondus, des flaques grises, ternes, de métaux qui n'avaient pas été assez nobles. Le pare-brise était en morceaux. L'adolescent resta figé au milieu des ronces, les bras ballants, le regard trouble. Tout ce qu'il avait aimé était retourné à la terre,

tout ce qu'il avait aimé était allé noircir les herbes.

À force de rester là, sans bouger, ses yeux séchèrent d'eux-mêmes. C'était un coup de plus et d'autres viendraient : il apprenait. Il apprenait que le désert de la vie s'étendait sur toute chose et sur toute souffrance, que l'on ne pouvait rien lui refuser et que tout lui était soumis. Et aujourd'hui, sur le toit de l'entrepôt, il voit bien que rien de tout cela n'avait été vain. Sans la Volvo, sans les mois qu'il venait de passer et qui achevaient de brûler face à lui, il ne se serait jamais retrouvé ce jour-là, à cet endroit précis. Sans ces larmes et leurs dessins brouillons sur son visage de douleur, il n'aurait jamais effleuré le vrai mystère de son existence,

celui qui surpasse la poussière et la nuit, celui qui fait de lui Alexeï Grisov, le seul être qui ait approché Lev Grisov, le seul être qui pourra sauver son frère aujourd'hui. Il n'aurait pas perçu, sur sa droite, ce mouvement des chênes verts qui avait attiré son regard. Et il voudrait se perdre dans ce mouvement, se perdre dans le vent encor,

mais il entend les flics qui s'agitent à quelques mètres, qui gueulent – ils ont enfin ouvert la porte de l'entrepôt : il se dit qu'il faut s'y remettre.

Pendant quelques secondes encore, de l'autre côté d'une larme que personne n'essuie, Mikhaïl l'entrevoit. À travers le vitrail du jour, Alexeï qui reste immobile, incapable de faire le moindre geste, Alexeï qui doit donner tout ce qu'il a pour ne pas pleurer, à l'instant où tout va basculer –

et pour la première fois depuis mille ans, Mikhaïl sent des larmes qui ruissellent sur ses joues. Il lui semble sentir aussi le vent, sentir Yéléna peut-être qui passe ses doigts dans ses cheveux, qui doit vouloir le consoler – mais qui ne peut empêcher ses larmes de couler, mais qui ne fait que le réveiller.

Alors, lentement, il émerge du songe ; il se redresse en s'appuyant contre son arbre, il passe une main tremblée dans ses cheveux, il s'essuie le visage. Et tout est calme en lui quand il ouvre ses yeux rougis. Le geste engourdi, alangui presque, il range son matériel. Et quand il a terminé, il remarque les cristaux de nitrammite tombés à terre, à ses pieds. Il les ramasse et les glisse dans sa poche – et un sourire fugitif barre son visage.

« Le débit d'eau dans le réacteur décroît au fur et à mesure de la baisse de régime des turbo-alternateurs, ce qui provoque la formation de bulles dans le liquide de refroidissement. À cause du coefficient de vide positif, cela entraîne une rapide montée de la pression. La pression nominale est atteinte à 1 h 23 minutes 33 secondes. »

Section III du rapport *Praviv-Kibenov* du 26 avril 1997

Ces gosses veulent quelque chose de précis. S'ils avaient voulu s'échapper, ils seraient partis là-bas, sur la gauche, ils se seraient perdus dans les friches. Jamais on ne les aurait retrouvés. Les mots traversent Téliakov, mais ne se fixent nulle part sous son crâne – bulles ballottées par le vent moite, spectres informes qui baignent dans la chaleur étouffante du monde,

ils lui échappent quand il expire,

ils se perdent dans le vent léger qui agite les herbes folles.

Au moins, on a pu sortir de cet entrepôt avant qu'un des hommes ne fasse un malaise.

Tandis qu'il s'appuie sur une carcasse de camion, il scrute

la cabine par acquit de conscience – mais il sait bien qu'il n'y aura rien : ces gosses sont bien trop doués pour se laisser approcher à moins d'une dizaine de mètres. Ils se montrent de temps à autre – comme s'ils jouaient avec eux. Autour de lui, les hommes passent de temps à autre dans l'air brûlant, couverts de sueur, les yeux torves et menaçants ; et Téliakov sent la bavure qui se profile, impossible à éviter. Quand il détourne le regard, il aperçoit de lourds nuages qui pèsent sur l'horizon, par les trouées entre les bâtiments. *Ces friches vont nous crever. Tous.* À nouveau, il songe à tout abandonner. Mais le désert, mais la chaleur folle, mais le hasard n'en ont pas fini avec lui, et à cet instant, son talkie grésille.

— Chef ! Chef ! C'est la mère, elle vient juste de repasser dans l'autre sens. Elle sera chez vous dans quelques minutes. À vous.

— OK. Vous refermez le barrage. Plus personne ne passe. Je m'en occupe. Terminé.

Enfin, il reprend les choses en main. Sans même y penser, il change de fréquence et il lance :

— Mikhaïl ! Mais t'es où, putain ?

De l'autre côté du jour, Mikhaïl saisit d'une main trouble le talkie dans sa poche. Ses yeux tentent de s'accommoder à la brillance folle du parking – il s'appuie contre le tronc de l'arbre, il n'ose pas bouger.

— Je suis sur le parking, répond pour lui une voix sombre.

— Viens me chercher, derrière la cave. Prends une voiture et fais vite !

Quelques minutes plus tard, Mikhaïl s'arrête à l'arrière de la cave coopérative et il aperçoit Téliakov qui sort des friches en courant.

— Vers la place, fonce ! ordonne le capitaine en se jetant dans la voiture. Putain, mais qu'est-ce que tu faisais ?

Mikhaïl n'a pas le temps de mentir : à peine les deux policiers débouchent-ils de la chicane qu'ils aperçoivent au loin, dans l'alignement de la grand-rue, la vieille Trabant des Grisov; et toutes les questions, toutes les colères dans leurs yeux, dans leurs veines sont entraînées par la montée rapide de la pression du monde. Et à 13 h 33 minutes et 33 secondes, Téliakov pose la main sur le volant et murmure Tout doux. Il ne veut plus de course, plus d'échappée. Mikhaïl ralentit imperceptiblement. Il a compris – ils vont gentiment suivre Anna Grisov, et quand elle sera arrêtée, ils la bloqueront sans problème. Mais elle doit les reconnaître – soudain, elle accélère et fait hurler le moteur de sa Trabant. D'instinct, le capitaine donne un coup de volant et ils la percutent de plein fouet – en une fraction de seconde, le jour se scinde, le jour se fait Désordre, se fait Chaos, le jour se fait Pierres noires et Crissements de pneus, Vitres pulvérisées et Grincements de dents,

et à la surface de ce jour Déflagration, les corps multipliés, les corps impuissants des hommes sont ballottés dans tous les sens.

Mais quelle que soit la douleur qui déferle sur eux, qui les submerge et finit par les faire sombrer, toute cette agitation n'est qu'une pierre minuscule dans la paume du jour. Et quelques secondes à peine après le choc, la dernière vitre s'est brisée,

le dernier pare-chocs achève sa chute,

et le silence revient sur la place,

il écrase tout comme il le fera à la fin des temps,

et tout est rendu à cette chaleur véritablement folle qui règne ici-bas.

Et quand Mikhaïl se redresse enfin, le crâne en fusion, étourdi par la violence du choc, par la chaleur, il aperçoit à travers le pare-brise en mille morceaux Illya Grisov qui se redresse dans l'autre voiture. *Il était là !* Le gosse a l'air terrifié. Sa mère lui crie visiblement quelque chose : Mikhaïl la devine qui s'agite, qui le pousse hors de la voiture, mais il n'entend rien de ce qu'elle lui dit – le sang qui lui coule des oreilles fait de toute cette scène un spectacle muet, presque irréel, en grandissant démesurément l'écho ;

une symphonie muette de l'échec.

À la droite du jeune policier, Téliakov se redresse et gémit. Il plisse des yeux et finit lui aussi par reconnaître Illya. Mikhaïl se tourne vers lui et l'interroge une seconde du regard. Que voit-il ? Le capitaine n'en sait rien. Il sait seulement que Mikhaïl doit être rassuré, que très vite il se retourne, force sur la portière et parvient à l'ouvrir. Il sait seulement que l'air de lave s'engouffre à l'intérieur de la carcasse tandis que le jeune homme s'élance à la poursuite d'Illya.

Grimaçant, Téliakov s'extrait à son tour et aperçoit à quelques mètres de lui Illya qui contourne leur voiture en boitant. Il pourrait presque lui barrer le passage, mais soudain une douleur terrible lui fend le crâne, mais soudain tout se met à tourner. *Pas maintenant. Pas maintenant.* Il s'agenouille, il suffoque tellement la souffrance est forte,

tellement elle déferle partout,

il ne contrôle plus rien il halète il tremble il fouille dans ses poches pour en tirer une plaquette – murmurant sa prière au ciel, au monde fou de chaleur, à ce cauchemar de douleur *pas maintenant, pas maintenant.* Ses doigts glissent et la pilule lui échappe et il se penche misérable pour la ramasser et le monde se penche dans son crâne et le sang et les humeurs hurlent en lui fou de douleur *pas maintenant pas maintenant.* Il ne doit qu'au hasard qu'à la chance de sentir soudain, les yeux fermés, les yeux ayant déjà renoncé, de sentir soudain contre son index la surface lisse et ronde de la pilule. Et il la saisit comme un damné et la porte à sa bouche comme la dernière hostie sur Terre ; et avant même qu'elle ait fondu, ses traits se détendent. Quelques instants passent dans l'attente de la délivrance, et enfin il peut ouvrir les yeux. Au loin, de l'autre côté de la place, Mikhaïl disparaît dans les friches. Au prix d'un effort surhumain, Téliakov parvient à se lever et se met en marche tant bien que mal. Son crâne est un délire de pression et de meurtrissures, sa jambe droite le lance horriblement,

mais il doit les suivre.

« L'accident a été déclenché à 1 h 23 minutes 40 secondes, quand le contremaître Aleksandr A. déclenche l'arrêt d'urgence. Sur ce type d'Usine pétrochimique, l'insertion complète des barres d'arrêt d'urgence prend près de 20 secondes. Et quand les barres de contrôle commencent à descendre, le réacteur est déjà bien trop chaud, ce qui a déformé les guides des barres ; celles-ci ne descendent qu'à 1,50 mètre au lieu des 7 mètres attendus. En outre, défaut de conception du système d'arrêt de ce type de réacteur, les extrémités de ces barres sont faites de graphite qui est un catalyseur de la réaction et qui provoque au contraire une augmentation de la réactivité et donc de la pression. »

Illya est là, Mikhaïl le sent. Au milieu de nulle part, sous cet arbre. Juste là, derrière cette carcasse calcinée qu'il voit dépasser des feuilles – *la Volvo d'Alexeï ! Elle existe !* Le jeune policier reste un instant interdit, les yeux dilatés, les mains tremblantes, et la réplique menace de le prendre à elle – elle est là, elle déferle. L'odeur du chêne. De la voiture brûlée. Le goût de ses larmes. Le vent qui passe. Mais Mikhaïl ne se laisse pas faire – il se frotte le visage presque brutalement, il s'avance vers le chêne. Il *doit* mettre la main sur Illya.

Il pénètre sous les frondaisons dans un état second, absolument sûr de retrouver l'adolescent près de l'arbre. Et quand ses yeux percent la chaude obscurité qui règne là, effectivement, il aperçoit le gosse qui lui fait face, campé sur ses jambes, tremblant de tout son corps. Mais il braque sur lui un fusil de chasse comme Mikhaïl n'en a jamais vu. *Un monstre capable de tomber un ours à un kilomètre. Voilà où était le fusil de Lev Grisov !* Illya ne quitte pas Mikhaïl du regard

– et ses yeux sont des cristaux de peur tremblante

– et cette peur plutôt que le calibre, plutôt que la perfection de l'arme devrait effrayer Mikhaïl – il suffit d'un rien, d'un bruit, d'un faux mouvement et il est mort. Mais ce doit être la chaleur, ce doit être la folie qui commandent ce monde en fusion, parce que malgré cette peur dans les yeux du gosse, malgré cette arme pointée sur lui, Mikhaïl continue à avancer, posant lentement un pied devant l'autre, en direction d'Illya qui recule – qui ne veut pas tirer, qui n'ose rien dire, qui ne peut que le supplier des yeux *Ne m'obligez pas, ne m'obligez pas.* Mais comme s'il ne comprenait rien, Mikhaïl continue à avancer, et la température du monde augmente à chacun de ses pas,

et dans les tréfonds de son âme, des roches noires sont entraînées par quelque force obscure,

qui jaillissent de ses yeux,

pour la première fois depuis mille ans,

veines éclatées et reflets maladifs,

Mikhaïl vit.

Bientôt, Illya atteint le tronc de l'arbre : il ne peut reculer davantage. C'est ce que voulait Mikhaïl. Lentement, très lentement, il s'approche encore et quand il est à portée, il détourne les yeux – il regarde sur la gauche, comme si quelque chose dans la carcasse de la Volvo avait attiré son attention. Ce n'est rien, ce n'est pas une seconde même – Illya se demande si ; il ne tombe pas à proprement parler dans le piège, il cligne simplement des yeux un peu plus longtemps que d'habitude. Et Mikhaïl bondit et saisit le canon et le coup part et envoie au ciel

ce son qui n'appartient qu'à lui,

ce son qui fracasse le ciel et que rien n'arrêtera,

cette explosion.

Et de l'autre côté du jour, quelques secondes auparavant, Alexeï se plaque sur le toit d'un entrepôt ; il aperçoit Fiodor sur un toit voisin, à quelques mètres de lui. Ensemble, ils surveillent les flics qui sont tous à leurs pieds – épuisés, harassés, à bout de nerfs comme ils les veulent. Alexeï se dit que tout va bien et soudain,

le coup part et envoie au ciel ce son qui n'appartient qu'à lui,

cette déflagration qui semble venir de l'autre côté du monde et qui en a encore pour des kilomètres et des kilomètres avant de se perdre dans l'air surchauffé. Dès qu'il l'entend, Alexeï se redresse. À travers les murs en lambeaux, à travers les fenêtres fracassées, à travers les tôles rouillées jusqu'à la moelle, il fixe l'arbre, la carcasse calcinée, il fixe l'arme. Parce qu'il n'y a pas de doute possible, un seul fusil sur Terre peut produire ce son – ce son reconnaissable entre tous, ce son qui l'a réveillé ce matin.

Et dans ses yeux de lave, un instant, il revoit Illya ce matin. Ils sont sous le chêne. Il vient de lui montrer comment se camper pour tirer, il s'apprête à cacher l'arme du père dans la carcasse calcinée de la Volvo, sous les restes de l'essieu arrière. Illya ne comprend certainement pas pourquoi ses mains tremblent, mais cela n'a pas d'importance ; lui sent et cela suffit, lui sent désormais que tout est lié ; la Volvo calcinée, le chêne magique, et même cette fleur écarlate dans le crâne du père – toutes ces choses qui ne sont qu'un tribut au monstre-vie, à la vie carnivore, qu'un tribut pour apaiser sa colère terrible, pour que le rendez-vous d'Illya se passe bien, pour que le gars vienne,

toutes ces choses sont liées, il le sent enfin,

et pour cela, il tremble en posant le fusil sous l'essieu.

Et tandis que le son se propage encore et étend son règne sur la terre et dans le ciel, Alexeï se redit que tout est lié – hier, ce matin, cette après-midi – tout est lié et ce son fabuleux dans le ciel en est la preuve et soudain Alexeï court – comme un fou, comme il n'a jamais couru pour rien ni pour personne. Les bâtiments et les arbres défilent, le vent glisse sur lui. Il ne voit plus les flics, il ne les entend plus, le monde entier est à l'arrêt, et lui est à l'urgence, lui court, lui vole vers la carcasse. Vers Illya qui a dû sortir l'arme de sa cachette. Tu ne t'en sers que si vraiment tu ne peux pas faire autrement, parce que… Il entend ses propres mots ce matin, avant de l'emmener sur la place. Il revoit les yeux d'Illya qui déjà implorait le ciel de ne pas avoir à s'en servir. Et campe-toi bien sur tes jambes. Ça a un recul inimaginable. Ça va te faire valser, sinon. Un instant, il a vaguement la sensation que Fiodor est là derrière lui, qu'il le suit. Mais il ne cherche pas à en savoir plus. Plus rien n'a d'importance désormais. Il ne met pas deux minutes à arriver là-bas. Et quand il arrive, même après des années d'absence, ses yeux savent voir dans l'obscurité du chêne – ils sont nés là et il ne met pas une seconde à jauger la situation, à reconnaître Mikhaïl – encore lui ! – et sous lui, Illya qui se débat. Une longue traînée de sang coule de l'oreille de Mikhaïl et une partie de sa chemise est brûlée au niveau de l'épaule. Il devait être à bout portant quand le coup est parti, et si la balle l'a frôlé, la flamme ne l'a pas manqué. Mais il s'est repris visiblement, et à présent, il tente de maîtriser Illya.

Sans attendre, Alexeï se jette sur lui et ils roulent à terre. Mikhaïl essaie de se redresser, mais Fiodor se jette à son tour sur lui et le repousse contre la Volvo. Sans lui laisser le temps de réagir, Alexeï se relève et commence à le frapper. Et les coups et les éclairs claquent dans leurs yeux de lave,

et leurs sangs leurs bras et leurs corps tout entiers entrent en fusion,

et la Colère

monstre à gueule rouge

la Colère submerge Alexeï et tandis qu'il frappe aussi fort qu'il peut, il se met à hurler et ses coups et ses cris se nourrissent les uns les autres et pendant une minute, pendant une vie, pendant un temps qui ne se mesure qu'en décharges, qu'en fusées de nitrammite dans ses veines, il n'y a plus qu'un cri, qu'un cri long et ininterrompu et dans ce cri Alexeï supplie Illya de courir, de retourner attendre les papiers près du parking, et Alexeï ne sait plus ce qu'il dit, il est fou et le sang jaillit sous lui. Il ne s'arrête que quand il perçoit derrière lui la voix du capitaine Téliakov, que quand il estime, au déclic de son arme, qu'il est à quelques mètres de lui à peine.

— Tu t'arrêtes tout de suite ou tu es mort.

Alors seulement il ouvre les yeux. Alors seulement il voit Mikhaïl en sang à ses pieds, les branches autour de lui, la carcasse sur sa gauche. Alors seulement, il sourit – puisqu'il ne voit nulle part Illya. Puisqu'en dépit des coups, puisqu'en dépit de la folie du monstre-vie qui s'était emparé de lui, il est parvenu à dire à son frère de fuir. Il se redresse et laisse ses bras ensanglantés baller contre lui – au fond du jour de lave. Il reste un instant ainsi, la nuque défaite, le corps tout entier parcouru de soubresauts terribles. Et lentement, il se retourne et fixe sur le capitaine les fentes noires qui lui servent d'yeux.

— Vous l'aidez à se relever, lui lance celui-ci. On va le ramener à la 1404.

Le capitaine range son arme – il sait que sa voix suffit. Ni Alexeï ni Fiodor ne vont songer à discuter ni à faire mine de résister. Ils aident déjà Mikhaïl à se redresser et Fiodor le laisse s'appuyer sur lui.

Une fois debout, Mikhaïl se frotte longuement le visage. Il crache un amas de sang et de glaires brunâtres. Tout tourne dans son crâne. Et quand il ouvre les yeux, son regard est noir et ses yeux sont de massacre – pendant une seconde, il jurerait voir, par-delà le tremblement du monde, Lev Grisov près de lui, qui se redresse, comme dans son rêve. Un instant encore, Tout est trouble, Tout est chaud et fondu et indiscernable – et avec une lenteur infinie, cauchemardesque, le spectre décharné de Lev finit par disparaître, par se fondre dans la palpitation brûlante du jour. Et quand enfin le monde redevient net, il n'y a plus près de lui que Téliakov et les deux jeunes, qui l'observent, médusés.

Mikhaïl se demande s'il a crié – s'il s'est trahi. Il n'a aucun moyen de le savoir. Il sait seulement qu'il tremble de la tête aux pieds ; alors il fait la seule chose qu'il puisse faire – quelques pas, les yeux baissés, en espérant que la douleur passera. Téliakov le regarde faire. *Ce gosse sait encaisser. C'est vraiment quelqu'un,* se dit-il. Et même s'il aimerait lui demander ce qu'il a vu à l'instant, pourquoi il a hurlé ainsi, il sait qu'il ne faut pas s'appesantir ici. Il leur faut rentrer rapidement : ils ont tellement d'autres choses à régler.

— Ça va aller ? lance-t-il à Mikhaïl quand il ne peut plus se contenir.

Quand il est assuré de tenir debout, le jeune homme

plante ses yeux de lave dans ceux du capitaine et prononce d'une voix nouvelle, étrangement basse :

— C'est bon.

— Alors on y va, répond celui-ci, en soutenant son regard.

En silence, les quatre hommes prennent la direction du Quartier. Le capitaine ouvre la marche ; il n'a rien à dire, il sait que les jeunes vont lui obéir. Fiodor et Mikhaïl le suivent de près ; seul Alexeï traîne à quelques mètres derrière eux, et quand finalement il s'y met, il casse une branche morte du chêne, au passage.

De l'autre côté du Quartier, vieille millénaire au cou plissé de rides, vieille qui s'appuie sur un bâton de chêne pour soutenir son pas hésitant et peureux, Nona sort de sa boutique.

— Où est-ce que tu vas ? lui crie sa sœur.

— Les voir. Ils reviennent par ici. Ils vont passer par le bout de la rue.

— Tu sais pourquoi ton petit protégé est comme ça ? reprend sa sœur qui s'est levée, qui s'approche elle aussi de la porte.

— Non, dès qu'il y pense, il se ferme…

— Un animal à sang froid, hein ? marmonne l'aînée. Ça a dû être un sacré massacre pour qu'il se ferme comme ça. Quelque chose qui a eu lieu il y a quelques années et qui n'a rien à voir avec le Quartier. Si tu veux mon avis, ce n'est pas aujourd'hui que tu sauras ce qui lui est arrivé.

— J'imagine. Ce n'est pas pour ça que j'y vais, murmure Nona en fixant ses pieds.

— Tu… Oh… Alexeï Grisov ? Tu crois vraiment qu'il peut l'aider ? Mais…, marmonne-t-elle comme pour s'excuser, mais il a peut-être autant souffert que ton protégé, Alexeï Grisov. Sans parler de ce matin… Tu te souviens de ce que son père lui a fait… À mon avis, lui aussi il est mort.

— Pas tout à fait, pas tout à fait…

Et tandis que les quatre hommes quittent le chêne magique, deux vieilles filles aux ailes de vent viennent caresser l'arbre parfait, elles sentent l'odeur de la carcasse calcinée,

elles revoient ce mouvement de branches qui a attiré le regard d'Alexeï il y a mille ans,

et la nuit passe dans leurs yeux bridés, et dans les yeux rougis d'Alexeï, et dans les yeux de glace de Mikhaïl,

et tous sentent les larmes sur les joues d'Alexeï, qui sèchent,

et l'adolescent doit à nouveau se cacher contre la carcasse de la Volvo, et il doit à nouveau retenir sa respiration parce qu'une ombre vient de passer tout près de lui, de l'autre côté du jour.

L'ombre s'éloignait rapidement, visiblement habituée à se déplacer dans les friches – cette manière d'écarter les branches, de poser ses pas dans le dédale des buissons et des ronces ne trompait pas. Alexeï la suivit à distance pendant une pleine heure, tâchant de faire le moins de bruit possible. Ensemble, ils s'enfonçaient dans les interminables sous-bois de genêts scorpions qui survivaient sur le flanc gauche de la vallée. Peu avant la nuit, l'ombre s'arrêta et chercha quelques branches, dont elle fit un feu. Alexeï s'approcha lentement, mais il ne distinguait rien de précis à travers les feuillages couverts de suie et de poudre de nitrammite. Il était encore à une vingtaine de pas, le souffle coupé par la concentration, quand il entendit :

— Approche… Encore un peu, tu y es presque.

Comme il ne bougeait pas, l'homme repartit :

— Allez, ça fait une heure que tu me suis. Tu ne vas pas t'arrêter là.

Et à la fin de sa phrase, étrangement, sa voix se fit plus basse. Ce furent cette fêlure, cette faiblesse soudaines qui décidèrent Alexeï. Avançant dans la clairière, il reconnut son père. Celui-ci tourna rapidement la tête vers Alexeï. Et dans ses yeux, pendant la fraction de seconde qu'il lui accorda, Alexeï ne vit aucune trace de déception.

— Qu'est-ce que tu faisais aussi loin du Quartier ?

Alexeï ne répondit pas et ne fit même pas mine de bredouiller quelque excuse. Cela ne déplut pas à son père. Il désigna le feu et lui demanda :

— Tu as peut-être faim. Des raviolis. Sers-toi.

Il lui tendit une sorte de gamelle qu'Alexeï saisit, bien qu'il n'eût pas faim. Il se servit et mangea lentement, en silence. Son père aussi se taisait. Peut-être pensait-il déjà à l'heure qui allait suivre. À cette époque, GazUkr, l'ancien propriétaire de l'Usine, avait soudoyé le gouvernement pour que personne n'ait le droit d'approcher des décombres. L'armée avait renforcé sa surveillance, et sur toute la zone au nord-est de la vallée, les soldats avaient ordre de tirer à vue. Tromper ces hommes n'avait certes rien d'impossible pour des gens du Quartier, mais il y avait quand même un risque. Il fallait rester concentré, et Lev le savait. Quand il eut fini, il se leva, frotta une poignée de terre dans sa gamelle et la rangea dans son sac.

— Tu éteindras le feu, dit-il en la rangeant dans son sac.

Puis il attrapa son sac, et, sans rien ajouter, il disparut dans les arbres. De l'autre côté du feu, Alexeï restait assis, médusé, incapable de bouger. Une veine s'était ouverte soudain dans la gangue du jour, cachée dans un sortilège de raviolis froids et de regards fuyants. Et Alexeï restait les yeux dans le vague, à la contempler – stupéfié par la violence inouïe de ce premier contact, par ses gestes si triviaux et si puissants pourtant. Par ces yeux si durs. Par ces mains si larges, si fortes. Il en oublia le feu pendant un quart d'heure et ne revint à lui que quand celui-ci se mit à crépiter. La nuit gagnait de toutes parts. Il se leva précipitamment et jeta quelques poignées de terre sur les flammes. À une centaine de mètres, il lui sembla voir des torches s'agiter dans sa direction – les soldats avaient sans doute repéré le feu dès que la lumière avait décru. Il s'enfonça calmement dans les broussailles, en direction du Quartier. Quelque chose de magique s'était joué ce soir-là, dans cette clairière d'aphyllanthes, au milieu des odeurs de steppe brûlée ;

un instant, le cristal noir de la nuit avait fondu pour dévoiler son principe,

et Alexeï était présent, au centre du monde.

Et personne ne pourrait le lui enlever. Ni le capitaine Téliakov qui est encore plus impressionnant qu'il le croyait, ni Mikhaïl qui se retourne de temps à autre, qui le fixe de ces yeux de glace comme s'il entendait ses pensées. Personne. Ce jour-là était pour lui. Et la suite aussi. Et c'est peut-être ce que veut dire le vent aux lèvres parfaites quand il murmure Il n'est pas encore mort.

Peut-être qu'il se rappelle que dès le lendemain Alexeï s'introduisait dans l'atelier de son père, au rez-de-chaussée de la barre 1402. Un temps, il n'osa rien faire et resta à distance, à l'observer tandis qu'il travaillait le bois. Mais un matin, Lev peina pour déplacer une planche, et Alexeï trouva le courage de se lever ; et sur l'accord d'un regard, sur le cristal d'un instant, il attrapa la planche, et ensemble, ils parvinrent à la soulever. Après cette poignée de secondes qui avaient tout changé, il passa bientôt plusieurs heures par jour à aider son père.

Mais ces journées de travail ne l'intéressaient pas vraiment. Il préférait de loin ces matins où son père lui disait qu'il n'avait pas suffisamment de commandes pour lancer les machines – après l'incendie, les commerces du Quartier avaient fermé les uns après les autres, et désormais la demande était rare et aléatoire. Une ou deux fois par semaine, ils pouvaient aller traîner ensemble dans les friches. Ils passaient des heures dans les usines désaffectées des alentours. Ils ne disaient pratiquement rien de la journée, ils marchaient simplement côte à côte ou l'un derrière l'autre ;

et si les souffrances dans leurs yeux, dans leurs mains ne se mélangeaient pas,

elles se frôlaient, elles s'effleuraient, et c'était déjà beaucoup,

c'était déjà immense.

Et dans l'esprit adolescent d'Alexeï, tous ces jours se fondaient les uns dans les autres et n'étaient qu'un seul et immense jour,

un jour de cristal noir,

et pendant ce jour immense et éternellement recommencé, son père et lui marchaient ensemble quelque part sur Terre. Et de l'autre côté de ce jour parfait, le vent aux douces lèvres sourit et continue à murmurer son histoire. Et Alexeï ne suit ni Téliakov, ni Fiodor, ni même Mikhaïl – il revoit son père qui avance devant lui, légèrement voûté. Il voudrait que cette marche silencieuse, que ce jour n'ait pas de fin – il le veut même s'il sait que les choses vont mal finir, que la douleur l'attend.

La douleur était là depuis toujours, d'ailleurs. Même si son père ne le lui expliqua jamais vraiment, Alexeï s'aperçut bientôt que tous ces lieux qu'ils arpentaient n'étaient pas choisis au hasard : son père, Vassili Grisov, avait travaillé là. Partout où ils allaient, ils cherchaient des outils, des ustensiles spécifiques, semblables à ceux qu'il avait utilisés en son temps, quand il était encore menuisier pour l'Usine. Et Alexeï sentit pour la première fois que c'était là, dans cette recherche, dans ces heures, dans ces jours passés à racler le monde, à soulever des monceaux de poussière pour un tournevis, une scie ou toupie, c'était là qu'était son père – et lui seul le savait.

Mais d'autres voix dans le vent, d'autres voix plus ridées murmurent que tous ces détails ne sont que des grains de sable, que le jour n'est qu'un cristal minuscule de souffrance vaine ; elles soufflent qu'Alexeï avait compris qu'en quelque sorte son père cherchait à l'aveugle. Qu'il n'avait pour se guider que quelques gestes, que quelques regards qu'il se rappelait de son propre père, et rien d'autre. Il n'entendait pas, lui, le souffle dans le souffle. Il ne voyait ni la forme dans le mirage, ni l'ombre dans l'ombre. Et avec Alexeï, ils avaient beau écumer les mines, les ateliers abandonnés, la plupart de leurs excursions étaient vouées à l'échec – tant le monde est un cristal qui s'effrite sous les coups de boutoir du temps ;

tant nous n'aurons jamais qu'un peu de poussière dans les mains ;

tant la souffrance est l'étoffe même, est la matière même du jour.

Alexeï se souvient que parfois, après avoir soulevé une carcasse rouillée, ils croyaient apercevoir ce qu'ils cherchaient, volant dans les arabesques de poussière, se révélant dans un fugace rai de lumière – ce paradis de silence de Vassili, cette loi tranquille qui l'entourait, cette magie dans ses gestes qui semblait perdue. Mais quand ils clignaient des yeux, autour d'eux, ce n'étaient que déchéance, que rouille, que ce gris orangé qui gagnait la vallée tout entière –, partout, ces efflorescences, ces couches de graphite aux couleurs étranges,

et qui toutes étaient signe
et qui toutes étaient marque
de la fin.

Alexeï voyait les mains de son père qui se mettaient à trembler. Comment faisaient celles de Vassili pour connaître si bien leur trajectoire ? Que savaient-elles de plus ? De moins ? Qu'est-ce qui s'était corrompu ? Et qui, et quoi l'avait perverti ? Et quand ? Des monstres de tristesse passaient dans les mains de son père. Et ils eurent beau y consacrer des mois et des mois, Vassili Grisov se dérobait sans cesse. Il ne restait plus rien de ce qu'ils poursuivaient. Des traces à peine, dans l'air surchauffé ou sur certains outils. Des traces sur les dunes du monde. Quoi que ce fût, quelque chose s'était perdu. Dans ce désert à perte de vue, personne n'avait plus de direction précise à pointer. Tout *était* au hasard. Tout lui appartenait. Et c'était là aussi et peut-être là surtout qu'était son père. Dans l'ombre portée de l'échec. Dans le désert. Là où planent les brumes de poussière, les torpeurs malsaines, là où s'est décidé ce matin – là où seul Alexeï s'est avancé, susurre le vent aux lèvres gercées.

Mais tandis que Téliakov, Mikhaïl et les deux adolescents approchent du bloc des 1400, le vent aux lèvres parfaites entend Alexeï chuchoter sa peine. Ses yeux bridés sondent le jour pulsatile, ses lèvres douces lui murmurent de ne pas se laisser faire ; elles lui rappellent que de temps à autre, quelque chose de magique avait lieu. Parfois, son père et lui apercevaient un ours dans les friches – ils le suivaient pendant un moment dans les jumelles de Vassili auxquelles Lev tenait plus que tout. Ou alors ils tombaient sur un trésor enfoui – un ampli à tubes, un poste de radio en bois, avec marqueteries. Quelque chose revenait, que l'ombre, que le vent n'avaient pu emporter tout à fait. Cela durait une journée. Son père était presque bien alors, Alexeï le voyait. Il se posait contre les machines – il époussetait sa trouvaille, la lorgnait avec un sourire d'enfant alors que le jour tombait. Alexeï était trop jeune pour saisir ces détails minuscules – l'essentiel, on le manque, on ne le voit que trop tard, quand on peut le dire, quand il est corrompu :

l'essentiel est consomptible.

Mais cela lui importait peu – pendant quelques heures, il effleurait son père, qui lui expliquait les spécificités d'un poste, la taille des tubes, les gaz inertes qui n'en finissaient pas de mourir à l'intérieur. C'était cela, exactement cela, que l'adolescent avait cherché pendant toute son enfance, à travers le Quartier, à travers les déserts noirs alentour, à travers tout ce qui avait été traîné dans la boue des jours. Il ne se sentit jamais aussi bien que dans ces moments-là ; il restait silencieux à écouter son père, sous son ombre de géant, ne demandant rien de plus – il avait lui aussi trouvé sa place dans l'Univers, enfin.

Et tout était tellement parfait que certains jours duraient mille ans, que certains jours éclairaient les jours pendant une vie entière. Alexeï se souviendra toujours de cet effort pour dégager tel ou tel outil de son cénotaphe de rouille, de ces petits soupirs d'aise sitôt le dernier coup de reins donné – de ces ombres qui gagnaient sur les bords d'un entrepôt, qui léchaient le talus sur lequel ils se laissaient choir au crépuscule. De son sac, son père tirait des bières – et parfois, que le monde soit béni,

ces éclats de rire légèrement fondus, comme teintés de fatigue, si puissants qu'ils fracassaient le ciel,

si infimes que, de l'autre côté du jour, Alexeï les entend à peine. C'étaient des blagues sur les escargots, c'étaient ces ombres merveilleuses sur la terre chaude, ces rires. C'était indescriptible – voilà le sourire parfait du vent, voilà ses yeux qui brillent, qui se disent que l'adolescent comprendra un jour que son père était là aussi, dans ces moments où il avait l'air de se sentir presque bien. Dans le peu, dans le très peu qui nous reste, et qui nous tient en vie. Et s'il parvient à le revoir qui s'accrochait à presque rien, à ses espoirs dérisoires, il comprendra pourquoi son père a agi ainsi ce matin. Et il en est capable, sourit le vent qui donne une risée, comme s'il voulait le réveiller.

Et comme s'il ouvrait les yeux, Alexeï aperçoit alors au loin la 1404 qui se profile – immense et vibrante dans le jour fou. Juste devant lui, il remarque que Mikhaïl scrute quelque chose à leur droite. Il suit son regard et pendant quelques secondes, à travers l'air surchauffé de la rue, il aperçoit les trois soeurs qui tiennent la mercerie de la 1408 qui les fixent du regard. Il lui semble que la plus jeune des trois, Nona, lui sourit – à moins qu'elle ne sourie à Mikhaïl.

« À 1 h 23 minutes 44 secondes, la thermolyse de l'eau provoque la formation d'un mélange d'hydrogène et d'oxygène – et les premières explosions se produisent, éjectant d'abord les barres de pilotage, puis, en 3 à 5 secondes, la puissance du réacteur centuple. »

Avant d'arriver à la barre 1404, Téliakov rassemble tous les hommes pour leur expliquer la situation. Il a appelé son supérieur sur la frontière – la rafle dans les différents camps de Roms de la région se passe bien et la brigade qu'ils devaient renforcer n'a pas besoin d'eux. Ils ont encore une heure et demie avant de devoir repartir pour les remplacer, ce qui leur laisse largement le temps de récupérer Illya Grisov et d'interroger les gosses, termine-t-il. Il charge le lieutenant de l'autre demi-brigade, Karpov, d'organiser la battue et les barrages autour du Quartier. Il ordonne à Sergueï de dégager l'atelier où on a trouvé le corps et d'y installer Alexeï, Fiodor et Aslan pour l'interrogatoire ; ensuite, il confie Mikhaïl à l'infirmerie mobile pour qu'il se fasse recoudre l'arcade, et, revenu devant la barre 1404, il appelle Hippolyte et Nikita.

— Hippolyte, Nikita a trouvé pas loin une voiture qu'il pense appartenir au préfet. Alors, tu vas voir avec lui, tu fouilles : je veux savoir si c'est bien la voiture de Pétrov, et si oui, je veux savoir ce qu'elle fait ici… Et tu fais discret : c'est vers le territoire du Marquis.

Hippolyte plisse les yeux – et après un bref signe de la tête à Nikita, les deux hommes s'éloignent rapidement.

Pendant ce temps, dans l'atelier, les hommes déblaient le désordre qui régnait dans la pièce à leur arrivée. Dans le fond, près du mur, ils entassent l'indescriptible fatras d'outils couverts de poussière qui jonchaient le sol. D'un coin, ils dégagent une vieille table et trois chaises de leur linceul de poussière. Ils placent une bâche noire pour masquer les taches que les acides thermolysés de la morgue n'ont pas su faire disparaître, puis ils installent les dossiers, le matériel de liaison et l'informatique, pendant que Sergueï pousse les trois jeunes contre un mur et les force à s'asseoir.

— Surveillez-les, je vais chercher le capitaine, lance-t-il aux trois hommes qui s'affairent dans la pièce.

Dehors, dans la cour, le lieutenant croise Bolomidir, le grand Tchétchène de l'infirmerie mobile.

— Tu sais où est Mikhaïl, le nouveau ?

— Là-haut, répond Bolomidir en désignant l'escalier d'un geste brusque du menton. Allé se passer de l'eau.

— Il a pas aimé que tu le recouses ? sourit Sergueï.

— Tu parles, ce gamin est barge. Il a pas voulu que je l'anesthésie – il voulait que je fasse au plus vite, pour ne rien louper de l'interrogatoire des gosses. J'ai rarement vu un gars qui encaisse aussi…

Mais tout à coup, les deux géants entendent des pas dans l'escalier et se taisent ; et dans le soleil noir qui règne sur le monde, ils distinguent à peine Mikhaïl qui descend vers eux

– ils ne voient rien ou presque, ils ne sentent pas le monde qui vacille soudain. Et pourtant, le visage du jeune homme dégouline d'eau et de sang ;

et si Anna Grisov n'était pas retournée dans sa chambre, si elle voyait Mikhaïl à cet instant,

elle reconnaîtrait, elle, Lev crachant sur des corps ensanglantés. Elle verrait ce que ni Sergueï ni Bolomidir ne voient,

indiscernables de cette sueur de ce sang,

les larmes que Lev a versées il y a mille ans,

qui ruissellent sur les joues de Mikhaïl.

Elle sentirait ce que le jeune homme sent, Lev près de lui, Lev dans ses bras, comme un plomb fondu, comme un poids immense, elle comprendrait pourquoi il tremble, pourquoi il murmure Putain, mais qu'est-ce qui m'arrive ? elle l'entendrait prier le soleil noir de cacher la vérité à ces deux géants qui le toisent,

elle devinerait qu'il donne tout ce qu'il a pour les contourner le plus calmement possible, pour poser ses pieds l'un devant l'autre dans ce monde en fusion ; elle saurait comme son épaule le brûle quand Sergueï le retient soudain.

— Attends… Dis-moi : Téliakov, il t'a dit quelque chose, ce matin, dans la voiture ? lance le lieutenant en rivant sa main de lave sur lui.

— Comment ça ? parvient à articuler Mikhaïl.

— Qu'est-ce qu'on cherche ici ? Il faut qu'on y aille. Sans nous, ces putains de Roms auront une chance de s'échapper. Et au lieu de s'en occuper, qu'est-ce qu'on fout ? Il t'a dit ?

— Rien… il ne m'a rien dit, murmure Mikhaïl – et soudain, sans réfléchir, il se lance : Dis-moi, Sergueï : les gens d'ici, les produits de l'Usine, ça les a pas… rendus… je sais pas…

— De quoi est-ce que tu parles ? Je te parle de Téliak…
Mais Sergueï ne peut continuer : il aperçoit le capitaine qui s'approche dans la cour. Alors il se tait et Bolomidir en profite pour s'esquiver. Téliakov s'arrête face à Sergueï et à Mikhaïl, et les trois hommes se fixent un moment sans rien dire ; aucun d'eux n'ose lancer les hostilités, parce que aucun d'eux n'a les épaules pour ce qui va suivre et qu'ils le savent tous. Et le silence s'installerait presque, s'ils n'entendaient soudain des cris en provenance de l'atelier.

Quand on demandera aux trois flics censés garder les jeunes de s'expliquer, de donner un point de départ, ils mentionneront tous les sourires que Fiodor et Aslan ont affichés dès que Sergueï avait claqué la porte. Ils parleront de cette chaleur infernale. De toutes ces heures de traque. Ils expliqueront qu'ils ne pouvaient pas supporter de voir les jeunes se moquer d'eux aussi ouvertement. Mais quand ils avaient voulu leur faire ravaler leurs sourires moqueurs, les provocations avaient fusé. Mais tu frappes comme ma grand-mère ! Mais regarde ça, Fiodor ! Mais attends, mais c'est tout ce que t'as ? Ils avaient commencé par leur donner quelques claques, mais cela n'avait fait qu'exciter davantage les jeunes. En quelques secondes, la situation avait dégénéré : alors qu'ils étaient menottés, les jeunes s'étaient jetés sur eux, ils les avaient précipités dans les tas de sciures ou contre les outils, ils les avaient mordus – ils hurlaient comme des bêtes et les flics avaient vraiment cru qu'ils étaient devenus fous. Jamais, à aucun moment, ils n'avaient réalisé qu'ils faisaient face à un monstre à trois têtes, dont les yeux voyaient tout et prévoyaient tout – dont les gestes, dont les mains étaient coordonnés au-delà de tout ce qu'ils pouvaient imaginer. Ce ne fut que quand ils entendirent la porte de l'atelier qu'ils réalisèrent qu'Alexeï allait l'ouvrir, qu'ils comprirent qu'ils venaient de se faire retourner comme des bleus, que, depuis le début, Fiodor et Aslan se moquaient bien de les frapper ou de les mordre – qu'ils n'avaient fait que détourner leur attention d'Alexeï. Heureusement, Téliakov et ses hommes étaient intervenus avant que celui-ci ne puisse se glisser dehors.

Et au moment où le capitaine ouvre la porte, en trois à cinq secondes, tout s'arrête. Téliakov s'avance dans le silence qui vient de retomber, il balaie l'atelier de son regard d'acier. Au centre, la table, les quelques chaises, le matériel informatique, les dossiers – les misères que l'on maîtrise. Et tout autour, le reste, l'essentiel qui nous échappe. Alexeï Grisov à sa droite, qui a compris que sa chance était passée, qui est allé se caler contre un mur. Les autres gosses qui se traînent à terre, en sang, les vêtements déchirés, qui sourient comme des diables. Les hommes excédés, trempés de sueur, les yeux fous, les mains crispées, qui se retiennent à la table, au mur, à Sergueï qui s'est précipité pour les calmer. Et Mikhaïl enfin, qui s'est faufilé dans l'atelier, le visage encore à moitié en sang, qui s'installe à sa gauche, loin des autres, contre le dernier mur. À le voir ainsi, entre ombre et lumière, Téliakov sent que c'est volontairement qu'il se tient dans cet entre-deux qui n'accroche pas le regard. *Ce gamin veut se faire oublier. Il est vraiment fort*, se dit-il, avant de revenir à ses hommes qui se calment à vue d'œil tant ils s'attendent à ce qu'il les engueule.

Dans son coin, Alexeï le bouffe des yeux. Il s'attend lui aussi à le voir hurler. Un instant, il l'imagine soulever la table, envoyer valser tous ces dossiers, tous ces ordinateurs inutiles, il le voit se jeter sur lui, l'empoigner à pleines mains, le projeter contre le mur, lui racler la gueule contre le ciment, contre le sang qui ne veut pas partir. Il aperçoit les mains du capitaine qui se crispent, il imagine la Colère qui va déferler d'un instant à l'autre, les flics qui se jettent sur ses amis, et Téliakov qui le maintient à terre, qui le frotte contre la tache, sous la bâche. Et tous gueulent et se frappent et le monde entier n'est plus que chaos, plus que cris et haine à l'instant où il touche le sang la substance de son père,

tout est folie,

lave,

tout est fleur rouge.

Et pourtant, Téliakov ne dit rien, il s'avance simplement dans le silence qu'il vient d'imposer au monde. Il s'assied à la table qu'on lui a préparée, feuillette le dossier – et les éclairs qui ont claqué dans ses yeux disparaissent lentement. Et Alexeï apprend là, dans cette maîtrise, dans cette autorité, que Téliakov est différent de tous les flics qu'il a rencontrés jusqu'alors. Il fait partie de la race des Grands Seigneurs, des Marquis, des Immanus, des Evgueni. Et Alexeï sait qu'on n'atteint pas ce calme, ce contrôle sans une raison, sans une détermination terribles – sans une direction. S'il ne s'est pas fait balayer sous son chêne, s'il n'est pas encore à terre, là, en sang, à geindre, à supplier comme un enfant, c'est parce que *Téliakov cherche quelque chose de précis.*

— D'une manière ou d'une autre, vous allez me dire ce que je veux savoir…, commence le capitaine, sans s'adresser à personne en particulier. Toi, là, viens t'asseoir ici, ajoute-t-il en désignant Alexeï.

Sans rien dire, Sergueï s'approche de l'adolescent, lui enlève ses menottes et le fait s'asseoir en face de Téliakov.

— Alors, parle-moi d'hier…, lui ordonne celui-ci d'une

voix sombre, en frottant d'une main formidable son visage d'acier.

Incapable de soutenir son regard, Alexeï s'agite sur sa chaise, il se retourne vers Fiodor et Aslan, et cherche en vain leurs yeux. Très vite, il renonce – comme un animal acculé, il se tasse, il fixe le sol à ses pieds. Sous la table, nerveusement, ses doigts se mettent à caresser une pierre noire qui joue dans sa paume. Ils longent les arêtes de cette pierre volcanique, de ce précipité de nuit ; et soudain, effleurant une des faces de la nuit,

l'adolescent voit la direction. Et tandis qu'il la fixe, ses yeux se remplissent d'ombre, ils ne voient plus rien, ils oublient les dossiers, la table, l'ordinateur, ils oublient le monde – et bientôt sa voix et son corps se séparent,

et quand sa voix se lance,

elle est calme, elle est presque douce tellement tout est clair.

— Hier... Hier a commencé comme d'habitude...

Evgueni attendait dans le couloir son tour pour la douche. Ah ben c'est pas trop tôt, PUTAIN Y T'EN A FALLU DU TEMPS. Alexeï était sorti de la douche et s'était avancé dans le couloir sans lui répondre. PUTAIN TU PEUX PAS FAIRE GAFFE, DÉJÀ QUE ce putain de couloir, C'est bon, avait marmonné Alexeï. NON, C'EST PAS BON, c'est bon, avait-il répété. PUTAIN, TU VAS VOIR SI C'EST BON. Evgueni l'avait plaqué contre le mur, lui enfonçant l'avant-bras gauche dans le cou. Alexeï s'était débattu, mais Evgueni ne lui avait laissé aucune chance ALORS C'EST BON LÀ ? C'EST BON ? Et terminant la phrase, son frère lui avait balancé un énorme coup dans le ventre. Alexeï s'était effondré, le souffle coupé, grimaçant, vomissant à moitié. Il s'était appuyé contre le mur, et alors que la douleur se déployait et lui labourait le ventre, Evgueni était entré dans la salle de bains sans lui adresser un regard. Encore tremblant, encore suffoqué par la violence du coup, Alexeï s'était traîné à travers le couloir jusqu'à sa chambre, plié en deux.

Il savait très bien pourquoi Evgueni était si tendu. Les choses empiraient de jour en jour avec le père – elles allaient mal finir, il en était sûr. Et comme si cela ne suffisait pas, le gars qui devait trouver les papiers pour Illya et Pesha était impossible à joindre. Pas étonnant qu'Evgueni soit à cran. Il ne leur restait plus que quelques jours avant que les battues ne commencent. Les Roms n'allaient plus pouvoir rester très longtemps et Illya allait devoir partir. Il lui fallait trouver une solution. Mais Alexeï avait beau y réfléchir, aucune solution ne venait ; rien, sinon ce rêve étrange qui le hantait toutes les nuits depuis le début de la semaine. Une espèce de monstre gigantesque se réveillait quelque part dans les friches et venait dévorer tout le Quartier. Chaque nuit, c'était un carnage. Ces derniers jours, même éveillé, il lui semblait entendre le monstre remuer de temps à autre – il s'attendait souvent à l'apercevoir entre les barres – Titan formidable, Colère immense

Gueule béante comme une fleur rouge.

Et hier, alors qu'il était appuyé contre sa porte, les yeux fermés, sondant sa douleur, il lui avait semblé l'entendre pousser son hurlement effroyable là-bas, vers l'Usine. Il s'était laissé tomber sur son lit, et il serait resté des heures ainsi, perdu dans le vague, pressentant quelque chose de terrible, il serait resté des heures ainsi, si Aslan n'avait pas ouvert la porte et lancé Les autres nous attendent. À ce moment-là, Evgueni avait tapé dans le mur, ALEXEÏ, Aslan, ON S'ARRACHE.

En sortant, ils étaient passés tous les trois devant le salon ; ni lui ni Evgueni n'avaient jeté un regard à leur mère qui gisait dans le canapé, vautrée devant la télé. Comme tous les jours, dans la cour, le chien du voisin s'était mis à gueuler TA GUEULE PUTAIN DE CLÉBARD TA GUEULE OU JE T'ESQUINTE ! Dans la rue, ils avaient retrouvé les autres. Salut les gars, salut, salut, salut, salut, salut. Putain on crève de chaud, le monde est en feu ma parole ! Quelque part dans la paume d'Alexeï, hier était une pierre noire, si lisse que personne ne pourrait jamais le comprendre – et ses mains jouent avec, sous la table d'interrogatoire. Il voudrait ne rien dire de cet instant parfait, de ce cristal de jour, de ces Seigneurs qu'il aime plus que tout. Mais Illya a besoin de temps, mais il doit détourner de lui tous ces policiers – alors il relève peu à peu ses yeux, alors il passe son doigt sur le monde,

jusqu'à entendre à nouveau Evgueni et les autres, jusqu'à leur sourire. Autant commencer là, se dit-il. À ce moment où ils étaient sortis.

— Vers neuf heures, on est sortis. On a retrouvé les autres là, devant la barre, sur la petite place – il esquisse un geste vague comme ses yeux sont vagues. Hier, c'était comme aujourd'hui, on crevait de chaud. La rue, là devant, c'était juste un four. C'était le matin et déjà le bitume commençait à briller et à coller.

Autour d'eux, tout était en fusion, mais les gars de la bande étaient comme lui, des êtres insensibles à la chaleur – de ces pierres-cornes noires qu'il trouvait parfois dans les friches, de ce cristal de nitrammite qui joue entre ses doigts. Ils discutaient tranquillement, ils buvaient, éclataient leurs bières contre le monument aux morts qui pointait sur la place, comme si de rien n'était. C'était ça, hier. Ils étaient restés devant l'église pendant peut-être une heure.

— À faire quoi ? lance Sergueï, qui s'est posté derrière le capitaine, légèrement sur sa droite.

— À boire. À discuter.

Et tandis que ses doigts caressent la pierre qu'il a ramassée tout à l'heure contre son chêne, il les entend presque râler.

— Et tu voudrais aller où et comment ?

— Y a bien la tire d'hier soir… Mais la ressortir comme ça direct après ce qui s'est passé, il doit y avoir pas loin d'une dizaine de flics dans le Quartier et ils nous cherchent ces chiens.

— Ça n'a rien à voir avec nous, je te dis. C'est pour le Marquis. L'Immanus a fumé deux gars mercredi.

— Alors les connards, il paraît que ça a chauffé hier soir, juste quand je suis pas là.

C'était Fiodor qui arrivait – toujours ce regard mauvais, toujours ces muscles tendus qui ressortaient au niveau des épaules. Ossif lui avait tendu une bière. Alors, pour Illya ? avait-il lancé à Evgueni. Le gars a toujours pas appelé ? Non, toujours pas. Mais, qu'est-ce qu'y fout, ce bâtard ? Il veut pas les donner ses papiers ou quoi ? Personne sait… Et les Roms ? Et Pesha ? Qu'est-ce qu'elle a dit ? Elle sait pas. Et Fiodor avait dû sentir toute cette nuit, toute cette pression dans les yeux d'Evgueni ; et d'instinct, il avait détourné la conversation : Alors, c'était quoi l'histoire, on m'a dit que les flics de C… sont venus hier soir ? Vous avez fait quoi ?

Alexeï les sent dans sa paume : lisses, noirs, brillants – des rois, murmure-t-il, des putains de rois je te dis. Il entend Aslan reprendre Hé tu te rappelles cette bande d'Arméniens à la con là, Fabian, Sampian et tous leurs connards de cousins ? Ben ils sont venus hier à la fête, ouais ici, ils avaient trois, quatre caisses. Vers la fin du bal, à deux heures, ils ont commencé à nous chauffer, tu vois, et avec

Chatov et mes frères, on a marché sur eux. Ce qu'on leur a mis, mémorable, un putain de carnage mon gars. Ces connards de flics sont arrivés trop tôt à cause de l'histoire avec l'Immanus, mais nous, on avait senti le coup tu vois, on s'était déjà bien fait plaisir et on avait calculé leurs caisses tu vois aux Arméniens, on a eu le temps d'en ouvrir une et on s'est cassés avec. Et les flics ? T'as vu la gueule de leurs caisses, t'as vu leurs gueules. Et la caisse, elle est où ? Planquée en lieu sûr. On la sortira dans un moment, le temps que Piotr s'occupe des plaques.

— Putain les gars une caisse !

Et Alexeï doit avoir les mêmes yeux de Pythie que sa mère, parce que soudain, il les *voit.* Comme tous s'étaient tus alors, comme ils avaient fait cercle – perdus dans le même rêve, narguant le monde au volant d'une décapotable. Jamais il ne parlera de ça à Téliakov. Du cercle. Il lui dira seulement ce qu'il veut savoir, ce qu'il peut comprendre : comment Evgueni avait rompu le cercle, quand son regard avait soudain été attiré par une tache au loin, du côté de la cave coopérative.

Près du bâtiment décrépi, le père marchait, l'échine courbée, le pas lourd. Evgueni l'avait reconnu et immédiatement il avait fait quelques pas en arrière. Une minute plus tard, le père passait devant eux sans même les voir.

— Mon père est rentré à peu près à ce moment-là et Evgueni est parti très vite, continue Alexeï.

— Comment ça ? demande Sergueï.

— T'approche pas d'elle, voilà ce qu'il lui a dit, Evgueni.

— Qui t'es, toi ? avait répondu le père au passage, sans même le regarder.

Evgueni n'avait rien répondu d'abord, mais comme s'il savait exactement à quelle vitesse le père avait marché jusqu'au hall, comme s'il avait senti cette pause qu'il avait faite juste avant d'entrer, il s'était retourné soudain et avait hurlé :

— Je sais d'où tu viens ; elle peut plus rien pour toi, Pesha, fourre-toi ça dans le crâne. Alors, t'approche plus d'elle, t'entends, parce que si on me redit encore une fois que tu lui as tourné autour, t'auras affaire à moi. Et là, tu sauras qui je suis.

Et les mots lisses et parfaits affleurent aux lèvres d'Alexeï, et il n'en revient pas qu'Evgueni ait osé les hurler – il n'en revient pas. Face à lui, Téliakov est occupé à relire ses dossiers, et le seul qui sent confusément ce qui est en jeu, le seul qui a perçu une infime fêlure dans la voix de l'adolescent, c'est Mikhaïl, qui le fixe, fasciné.

— C'est ce qu'il a dit ? balbutie-t-il.

Et sa voix a beau n'être qu'un souffle, qu'une respiration, Alexeï l'entend – il n'entend qu'elle, qui ressemble à s'y méprendre à celle de son père – avec cette faiblesse, avec cette fragilité saisissantes. Alors, pendant une fraction de seconde, il ose se tourner vers Mikhaïl et les deux jeunes hommes se dévisagent – silencieux, terribles.

— Est-ce que ton autre frère était là ? Illya ? lance Téliakov à ce moment-là.

— Pas le matin, répond Alexeï, jetant un dernier coup d'œil à Mikhaïl.

— Continue.

L'adolescent grimace un instant, puis se remet à parler. Il leur raconte comment ils étaient finalement partis en ville. Il se perd dans les couleurs des bagnoles qu'ils avaient croisées, dans les moteurs tunés, dans la musique de merde qui passait à la radio du bus. Le capitaine se dit qu'il tente de l'embrouiller, qu'il essaie de cacher l'accrochage entre son père et Evgueni – il a presque pitié de lui. Ni lui ni aucun de ses hommes n'ont saisi le bref regard qu'il a jeté à Fiodor en murmurant. *T'auras affaire à moi.* Mikhaïl seul a senti cette infime douleur dans sa voix, cette tristesse tapie sous ses mots. Les autres n'ont rien vu – *mais toi si,* souffle le vent aux lèvres parfaites aux oreilles du jeune policier. *Tu l'as sentie, qui le guide, qui lui montre la direction* – ce qu'il veut à toute force protéger, ce qui compte réellement, ce monstre d'amours noires et de haines mêlées, cet attachement que rien ne pourra briser. *Alexeï se moque bien que Téliakov connaisse la vérité à propos d'Evgueni et son père,* reprend le vent de sa voix si douce. *D'une certaine manière, cela lui est même nécessaire.* Et tandis que le vent l'instruit, Mikhaïl devine quelque chose de terrible qui se cache dans cette pièce, qui veut rester à l'ombre, mais qui est là, tout près.

Pendant ce temps, le capitaine feuillette toujours les dossiers qui s'étalent devant lui alors qu'Alexeï lui raconte leur arrivée en ville. Il écoute à peine l'adolescent, mais les dossiers qu'il feint de feuilleter n'accrochent rien non plus en lui. Une seule chose a son attention. Savoir s'il s'est trompé tout à l'heure, quand il a aperçu Alexeï de l'autre côté de la rue. Savoir si le gosse tiendra ses promesses, s'il peut se lancer maintenant qu'il a endormi tout le monde. Il espère qu'à part Mikhaïl et Alexeï, personne ne s'intéressera à lui. Que ses hommes crèvent de chaud et n'ont qu'une envie : quitter cet enfer. Il entend derrière lui la respiration de Sergueï qui est à bout. Et soudain, sans vraiment réfléchir, il se lance :

— Putain, j'en peux plus de ton numéro ! Tu vas arrêter de nous balader ! Bon, foutez-moi tous le camp !

Pendant une seconde, Sergueï et les autres n'y croient pas, et Téliakov doit hurler à nouveau :

— Allez bougez-vous tous ! Je veux plus vous voir ! Vous

reviendrez quand j'en aurai fini avec cette raclure ! Allez prendre l'air !

Les hommes semblent se réveiller ; ils sortent lentement, les uns derrière les autres – n'y croyant qu'à moitié, mais soulagés de pouvoir s'extirper de cette étuve.

Alexeï les regarde en coin tandis qu'ils passent près de lui – son regard croise celui de Mikhaïl qui le fixe en refermant la porte de l'atelier. Quelque chose lui murmure que c'est ce que Téliakov attendait depuis le début. Qu'il voulait se retrouver seul avec lui. Que le reste n'était qu'une mise en scène. *C'est ça : il a besoin de moi. Mais pourquoi ?* Peu importe, se dit-il, il tient une nouvelle chance d'éloigner le capitaine d'Illya, de l'attirer dans la mauvaise direction – sa direction.

Quand ses hommes sont sortis, Téliakov se lève et va se passer de l'eau sur le visage au fond de l'atelier.

— Explique-moi quelque chose, lance-t-il en s'essuyant dans ses manches, qu'est-ce qu'un gamin dans ton genre faisait avec des types pareils ? Je veux dire, la bande de ton frère… c'est quand même quelque chose…

Pendant un moment, Alexeï ne dit rien. Il reste les yeux dans le vague, comme s'il cherchait vraiment où Téliakov veut en venir – il a l'air presque calme alors, presque inoffensif. Et puis soudain, il sait – et quand sa voix part, Téliakov doit s'appuyer contre un mur, comme s'il avait pris un coup. Il peut presque sentir comme l'adolescent force, comme il doit cracher ses premiers mots – comme il murmure à l'extrême limite de la douleur seulement,

là où l'homme donne une rime en or pour mille enfers.

Et sous les yeux de lave d'Alexeï, sous ces mains en fusion qui s'agitent, sous ces mots à peine soufflés, Téliakov aperçoit enfin ce qu'il n'osait plus chercher ; le fil fou, le fil rouillé de la vie qui court dans la cendre des jours, dans le désert du monde, qui court jusqu'à aujourd'hui, jusqu'à cette pièce, jusqu'à lui ;

le fil fou de la vie,

qui est là,

qui n'a pas encore rompu.

« La reconstitution précise des phénomènes qui ont eu lieu est impossible – l'interaction de la nitrammite avec l'eau qui a provoqué la rupture des tubes de force, la déflagration de l'hydrogène produit par les structures métalliques portées à très haute température, le soulèvement de la dalle supérieure, etc. mettent tous en jeu des domaines où la physique en est à ses balbutiements. On sait simplement que les exploitants perçurent deux explosions successives qui firent se soulever de 14 mètres la dalle supérieure du réacteur, d'une masse de 450 tonnes. De la nitrammite, des composants de canalisation et des débris furent projetés sur le toit des bâtiments adjacents et sur le sol, entraînant un relâchement massif de produits inflammables et toxiques. Ces débris déclenchèrent une trentaine d'incendies dans le reste de la chaîne de synthèse, à commencer par le réacteur n° 3. »

Il est là, le fil – dans la paume d'Alexeï, tressé de cette douleur qui est la matière même du monde,

de cette douleur que nous ne touchons jamais mais qui est notre étoffe véritable, tressé de cette douleur folle qu'il ressentit quand il comprit que son père avait disparu sans laisser de traces.

Il n'y crut d'abord tout simplement pas. Il pensa à un accident quelque part dans les friches, près de l'Usine. Pendant des jours, il chercha, écumant les entrepôts abandonnés, se griffant aux chênes sur les sentiers qu'ils empruntaient ensemble, se faisant prendre par la nuit, par la faim, dormant à même le sol de poussière.

Après avoir exploré tous les lieux où ils avaient leurs habitudes, il revint dans cet atelier chercher un indice, une explication, n'importe quoi. Il se revoit rester des heures les bras ballants, à traîner des pieds dans la sciure, avec dans la bouche le goût âcre des vapeurs de nitrammite ; les yeux dans le vague, il contemplait l'étendue de nos pertes, la foule brouillonne de tout ce qui ne serait jamais tranché et nous hantera pour toujours. Et un jour, de dépit, il se décida à remonter dans le salon. En passant dans la véranda, il demanda à sa mère. Je crois qu'il est parti en campagne pour l'hiver, répondit-elle. Il y a encore des ours qui sont sortis de la zone d'exclusion. Alexeï se souvient : elle ne le regardait pas en répondant,

les invités de l'émission riaient en chœur,

et il put se disperser dans le souffle moite de la véranda

il se souvient.

Pendant des jours ensuite, des semaines peut-être, il tourna dans sa chambre, il rumina une colère sourde qui ne voulait plus le quitter – sans même s'en rendre compte, il se meurtrissait les bras au cutter – et le jour était pourpre sur ses épaules, le jour était poussière, il traînait à ses pieds, quelque part sans doute, il se cognait lui aussi aux murs,

le jour.

Subitement, le monde avait perdu sa magie silencieuse ; le

vent s'était tu et l'aube avec lui, et le jour n'était plus qu'un silence moite, qu'une oppression constante et assourdie. Goutte à goutte, le poison de la douleur menait son travail de sape en lui – et il est toujours là, sur ses bras, dans ses yeux, aussi profond, aussi cuisant qu'alors, et il aurait dû avoir raison de lui, si Evgueni n'avait pas été là.

C'était début 2014, en janvier ou en février, murmure Alexeï. Mais les dates n'ont aucune importance : un jour, sans vraiment y réfléchir, il finit par sortir de sa chambre, avec cette idée d'aller voir Illya, à l'hôpital psychiatrique.

— Illya passait son temps là-bas, à l'époque, murmure-t-il.

Entre bus et métro, il mit trois heures à retrouver le chemin de l'hôpital. Et quand il arriva là-bas, les médecins tentèrent de le prévenir : son frère allait mal, lui rendre visite était inutile. Alexeï insista. Mais quand il se retrouva face à la cellule d'isolement, il entendit Illya hurler de l'autre côté de la porte. À travers le hublot de sécurité, il le vit ramper à terre, se griffer le visage, il l'entendit hurler horriblement. Illya avait à peine dix ans, mais il faisait vraiment peur à voir. Alexeï restait face à la porte, pétrifié, incapable d'entrer. Et il sent encore en lui cette peur, cette répulsion ; et il se tait, il caresse une pierre noire dans sa paume,

un pli amer à l'âme ;

et la vie fait si mal à nouveau.

Téliakov essaie de le relancer, mais Alexeï n'ajoute rien – il est en train de s'arracher les tripes pour son frère : il ne peut faire plus. Il murmure simplement qu'il a revu Illya récemment. Mais il lui faut reprendre sa marche dans le désert, comme une bête traquée, qui craint à chaque instant de se trahir, et doit avancer pourtant. Alors il continue, alors il murmure que c'est ce jour-là qu'il a réellement rencontré son frère, Evgueni. Et quand son murmure s'éteint, les yeux bridés du vent clignent, et l'adolescent se retrouve dans le couloir de l'asile ;

il trébuchait, il s'appuyait contre un mur peut-être – en tout cas, il s'éloignait de cette porte si dure à soutenir. Sans même s'en rendre compte, il s'était retrouvé dans le métro. Il ne savait pas ce qu'il faisait là – il n'avait aucune idée de la direction à prendre. Il se laissait aller, la tête contre la vitre – les couloirs défilaient et ne laissaient à la surface de ses yeux que des soubresauts de lumière, que des traces diffuses. Sentant qu'il s'endormait à nouveau, il se leva soudain et descendit du métro à la station suivante,

au hasard.

Il se retrouva en plein centre-ville. Il erra dans les rues piétonnes ; et dans ce monde, ses treize ans voulaient enfin dire quelque chose : il ne connaissait rien à rien. Les rues, les gens, tout était nouveau pour lui. L'esbroufe invraisemblable que l'Occident tentait – à coups de voitures, de publicités ou d'écrans – et la déliquescence et la pourriture de ce mensonge, tout cela n'avait aucun sens pour lui. Ses yeux glissaient sur la surface chatoyante et inutile du monde, ils cherchaient autre chose. Une direction.

Et le hasard voulut qu'il la trouve : il croisa Evgueni qui traînait avec sa bande dans le centre-ville ce soir-là. Après avoir reconnu son frère, Alexeï aborda le groupe à un moment où ils riaient. Aucun des gars de la bande ne fit la moindre remarque, ni ne le toisa en souriant. Si sale, si pouilleux qu'il fût, quand eux étaient si durs, quand eux étaient si parfaitement à leur affaire, aucun d'entre eux ne le prit de haut. Il était des leurs et ils le reconnaissaient tous sans même qu'un mot fût nécessaire. Traîner avec eux faisait partie de ses droits et prérogatives. Ils lui demandèrent simplement s'il était libre ce soir et lui répondit que oui.

— Parfait, on a un truc à faire pour Blanche, ce soir, lui sourit un des gars. Si tu veux nous accompagner.

— Donc, Alexeï, que je te présente : Piotr, Ossif, Fiodor, conclut Evgueni.

Ce point réglé, ils quittèrent les rues animées du centre-ville, vers le sud. D'instinct, Alexeï se plaça en retrait du groupe et marcha derrière eux. Il ne les quittait pas des yeux : leurs gueules cassées, leurs styles parfaits l'impressionnaient terriblement – leurs yeux féroces aussi, qui glissaient sur la nuit, sur les immeubles, sur les surfaces briquées. Il ignorait complètement tous les gens qu'ils croisaient – comme s'il avait compris dès ce premier soir que leur vie n'était qu'un vaste mensonge, qu'ils n'étaient vraiment plus des hommes, mais des ombres qui se contentaient de déambuler au milieu des lumières criardes des rues, mais des erreurs seulement. Comme s'il avait lu quelque part que la direction était ailleurs – dans les mâchoires crispées d'Evgueni, dans les poings d'Ossif, ou dans la démarche parfaite de Fiodor.

Délaissant les abords de la zone d'activité, ils pénétrèrent dans le périmètre interdit qui ceignait l'ancienne gare. Après un quart d'heure de marche, ils écartèrent une tôle maculée de graffitis qui pendait contre un mur, et se retrouvèrent dans une rue lugubre. Une poignée d'immeubles d'habitations communautaires agonisaient là – tagués, couverts de débris et de déchets. Blanche les attendait dans un abribus délabré. Elle embrassa Evgueni et désigna un des immeubles d'un mouvement bref de la tête. Elle compléta par quelques mots qu'Alexeï ne saisit pas. Evgueni lui répondit de rentrer chez elle. On s'en occupe. Dès qu'elle eut disparu à l'angle de la rue, ils traversèrent la rue en groupe. Et aujourd'hui encore, Alexeï se souvient qu'ils ne prirent pas la peine de ralentir, de se concerter à l'entrée de l'immeuble ou devant la porte de l'appartement – ils n'en avaient pas besoin. Et cet instant où ils étaient rentrés, où il avait *senti* à quel point Evgueni et les autres n'avaient peur de rien, à quel point ils étaient sûrs de leurs droits, de leurs forces, à quel point ils avaient non seulement la direction, mais surtout *la marge*. C'était elle qui réalisait ce miracle perpétuel, cette torsion mystérieuse et incompréhensible du temps qui les rendait si dangereux : quand tout allait toujours trop vite pour les autres, quand ils n'avaient jamais le temps de réagir ou de frapper, Evgueni et les siens restaient toujours tranquilles et sereins. C'était fascinant : Evgueni défonça la porte sans effort – elle percuta le mur et revint battre contre le montant. Une seconde après, ils étaient dans le salon. La télé braillait un spot de rap, avec ses flashs ineptes et ses éternelles filles qui se secouaient en rythme. Le sol était jonché de bouteilles de bière, de disques, de paquets d'herbe. Vautré dans un canapé, un homme d'une trentaine d'années, l'air aussi fatigué que son peignoir, eut à peine le temps de se lever : Evgueni l'empoigna et le projeta sur la télé qui se renversa avec lui. L'homme se retrouva le bras coincé sous l'écran : il hurla de douleur et tenta maladroitement de se dégager. Ossif et Fiodor eurent le même rictus de mépris et firent un signe à Evgueni : ils allaient piller la chambre puisqu'il n'avait pas besoin d'eux pour s'occuper de ce pantin. Le groupe n'était pas entré depuis dix secondes que déjà l'homme se mettait à geindre Mais qu'est-ce que vous me voulez ? Mais vous êtes qui, putain ? Evgueni le saisit par les cheveux et commença à lui parler. Il murmurait presque, il était si calme, se souvient Alexeï. Son frère n'avait pas besoin de gueuler – la violence était un matériau qu'il travaillait à la perfection, avec un instinct proprement terrifiant. C'est toi qui crèches ici ? D'où t'emmerdes les filles qui passent devant chez toi ? Hein ? D'où tu veux qu'elles viennent te réchauffer ? Comme le gars n'avait pas l'air de comprendre, Evgueni saisit un économe qui traînait par terre et se mit à le taillader pour lui apprendre la vie. Alexeï restait appuyé contre le mur, pétrifié.

— T'as fini ? lui lança Fiodor au bout d'un moment.

— C'est bon, je crois qu'il a saisi, répondit Evgueni en se redressant.

Sans rien ajouter, ils sortirent de l'appartement – les voisins hurlaient, appelaient à l'aide ou téléphonaient déjà à la police, mais ni Evgueni ni les autres ne paraissaient s'en inquiéter. Redescendus dans la rue, ils s'éloignèrent tranquillement, s'enfonçant dans les méandres sans fin de la banlieue est.

Ce soir-là, Alexeï ne l'avait pas encore réalisé, mais il était entré dans le cercle. Et aujourd'hui, le cercle tout entier, Evgueni en tête, lui demande de trahir. De parler d'eux. Pour Illya. Pour Illya, il lui faut donner tout ce qu'il a de plus précieux, il lui faut donner le cercle. Pour Illya, il lui faut continuer à parler. Alors Alexeï continue ;

il trace sa voie et le capitaine suit ses pas ;

et les traces de leurs pas dans le sable se mêlent

et ensemble, elles se perdent dans le vent.

« Les techniciens présents sur place ne saisissent pas immédiatement l'ampleur de la catastrophe. Viktor B, le directeur de la centrale, réveillé à 1 h 30, appelle d'ailleurs notre ministre de tutelle à 4 heures en déclarant que la chaîne de réacteurs n'est probablement pas endommagée. »

Dans la rue, les hommes fument en silence, maussades, à l'ombre des barres. Passant d'un groupe à l'autre, Sergueï cherche Mikhaïl – depuis qu'ils sont entrés dans le Quartier, il veut le faire parler. Il *doit* le faire parler. Et quand Téliakov a expulsé tout le monde de l'atelier, le lieutenant s'est dit que sa chance se présentait enfin. Il est sorti dans la rue avec les autres ; il a attendu Mikhaïl pendant un moment, et quand il a vu qu'il n'arrivait pas, il a commencé à interroger ses hommes – sur la place, dans le hall. Revenu dans la cour, il n'a trouvé que deux caporaux en train de fumer à l'ombre de l'escalier, les yeux éteints. Aucun d'eux n'a vu Mikhaïl ou ne s'en souvient ; quand Sergueï essaie de les secouer, de leur dire de se concentrer, ils le regardent et leurs regards sont vides. Ce gosse va me rendre fou, maugrée-t-il. À croire qu'il a tout simplement disparu.

Après être allé vérifier qu'il n'était pas en haut, dans l'appartement des Grisov, il retourne dans le hall. Les quelques néons qui survivent çà et là ont beau bourdonner tout ce qu'ils peuvent, ils ne trompent personne – il n'y a pas d'issue de secours. Il y a bien quelques escaliers qui s'enfoncent dans les entrailles des barres 1404 et 1402, et, par acquit de conscience, Sergueï remonte quelques étages, mais c'est chaque fois en vain, car il est au désert,

car il suit des traces qui s'effacent dans le sable.

Et pourtant, il s'en faut de peu, de très peu, qu'il ne tombe sur Mikhaïl. S'il était allé deux étages plus haut dans l'escalier D, s'il avait accepté d'aller au fond de la nuit, il l'aurait trouvé – là où Mikhaïl est en train de renaître,

dans le secret.

Quand il sort de l'atelier quelques minutes auparavant, le jeune policier tente en vain de réprimer le tremblement de ses mains. Il lui faut respirer, se poser quelque part. S'il avait pu passer quelques minutes avec Illya ou Alexeï Grisov, il aurait peut-être pu se calmer. Mais maintenant que Téliakov a viré tout le monde de l'atelier, tout est perdu, murmure-t-il. Il ne sait plus quoi faire, il avance sans but vers la rue.

En traversant le hall, il aperçoit sur sa droite la porte de l'escalier D – et il n'hésite pas une seconde. Tout est perdu, de toute façon, répète-t-il. Autant s'esquiver derrière cette porte couverte de pourriture, autant passer la cage d'escalier qui pue effroyablement, se perdre au désert, gravir les dunes les étages les marches comme un fou, comme un spectre décharné, autant se laisser tomber dans le sable sur un palier quelconque, là où toutes les lampes de secours ont cédé aux temps chiens, s'avachir dans une obscurité si totale qu'elle devient palpable, qu'elle en devient liquide, autant chercher à tâtons la sacoche contre son flanc, l'ouvrir avec une infinie délicatesse, autant saisir la seringue, caresser le cuir de la sacoche, jusqu'à retrouver au fond ces pierres lisses aussi noires que la nuit, autant en faire jouer quelques-unes entre ses doigts sidérés, autant sentir enfin une fiole, effleurer ses courbes parfaites, trouver le bouchon, et lentement le percer et glisser la seringue contre sa peau, percer, et soudain, au premier coup de pompe,

à l'amorce des rêves,

laisser ses pupilles s'agrandir, et sentir l'obscurité qui s'engouffre en lui,

et soudain *voir* la nuit.

Et s'il était monté deux étages plus haut dans l'escalier D, Sergueï aurait peut-être trouvé Mikhaïl, avachi sur ce palier, entouré de déchets en tout genre, il aurait peut-être vu ses yeux injectés de morphine et de Mescal, ses yeux perdus pour le monde, mais en aucun cas il n'aurait vu ce qui compte, ce qui réclame le tribut du sang et du déchet, en aucun cas il n'aurait vu ce que Mikhaïl fixe à travers l'obscurité et à travers les murs, en aucun cas il n'aurait senti l'infime vent du désert, il n'aurait entendu le murmure d'Alexeï Grisov qui guide Téliakov et Mikhaïl au désert – le murmure d'Alexeï qui leur annonce que tout n'est pas fini, que tout n'est pas perdu, que le cercle est toujours là ;

qui leur dit Ossif, ce géant blond, au visage incroyablement dur, à l'oreille droite à moitié arrachée. Qui leur dit que sous ses cheveux noirs, Fiodor cachait les cicatrices des coups de ceinture qu'il avait reçus de son père – qui leur dit celle au-dessous de son œil gauche, le fixe, qui leur dit comme il était incroyablement sec, mais comme personne ne faisait l'erreur de le sous-estimer. Qui leur dit Piotr, le technicien du groupe, cet être mutique au visage grêlé qui travaillait dans une carrosserie à la frontière des territoires du Marquis et des Vors. Qui leur dit comme Aslan les rejoignait sur certains coups, comme il passait le reste de son temps en prison. Et enfin Evgueni, qui venait compléter la bande ; dans les papiers qui jonchent le bureau devant lui, Alexeï aperçoit son dossier et les photos d'arrestation. Son crâne rasé. Son bouc. Ses yeux noirs. Ses tatouages sur ses bras monstrueux, sur son dos, sur son cou. Mais rien dans tout ce fatras ne peut amener le capitaine à comprendre ce qui compte, à comprendre qu'Evgueni et les autres n'étaient pas seulement des Grands Seigneurs, qu'ils possédaient quelque chose d'unique.

Quelques jours à traîner en ville avec eux avaient suffi à Alexeï pour sentir à quel point tous les gens qu'ils croisaient étaient fondamentalement, étaient constitutivement seuls. Les gens pouvaient faire les beaux autant qu'ils voulaient dans les rues de la ville, se pavaner aux terrasses des cafés, dans les boîtes, cela ne changeait rien. Leurs airs entendus et leurs sourires travaillés ne trompaient personne. Ils étaient seuls, et cela se voyait sur leurs visages intranquilles, et cela se lisait dans leurs mains qui ne trouvaient jamais le repos – et rien ni personne ne viendrait pour les aider au milieu de leur enfer tiède. Il ne leur restait qu'à attendre la fin, qu'à se laisser aller à l'expansion du monde, à l'accroissement des distances, mais avec style. Et dès le premier soir, lui avait senti qu'avec Evgueni et le cercle il ne serait plus jamais seul. Qu'il avait trouvé en eux, par miracle, un cristal parfait auquel rien ne résistait. Son frère et les autres ne se quittaient presque jamais. Avec méthode, constance et détermination, ils livraient tous leurs jours, toutes leurs heures, en sacrifice au groupe. Les boulots qu'ils acceptaient leur permettaient toujours de travailler ensemble – manœuvres dans le bâtiment, gardiens de parking ou agents de sécurité, qu'importaient les absurdités de métiers que l'Occident voulait bien inventer, cela n'avait pour eux aucune importance.

Des frères, voilà ce qui affleure sur ses lèvres parfaites. Des frères, voilà ce que murmure le vent, voilà ce que Mikhaïl l'entend souffler de l'autre côté de l'obscurité. Ils s'étaient choisis les uns les autres pour frères. Dès l'école primaire, ils s'étaient repérés. Et le regard sérieux des enfants ne se trompe pas, et depuis, rien – ni coups, ni boulots, ni turnes tranquilles, ni filles – rien n'avait entamé la pierre serpentine de leur amitié. À l'époque où Alexeï intégra le groupe, cette pierre n'était plus de ces pierres banales d'amitié, de ces amas informes minés par le temps, l'oubli ou l'accumulation des années qu'il devinait dans les rues agitées. C'était un cristal noir, lisse à l'extrême, d'une pureté proprement exceptionnelle. Et tous lui étaient soumis et tous le pétrissaient du mieux, du plus qu'ils pouvaient – chacune de leurs soirées, chacun de leurs verres, chacun de leurs coups était pour ce cristal. Alexeï n'en revenait pas qu'une telle chose existât. Et il peut bien raconter n'importe quoi à Téliakov, il est certain que le capitaine ne comprendra jamais les étincelles, les fusées qui le traversèrent de part en part quand il reconnut dans leurs yeux, dans leurs mains, ces éruptions qui le ravageaient – cette manière de serrer les poings, les mâchoires par moments. Et tandis qu'il les suivait, de jour en jour, une amour noire germa en lui ; et Evgueni et sa bande devinrent sa véritable famille,

sa direction dans le désert.

Bientôt, il ne vécut plus que pour eux, que pour *le cercle.* Et puisqu'il fallait pour cela perdre tout le reste, lui faire violence et le fouler aux pieds, il le fit sans hésiter. Il abandonna les friches, il délaissa son chêne. Il n'écouta plus ni le vent ni l'aube. Et il ne vit pas les semaines, les mois, les années qui défilèrent, qui s'écoulèrent jusqu'à aujourd'hui. Et pourtant, ils étaient là. Quatre ou cinq années, à en croire les flics. Quatre ou cinq années précipitées dans un cristal noir, quelque part, au fond de ses yeux. Qu'ils aillent tabasser des gars de la banlieue Est pour leur apprendre à vivre. Qu'ils fassent la mule pour le Marquis, qu'ils approvisionnent les Vors ou qu'ils vendent dans les parkings des boîtes le long de la quatre-voies. Alexeï les suivait partout. Combien de rues à contrôler, combien de tournantes dans les cages d'escalier ? Combien de pierres noires qui glissent dans sa paume, qui jouent entre ses doigts, sous la table qui le sépare de Téliakov ? Qui tient le compte ? Et pour qui ? Pour personne, peut-être ? Mais peut-être que cela n'importe pas. Peut-être que ce qui compte, murmure le vent aux yeux bridés, c'est qu'il crut enfin avoir trouvé sa voie, sa veine. Car là, il grandit, il racla sa peau aux jours et s'affina et se durcit – car là, il ne marcha plus à l'aveugle, il vécut comme eux, au-delà du monde, de ses eaux tièdes et colorées. Et les décombres du Quartier et les voies désaffectées et la ville et sa banlieue tentaculaire, et tous ces corps tordus se confondant et chutant dans ses yeux mi-clos,

tout cela fut son royaume.

CINQUIÈME PARTIE

Quinze heures peut-être

«Avec l'aide des électriciens, l'ingénieur en chef D. essaie de remplacer l'hydrogène du générateur par de l'azote pour éviter la progression des flammes jusqu'à la salle des machines et l'effondrement du toit du réacteur.»

Section IV du rapport *Praviv-Kibenov* du 26 avril 1997

Mais il faut croire que pendant tout ce temps, d'autres forces étaient à l'œuvre dans son cœur adolescent, que d'autres mécanismes portaient en lui leurs poisons invisibles. Et les membres du cercle devaient les sentir eux aussi, car quand Alexeï quitta le groupe, aucun d'entre eux ne fut réellement surpris. Ils réalisèrent simplement que pendant toutes ces années où ils avaient traîné ensemble, Alexeï s'était toujours caché d'eux – ils réalisèrent qu'au fond ils ne le connaissaient pas. Il avait beau frapper et parler et cracher comme eux, il ne leur avait jamais présenté qu'un reflet. Et il y avait toujours dans le miroir de ses yeux de minuscules fêlures – des peurs, des blocages soudains, comme au tout premier jour.

Et alors que la voix d'Alexeï tremble et se suspend, quelque part dans l'obscurité de l'escalier D, la lente plongée de Mikhaïl se poursuit, et, dans le vent tiède qui agite mollement ses cheveux blonds, une voix éraillée lui murmure que le destin de tout miroir est de se fendre, de se briser et d'être dispersé. Que tout miroir porte en lui, sous sa surface parfaite et depuis sa conception, les fêlures qui le trahiront, les lignes de force qui voudront résister et celles qui deviendront lignes de faille. Il porte en lui son destin et il sait où il cédera, il le sent – et parfois d'infimes irisations se jouent dans le portrait lisse qu'il renvoie sagement, qui appellent le vieillissement, le bris. Et quand enfin il est éparpillé à terre, quand il ne renvoie plus qu'une image fragmentée, explosée, un miroir atteint sa véritable destinée. Car le monde est visible pour qui sait lire dans les miroirs brisés,

car le monde n'est peut-être qu'un millier de tolis répandus à terre.

Et par moments, c'était comme si Alexeï pressentait tout cela, comme s'il savait ce qui allait arriver – c'est une ombre qui passe dans l'ombre de ses yeux, et même si l'adolescent n'en dit pratiquement rien, Mikhaïl lui, le *voit,*

le miroir qui se brise.

Quelques mois avant d'être traîné dans cette pièce surchauffée, de devoir parler au capitaine, deux coups étaient venus attaquer la surface lisse d'Alexeï. Et ces coups avaient laissé derrière eux des centaines de fragments désordonnés, et le monde, à ces deux occasions, s'était montré à lui. Et l'évidence avec. Et c'est à cette évidence qu'Illya doit d'être dehors. Car Mikhaïl devine que c'est lui, Alexeï, qui a fait sortir son frère de l'asile. C'est lui qui a provoqué tout ce qui s'est passé depuis – c'est lui qui a tué son père.

Le premier coup le heurta alors qu'il faisait le guet dans une ruelle, à l'arrière d'une boîte. Son frère était à l'intérieur, en train de revendre sa dope, et tout à coup, pour la première fois depuis des années, il l'avait entendu – *le souffle*, l'ombre qui murmure. Il sentit comme une odeur de chêne vert,

et il sut.

À ce moment-là, une fille sortit de la boîte. Baissant les yeux, elle s'éloigna rapidement, se hâtant autant qu'elle pouvait sur ses talons. Alexeï la suivit du regard – chacun de ses gestes avait l'odeur du chêne, avait la lenteur, la perfection d'une révélation,

d'une apocalypse.

Les autres se débrouilleront sans toi, murmura le vent à son oreille. Sans hésiter, il s'engagea dans la ruelle et suivit la fille. Elle prit le métro jusqu'au terminus ouest, puis longea les kilomètres de bâtiments, de magasins qui s'entassaient contre la quatre voies. À quelques centaines de mètres de l'aéroport, elle finit par entrer dans une boîte de striptease, Le Clarisse. Quand elle eut disparu dans le bâtiment par une porte dérobée, Alexeï s'assit sur un parpaing dans le parking, et s'alluma une clope.

Il fuma longtemps, en silence, se demandant ce qu'il faisait là. Ce qu'il cherchait. Elle n'était pas spécialement belle – c'était autre chose. Cette odeur de chêne, peut-être. Cette impression d'apercevoir *autre chose*. Autre chose que ce qu'il avait senti pendant des années – que cette envie crasse, forcenée presque, de participer au massacre, au pillage. C'était, devinait-il confusément, c'était comme s'il avait eu mal sans le savoir, comme une douleur fantôme qui le hantait depuis tellement longtemps qu'il ne la sentait même plus. Et soudain, cette fille apparaissait. Aujourd'hui encore, il ne sait pas vraiment ce qu'il a trouvé ce soir-là;

mais ce qui compte, reprend le vent doux qui tourne à ses pieds, c'était cette intuition brouillonne, cet éclat dans ses yeux,

ce qui compte, c'était que pour la première fois depuis une éternité, il attendait l'aube,

sa promesse,

sa douceur. Et quand elle vint enfin, il écouta son chant infime,

et le monde fut à nouveau un nuage de poussière à ses pieds.

Il revint dès le lendemain au Clarisse et se mit à guetter les moments où Claire – c'était son nom de scène – prenait ses pauses. Il allait fumer à l'arrière de la boîte et l'attendait. Et quand elle sortait enfin, il restait immobile et la fixait les yeux mi-clos tandis qu'elle allumait sa clope sous les averses automnes. Ces cheveux emmêlés. Ces mains qui tremblaient après certaines sessions. Cette manière de fixer le sol, de danser d'un pied sur l'autre. Ce fard qui coulait sous la pluie, ces larmes noires qui gouttaient sur sa gorge. Il ne savait pas exactement ce qu'il voyait dans tout ça – le fait est d'ailleurs général, nul ne sait réellement ce qu'il observe quand il regarde l'homme. Mais Alexeï s'en moquait : certains soirs, Claire lui lançait un regard au moment où elle retournait travailler et cela lui suffisait amplement. Leurs yeux brillaient alors, et il avait la sensation confuse de quelque chose d'incassable qui se relevait devant lui, qui sortait d'années de massacre non pas indemne, mais vivant. Qu'était-ce ? Il n'en savait rien, mais il sentait son cœur battre et c'était déjà immense.

Un soir, il la débarrassa de touristes américains qui lui proposaient une tournante. Quand le petit groupe de quinquagénaires eut disparu, ils commencèrent à discuter. Je m'appelle Catherina, murmura-t-elle en enlevant sa perruque et en lui tendant la main.

Quelques jours après, elle le laissa entrer dans son salon privé au premier étage de la boîte – là où elle recevait ses clients. Elle espérait qu'Alexeï était différent des autres, qu'il n'essaierait pas de la baiser dès qu'elle aurait fermé la porte – elle espérait, mais nos espoirs résistent rarement au monde. Et ses yeux de cristal tremblaient tandis qu'Alexeï faisait le tour de la chambre, marchant lentement, comme dans une sorte de temple – ses yeux tremblaient tant il lui était difficile de se convaincre qu'elle ne s'était pas trompée ;

tant elle savait qu'il est risqué de nous faire confiance ;

tant il est sage de nous craindre.

Mais sa confiance ne fut pas vaine. Ce soir-là, souffle le vent aux lèvres apocalypse, elle apprit ce que tu ne veux pas voir, Alexeï Grisov,

elle apprit que tu étais différent.

Sans rien dire, il alla s'appuyer à la fenêtre ouverte et lui offrit une clope. À voix basse, ils discutèrent des heures – et leurs murmures se perdaient dans la nuit au loin, dans les teintes brunes au-dessus de l'aéroport voisin. Quelques fois, elle approchait, se lovait contre lui, dans le creux de ses bras. Et lui ne faisait rien, il n'osait rien – il espérait des choses qui n'avaient pas de nom. Et ils restaient ainsi des heures, balayés par les effluves moites que le vent soulevait des marais alentour.

Début mars, un soir qu'ils étaient ivres, qu'elle avait trop dansé, Catherina commença à l'embrasser, à lui faire l'amour, très tendrement. Et pendant un temps qui n'est pas de ce monde, tout fondit enfin entre eux,

et le silence, le silence qui était le mélange de leurs souffles, le silence seul régna,

il fut la matière même du monde,

pure et noire,

de ces silences dans lesquels naissent les cristaux et les mondes.

Mais soudain, les mains d'Alexeï se mirent à trembler; il se dégagea brusquement et quitta la chambre sans rien dire. Sur le parking du Clarisse, il tremblait encore de tout son corps, et ses yeux étaient de feu, ses yeux étaient de massacre. Pas plus qu'il ne comprenait ce qu'il cherchait avec Catherina, il ne savait ce qu'il fuyait soudain. Il ne pensait plus qu'à une chose : provoquer, se battre, saccager,

pour faire passer ce goût âcre dans sa bouche, cette tension dans ses mains.

Mais le vent hasard décida que le parking serait vide, qu'Alexeï ne trouverait personne pour se défouler, mais le vent moite souffla sur l'adolescent, il le poussa en ville et le fit tituber comme ces fous qui vivaient dans des cabines téléphoniques, aux abords de l'ancienne station de métro. Pendant des heures, il le fit boire, il le fit balbutier son chant de haine au monde, sa fleur rouge dans la nuit, pendant des heures, il le fit errer dans les rues comme un fantôme, de bar en bar, de boîte en boîte – toute la nuit, il joua avec lui,

il le mena au désert et le perdit – et quand il se fut bien gavé de lui, il le laissa affalé sur un banc,

face à l'hôpital d'Illya –

comme si l'adolescent avait toujours gardé en tête, même après toutes ces années, même au milieu du désert, la seule direction qui importait.

Depuis qu'il a commencé à parler, le nom d'Illya est resté près d'Alexeï dans l'atelier, comme un spectre – comme une ombre dans l'ombre. Et au moment où l'adolescent prononce son nom, il est là encore – et Téliakov se crispe. Alexeï le sent et se dit qu'il a peut-être sous-estimé le capitaine. Que celui-ci n'a peut-être écouté toute son histoire que pour lancer la machine – pour qu'il parvienne à lui parler d'Illya. Mais quand il se retourne discrètement vers Téliakov, il aperçoit sa main qui tremble, et il est rassuré ; le capitaine n'a pas manœuvré : il en bave au moins autant que lui ;

et de l'autre côté du vent, Mikhaïl aussi en bave terriblement – il murmure des sons déments, il grogne de douleur,

et par moments,

ses lèvres découvrent des dents luisantes,

ensanglantées –

et dans ce sang presque noir, Alexeï continue à murmurer.

Il n'était pas retourné voir Illya depuis des années. Il savait, d'après ce que lui avait raconté Evgueni, qu'il ne pourrait pas discuter avec son frère. Mais ce matin-là, sans réfléchir, aidé par l'alcool, par la rage, il entra dans sa cellule. Illya était recroquevillé dans son lit, immobile, les yeux dans le vague. Quand Alexeï referma la porte derrière lui, il vit que son frère ne dormait pas, qu'il le dévisageait avec un sourire étrange. Il s'assit près de lui, sans rien dire – encore complètement ivre. Tout s'embrouillait sous son crâne – Catherina, les verres d'aquavit, les murs autour d'eux qui paraissaient faseyer. Pendant des heures, il resta ainsi immobile près de lui, osant à peine le regarder. Quand les infirmiers lui demandèrent de quitter la chambre, il fouilla dans ses poches et trouva une de ces minuscules pierres noires qu'il ramassait partout où il allait. Discrètement, il la glissa dans la main d'Illya – et un sourire fugace passa sur les lèvres de son frère.

À partir de ce jour, Alexeï alla voir son frère tous les matins. Très souvent, Illya était en crise et il ne pouvait même pas entrer dans sa chambre. Alexeï observait son frère à travers le hublot. Il devinait la bave qui s'écoulait de sa bouche, il suivait avec effroi ses yeux abandonnés, aux mouvements imprécis. Certains jours, il l'entendait pousser des gémissements à la limite du supportable, il le voyait ramper à terre. Mais les jours les plus durs étaient ceux où il trouvait Illya debout, en train de tourner dans sa cellule avec une lenteur infinie, cauchemardesque. Son frère effleurait du bout des doigts les murs capitonnés comme on caresse l'arête d'un cristal. Il semblait si calme alors ; mais ce calme était pire que tout pour Alexeï – il ne supportait pas la tristesse qu'il lisait dans les pas, dans les mains, dans les yeux de son frère.

Heureusement, certains jours, il le trouvait apaisé. Il s'asseyait sur son lit et Illya venait s'allonger sur lui, exténué par les drogues qui lui coulaient dans les veines ; et parfois,

parfois,

ils jouaient avec les pierres noires, ils parlaient à voix basse.

Et l'homme est un cristal étrange,

et quelque part dans ces temps hors du temps, dans ces matinées arrachées à la nuit,

sans que lui même y prenne garde, un deuxième coup frappa le miroir d'Alexeï. Caressant d'un doigt timide le bras d'Illya, il laissait suppurer cette sorte de liquide noirâtre qui avait remplacé son sang, il redécouvrait quelque chose de pur. Il l'ignorait, souffle le vent, mais il s'était blessé, mais il s'était infecté au cours de toutes ces années qui venaient de s'écouler, à tout ce fatras de soirées, de baises, à tout ce fatras de bagarres et de règlements de comptes. Parfois, Illya se redressait et fixait Alexeï avec son sourire étrange, et les deux frères restaient muets, stupéfaits, et c'était comme si Illya n'avait pas dormi, comme s'il avait écouté ce qu'Alexeï lui avait raconté ;

pire, comme s'il l'avait compris.

Cela ne durait qu'un instant, qu'une minute ; très vite, les yeux d'Illya repartaient dans le vague et il se rendormait. Mais pour Alexeï, c'était suffisant. Ce regard qu'ils échangeaient. Cette lueur dans les yeux de son frère. Il sentait combien il était proche d'Illya, combien rien de ce qu'il avait vécu pendant ces dernières années ne les avait éloignés. Et le vent qui les couvrait aurait voulu qu'il sente son père aussi – qu'il sente combien, par quelque obscure faille, les mélancolies qui coulaient dans leurs veines se mêlaient encore,

combien elles avaient même forme.

Et Alexeï avait dû le comprendre, le sentir d'une certaine manière. Un soir de juin, il y avait presque deux mois, il décida de se cacher dans les toilettes de l'hôpital juste avant la fermeture. Il attendit là des heures, jusqu'à ce que tout soit calme. Quand il sortit de sa cachette, il faisait nuit. Il erra d'abord un long moment dans un labyrinthe de couloirs vides, guettant la ronde d'un gardien. Mais les couloirs restèrent déserts – résonnant de loin en loin de hurlements et de pleurs étouffés. Il finit par trouver le bureau du médecin qui traitait Illya. Sur son ordinateur, il parcourut rapidement les notes d'interdiction de visite, les ordonnances de traitements lourds qui avaient pris le pas sur les séances de discussion avec les années. Depuis qu'il était enfermé dans cette structure, Illya n'avait fait que s'enfoncer, concluait le rapport médical. Après l'avoir terminé, Alexeï resta prostré, les yeux dans le vide, le visage bleui par l'écran. Quelque chose manquait ; il ne savait quoi exactement, mais c'était là – inscrit en filigrane dans le dossier, confus, obscur, quelque chose qu'aucun médecin ne pouvait découvrir. Combien de temps resta-t-il ainsi, immobile, à fouiller la nuit de ses yeux de nuit ? Peu importe, c'est autre chose qui compte. Cette sensation, par moments, de grains de nuit qui s'écoulaient un à un de ses paumes abandonnées ;

cette seconde, soudain, quand il comprit ce qu'il devait faire, quand il vit la direction. Il se redressa brusquement, les yeux fixés sur un point dans la nuit, un sourire imperceptible aux lèvres. En quittant le bureau, il se dirigea vers les cellules, un trousseau de clés à la main.

Illya était encore sous l'effet de ses drogues quand ils quittèrent l'enceinte de l'hôpital. Le trajet en métro se passa mal – Alexeï revoit son frère qui tremblait de tout son corps, qui gémissait sans cesse, qui se cognait le crâne contre la vitre, en rythme, qui hurlait quand les freins hurlaient. Il n'osait le prendre dans ses bras. Il se maudissait de n'avoir pas pensé à voler quelques médicaments – au moins une boîte de calmants.

Au sortir du métro, ils prirent un de ces bus de banlieue qui erraient, fantomatiques, dans les excroissances tentaculaires de la ville. Et dans le bus, sans raison, Illya se calma. Alexeï le laissa se presser contre lui, reposer sa tête, et Illya finit par s'endormir quelques minutes. Et Alexeï trouva là, dans ce souffle qui se détendait, dans ces mains qui se relâchaient, une raison d'espérer, de se battre. Une direction.

Catherina travaillait cette nuit-là, mais elle prit sa pause quand Alexeï lui fit signe, du fond de la salle. Sans poser de questions, elle les conduisit dans sa chambre.

— Je vous laisse. Tu m'expliqueras après. Je dois beaucoup d'heures ce soir, lui avait-elle dit en évitant de croiser son regard.

Quand elle revint, Illya dormait depuis longtemps, épuisé par la douleur et le voyage. Alexeï l'avait couché dans le lit de Catherina et le veillait, assis par terre. Catherina installa Alexeï sur un matelas de fortune à même le sol pour qu'il dorme un peu. Elle se lovait sur le canapé de skaï, organisant maladroitement ses couvertures, quand leurs regards se croisèrent. Alexeï ne la vit ni se lever ni s'approcher : il la sentit contre lui soudain, qui l'embrassait;

ils firent l'amour, leurs corps invisibles, leurs yeux aveugles se cherchant

et se trouvant.

« Au milieu des flammes qui ravagent le réacteur n° 4, plusieurs des liquidateurs aperçoivent une lumière aux reflets bleus. On sait aujourd'hui qu'il s'agissait d'une réaction parasite de la déflagration thermique de la nitrammite (effet Vavilov-Tcherenkov). »

Entre nos doigts, les grains de la nuit s'écoulent,
les uns après les autres,
et tous ou presque nous échappent ;
et Alexeï balbutie, il se tait, il reprend – et toute cette souffrance, tous ces efforts semblent si vains.

Mais peut-être qu'au milieu des flammes muettes qui ravagent l'adolescent Téliakov aperçoit ce qu'il cherche. Peut-être qu'il devine là, dans ce sable noir, ce fil qu'il cherche depuis une vie, ce fil qu'il croyait rompu depuis 81, depuis décembre 95, depuis juin 96. Car il est là – peut-être pas intact, mais là, et c'est la seule chose qui compte. Et Téliakov en sourirait presque tellement il n'en revient pas ; mais tout à coup, on frappe à la porte et Sergueï l'appelle :

— Chef ? Tout va bien ?

— Oui, oui, lance-t-il pour se donner une contenance. Vous pouvez rentrer ; ça va aller maintenant.

Sergueï ouvre la porte et entre dans l'atelier, suivi de quelques hommes. Téliakov ne leur accorde qu'un regard distrait et remarque à peine que son lieutenant est à bout – il ignore qu'il cherchait Mikhaïl et qu'il n'a pas mis la main dessus. Par contre, dans le groupe des policiers, le capitaine aperçoit Hippolyte et Nikita qui sont revenus de leur escapade sur les terres du Marquis. La voiture du préfet – il l'avait oubliée, celle-là. Hippolyte s'approche et s'accroupit près de lui pendant que les hommes s'installent dans la pièce.

— On l'a trouvée, capitaine…, murmure-t-il.

— Alors ?

— Alors, c'est bien la Mercedes du préfet. Et j'ai vérifié, il a fait désinstaller le transpondeur officiel. Voilà pourquoi personne ne savait que cette voiture était là.

— Et c'est récent, l'accident ?

— Vu les traces et la poussière, quelques semaines au moins, un mois peut-être…

Ça pourrait coller avec ce moment où Pétrov a disparu, réfléchit Téliakov. Putain, mais qu'est-ce que c'est que cette histoire encore ?

— Et qu'est-ce qu'il y avait dedans ? relance-t-il, l'air sombre. Elle était vide ?

— Des traces de sang. Il y avait au moins deux personnes à l'intérieur. Mais les corps ne sont plus là.

— Tu sais si c'était Pétrov?

— Aucune idée. Mais si c'était lui, il a morflé. La caisse est dans un sale état. Il a pas pu s'en sortir tout seul.

Téliakov ferme les yeux. Il va vraiment falloir enquêter sur Pétrov, se dit-il. Si maintenant le préfet a des affaires avec le Marquis ! Pire, avec les Vors ! C'est pas vrai ! conclut-il en passant une main lasse sur son visage couvert de sueur. Bon, on verra ça plus tard.

— Et sinon, reprend Hippolyte en posant son ordinateur sur la table, je suis arrivé à me connecter à…

— On verra ça plus tard, le coupe Téliakov. Il faut qu'on avance, là…

Il se retourne vers Alexeï et lui lance :

— Bon, maintenant que tu t'es décidé, explique-moi ce que vous avez fait en ville. Si vous avez pris le bus de dix heures, vous étiez là-bas vers onze heures.

— Quand on est arrivés au centre commercial, y avait pratiquement personne. On a fait le tour des entrées, mais les vigiles glandaient ou écoutaient leur musique. Y avait pas de quoi. On s'est posés dans une boutique de fringues.

— Laquelle ? lance Sergueï qui s'est appuyé contre le mur, juste derrière lui.

Alexeï l'ignore complètement ; il sort une cigarette de sa veste et se lève pour aller l'allumer à la vieille gazinière dans le fond de la pièce. Il revient s'asseoir comme si de rien n'était, et reprend.

— … donc, dans une boîte de fringues. Un des vendeurs a essayé de nous virer. Comme quoi on faisait du bruit, comme quoi on gênait. Evgueni lui a fermé sa gueule et s'est amusé avec lui jusqu'à ce qu'on finisse par se casser… Après ça, on a traîné encore un peu. On est allés au ciné, voir les merdes qui passaient. On s'est incrustés dans une des salles… Mais au final, tout ça, vous le savez. Vous avez vos jolies caméras. Je vois vraiment pas pourquoi vous perdez votre temps avec moi…

— C'est vrai, réplique Hippolyte, en lui coupant la parole.

Comme Sergueï, il veut reprendre la main. Posant à nouveau son ordinateur sur la table de Téliakov, il lance quelques extraits du système de surveillance. La moue sceptique, le capitaine se penche sur l'écran ; mais très vite, un sourire irrépressible naît sur ses lèvres, et Hippolyte est pris à son propre piège : Téliakov est fasciné par ce qu'il voit.

Malgré la qualité médiocre de l'image, il les reconnaît tout de suite – non pas à leur visage, non pas à leurs vêtements, mais à leur démarche, mais à leur marge : après être sortis du cinéma, ils avaient commencé à se jeter sur tous les gens qu'ils croisaient, au hasard. Ils les frappaient, ils les poussaient à terre. Les passants n'essayaient même pas de résister – ils tentaient purement et simplement d'éviter l'affrontement, ils glapissaient sous les coups, appelaient à l'aide.

Les policiers du centre avaient bien tenté d'intervenir, mais le groupe s'était enfui et avait recommencé à un étage inférieur. Chaque fois que les policiers s'approchaient d'eux, les jeunes n'avaient aucun mal à leur échapper. Ils se fondaient dans la foule – dans les magasins, les stands, dans les cabines d'essayage ou les toilettes, dominant cette jungle de misère qui leur était dévolue. S'ils avaient réellement voulu disparaître, cela ne leur aurait posé aucun problème, se dit le capitaine.

Au contraire, ils ne voulaient pas s'échapper. Cela se voyait au premier coup d'œil. Sans cesse, ils provoquaient de nouvelles bagarres. Comme s'ils ne pouvaient pas s'en empêcher. Comme si quelque chose les avait rendus fous. Même sur la vidéo, cela se voyait. Ils étaient vraiment hors d'eux. Et quand il n'y avait personne à attaquer, ils arrachaient des affiches, jetaient des chaises à terre, défonçaient les stands publicitaires. Les bars de l'allée centrale recevaient la correction qu'ils méritaient peut-être. Les mannequins des magasins. Les écrans plats avec leurs filles qui s'agitaient en rythme. Tout ce monde bariolé du centre commercial, ils le foulaient aux pieds. Et leur mépris et leur violence étaient aveugles et sans pitié : rien ne trouvait grâce à leurs yeux, et par moments,

leurs yeux étaient fous

devant tant de coups à porter.

Comme avec nous, tout à l'heure, dans les friches, se dit Téliakov, médusé. *Ils étaient fous.*

Hippolyte a réservé tout un fichier à Evgueni. On le voit tabasser des flics qui essaient de l'appréhender, saccager un centre de fitness, un bar. Il semble complètement hors de lui – à moins que ce ne soit un effet de la qualité de l'image, qui augmente tant les contrastes, qui brouille tant les visages. *Qu'est-ce qui l'a mis dans cet état ?* Le capitaine sait très bien qu'il ne pourra jamais poser la question à personne. Que, s'il veut comprendre et pas seulement savoir, il lui faudra donner quelque chose en échange. Il repousse l'écran et lance à Alexeï d'une voix dure :

— Alors, la suite ?

— Vers deux heures, reprend Alexeï, on s'est cassés au Clarisse. On connaît une fille, là-bas. Elle nous a ouvert et on a pu piller le bar et le frigo.

— Le Clarisse, à côté de l'aéroport ?

— Hum... Après, on a dû se casser... Le bar allait ouvrir. On a raccompagné Illya à l'arrêt de bus de G...

— Illya ? comment ça ? reprend le capitaine. Qu'est-ce que ton frère faisait avec vous ?

Alexeï marque un temps d'arrêt. Le capitaine comprend qu'il a trop parlé, qu'il s'en rend compte, qu'il cherche comment s'en sortir : le capitaine comprend ce qu'Alexeï veut qu'il comprenne.

— ... il créchait là-bas, au Clarisse, reprend Alexeï. À un moment, en tout cas.

— Et t'as une idée d'où il allait en bus ?
— Il a pris la ligne 97. Celle qui va à F…
— Il connaissait des gens vers là-bas ?
— Aucune idée.
— Parle-moi de cette fille, enchaîne Sergueï, qu'est-ce que ça fait de sortir avec une pute ?
— Elle fait ça bien, au moins… mieux que ta femme, répond Alexeï en plantant son regard dans celui du capitaine.
— Sergueï, tu vas voir où ils en sont pour la battue, enchaîne celui-ci sans perdre son calme. Je veux cet Illya. Et rapidement. On va pas y passer la journée.

Pendant que Sergueï sort en maugréant, Téliakov balaie la pièce d'un regard noir. Les hommes semblent à cran – leurs yeux clignent, leurs vêtements sont trempés. L'air est si brûlant qu'il semble bourdonner, qu'une sorte de sifflement insupportable passe par moments dans la pièce. Des nuées de mouches, elles aussi rendues folles par la chaleur, heurtent périodiquement les visages en sueur, les murs, le plafond, comme si elles cherchaient une issue. Mais il n'y a ni issue ni échappatoire, se dit Téliakov. Sauf peut-être cet orage que l'on entend au loin, qui s'approche, qui donne ses ordres,

qui annonce pour ce soir

la curée.

Mais la vérité, Téliakov le sent soudain, c'est qu'ils n'ont que très peu de chances d'atteindre le soir. D'un moment à l'autre, ses hommes vont finir par faire une bêtise – se jeter sur les jeunes et les tabasser comme tout à l'heure, dans le meilleur des cas. Même Sergueï s'est fait retourner comme une fille.

Et comme si cela ne suffisait pas, Fiodor, qui était resté calme jusqu'à présent, se lève et traverse tout à coup la pièce pour sortir. Il bouscule un des hommes qui barrent la porte.

— Tu vas où, gamin ? le coupe-t-il.

— Me passer de l'eau et pisser. Tu viens m'aider ? lui répond Fiodor, collant son visage à celui de l'homme.

— Hippolyte, tranche le capitaine, tu l'accompagnes. Vous avez deux minutes. Et toi, fait-il à Alexeï, raconte-moi ce que ton frère faisait au Clarisse…

Alexeï les laisse quitter la pièce et reprend.

— Je sais pas trop. Après sa sortie de l'hôpital, on a traîné quelques jours ensemble. Il allait mieux. Je ne sais pas pourquoi, mais il n'avait plus besoin de médicaments. Et puis un jour, il a disparu. On l'a plus vu pendant presque un mois… C'est ça, jusqu'à mi-juillet.

— Aucune idée d'où il pouvait être ?

— Non. Personne n'a rien compris. On l'a revu quelques fois, il y a pas longtemps de ça. Evgueni lui a parlé. Mais c'est tout…Voilà, et hier, il venait chercher des affaires au Clarisse.

— Comment ça ?

— Ben, je vous dis, en sortant de l'hôpital, il a créché là-bas. Il avait ses affaires là-bas. Ses lames.

— Il était armé ?

— Une lame, c'est pas être armé. C'est juste vouloir vivre. Tombez sur des mecs du Marquis, tombez sur des Vors ou sur l'Immanus et vous verrez ce que c'est, être armé.

— Et après l'arrêt de bus ?

— On est rentrés. Piotr nous a fait la surprise : il nous attendait dehors, avec la bagnole. Il avait travaillé toute la journée dessus : elle avait même un poste. On est rentrés, on était les rois du monde sur la route. Quand on est arrivés ici, la soirée se préparait, mais Evgueni a dit qu'on avait des trucs à régler. Et en fait, Illya était repassé ici. Quand on est entrés dans la cour, il s'engueulait avec le père, dans la véranda. J'ai pas compris à propos de quoi. Ils parlaient de fille. Evgueni avait l'air au courant. Il s'est jeté sur le père et ils ont commencé à se battre.

Et sa voix si dure, sa voix si rauque se fêle soudain, et ses mains se remettent à trembler, et dans sa paume, une pierre noire joue et roule ;

et sur cette pierre, ce moment où ils avaient entendu Illya ;

avec Evgueni, ils avaient grimpé l'escalier en courant, aussi vite qu'ils pouvaient ; Evgueni s'était jeté entre Illya et le père,

et en un instant, en une seconde à peine, le monde était redevenu ce qu'il n'avait jamais cessé d'être – un vitrail de douleur,

un vitrail de haine.

— Tu vas aider Illya et Pesha à passer ! avait hurlé Evgueni. Jamais ils n'y arriveront sinon.

Bien sûr, Alexeï ne répète pas cette phrase – il reste vague, il cache Pesha quelque part dans ses murmures, il laisse croire à Téliakov que cette fille dont il vient de parler est peut-être Claire, voire pire, Blanche. Il laisse le capitaine suivre ces fausses pistes et se perdre sans même avoir à y penser. Parce qu'une seule chose compte pour Alexeï, à cet instant : hier soir, pour la première fois depuis des années, son père avait regardé Evgueni. Et il n'a aucune idée de ce que son frère avait vu en retour dans les yeux de leur père. Il sait seulement qu'Evgueni était devenu véritablement fou. Il s'était jeté sur le père, les yeux révulsés de colère, les yeux massacre. Mais le père l'avait attrapé par les bras et l'avait retenu. Alexeï le revoit faire et il n'en revient toujours pas : le calme avec lequel il avait stoppé Evgueni – le calme monstrueux. Et tandis qu'il s'interrompt un instant, fasciné par ce qu'il revoit pour la millième fois, il réalise que son père ne voyait peut-être même pas son frère, qu'il regardait autre chose – et malgré toute sa force, malgré toute sa colère, Evgueni n'était rien à côté de cette chose. De la petite monnaie. Du rouble. Et tandis qu'il se reprend et continue à embrouiller le capitaine, à le perdre, Alexeï se dit que son père a peut-être fixé cette chose toute sa vie. Même quand ils étaient ensemble, dans les friches ou dans l'atelier, il ne le voyait peut-être pas, lui, il ne lui souriait pas vraiment ; il regardait cette chose,

et peut-être elle seulement.

Et hier soir, en repoussant Evgueni comme un gosse, il la regardait encore – elle qui l'avait tourmenté toute sa vie, elle dont il ne pouvait parler à personne, elle qui expliquait tout. Et Alexeï s'avance lentement vers elle – et il est seul face à elle, cette fleur rouge, cette blessure secrète quelque part dans le crâne, dans le cœur de son père. Elle est là devant lui, et à travers elle, Alexeï aperçoit la véranda. Il s'approche, il voudrait mieux voir, il voudrait retenir Evgueni,

mais son frère ne voit pas la fleur,

et pour cela, il devient fou et se jette sur le père,

et Alexeï ne peut que fermer les yeux, que quitter le désastre de la véranda et revenir dans l'atelier surchauffé,

qu'écouter ce vent ridé qui glisse derrière sa nuque, qui lui souffle qu'il est responsable de tout, que s'il avait compris plus vite, que s'il avait pu parler à Evgueni hier, leur père serait encore en vie.

— Je n'ai pas pu m'empêcher, conclut-il avec une moue amère. Je leur ai sauté dessus. Ils ne s'y attendaient pas… Je les ai renversés tous les deux, sur le côté. Ils sont rentrés dans la porte-fenêtre, vous avez dû voir, là-haut. Ils ont tout fracassé. Le père a lâché Evgueni, qui s'est relevé très vite… Je croyais qu'Evgueni allait en profiter pour lui sauter dessus. Mais il n'a rien fait. Il a juste dit : T'as intérêt à l'aider, sinon, je reviendrais pas les mains nues.

Et le monde est une poignée de pierres noires, de brisures issues du même cristal, et dès qu'Alexeï prononce cette phrase, les bras de Mikhaïl, son torse, son crâne se remplissent d'étincelles, et à l'instant, il se *retrouve* dans l'escalier D, couvert de sueur, haletant – et dans ses yeux hallucinés, dans ses yeux qui sont aussi les yeux d'Alexeï, une larme perle,

infime,

invisible presque.

Ses mains serrent encore les pierres noires qu'il n'a jamais lâchées – jusqu'à la douleur, jusqu'au sang. Lentement, il se redresse – il essaie de se rappeler comment il a atterri là, et quelques images floues lui reviennent, en désordre sans doute – l'atelier, l'escalier, le capitaine. Tout est foutu, murmure-t-il. Téliakov va tout comprendre et il n'y peut rien. Tout est foutu. Il se dit qu'il pourrait au moins appeler Daniil. Son frère pourra peut-être contacter les Roms et leur dire qu'ils vont devoir se débrouiller seuls. Mais soudain, tout lui semble si vain, si absurde – un vent moite, un vent lassitude vient tourner près de lui et lui murmure qu'il ferait mieux de lâcher prise, que tout va échouer de toute façon. Et ni Daniil ni "son oncle Pétrov" ne peuvent plus rien pour lui. L'œil éteint, un pli mauvais à la lèvre, il sonde l'obscurité qui l'entoure – il songe à reprendre une dose,

il s'affale insensiblement,

il hésite.

Mais tout à coup, les déchets, les emballages qui jonchent le palier sont parcourus d'un imperceptible tressaillement, mais tout à coup leurs linceuls de poussière s'agitent. Mikhaïl se redresse, interdit. Il se demande si le songe l'a repris, si c'est une réplique ou non. Il s'appuie contre le mur, il lève un bras incertain vers l'ombre ; et soudain, il sent quelqu'un près de lui,

une présence sur le palier.

— Tu dois le faire, murmure une voix grave.

L'œil effaré, tremblant de tout son corps, Mikhaïl s'avance sur le palier. Au milieu des ombres, il croit deviner une robe ivoire à quelques mètres de lui – des cheveux corbeau, et sous ses cheveux, des yeux de nuit qui le fixent. Un spectre adolescent est là, face à lui, au cœur des ténèbres. Médusé, le jeune homme s'approche de cette ombre, il tend son bras Soubresauts,

il tient ses yeux Luisance,

il vit enfin, il ouvre la bouche :

— Pesha ? parvient-il à articuler. Pesha, c'est toi ?

Mais l'ombre disparaît, mais autour de lui, les tremblements des déchets ont cessé, mais le silence est retombé déjà dans l'escalier. Et soudain, comme un Signe, le téléphone de Mikhaïl sonne. C'est Daniil. Enfin, murmure Mikhaïl. Enfin.

— Daniil ?

— … khaïl ?… t'ends ?

— Ah ! Putain ! C'est pas vrai ! hurle Mikhaïl dans l'obscurité de l'escalier. Daniil ! Tu es où ? J'ai besoin de toi, là ! Téliakov va tout comprendre…

— … donner… Parce que… trov… Tu dois le… esha…

Mais tout à coup, le téléphone s'éteint. Sans attendre, Mikhaïl le range dans sa poche. D'une manière ou d'une autre, il faut qu'il parvienne à faire passer les sauf-conduits aux Grisov. Que ce soit à Alexeï ou à Illya, c'est sans importance. *Mais il doit le faire.* Il vérifie qu'ils sont toujours là, cachés dans la poche intérieure de sa veste, puis il se met en marche. S'appuyant lourdement à la rambarde, chancelant sur des dunes qui s'écroulent à mesure qu'il avance, il redescend l'escalier aussi vite qu'il peut. Arrivé en bas, il traverse la cour dans un état second, il entre dans l'atelier – et tout cela ne lui a pris qu'une seconde, qu'un souffle du vent aux lèvres parfaites.

Juste après qu'il a poussé la porte, Fiodor et Aslan entrent eux aussi, suivis de leurs gardes. Avec eux, une bourrasque d'air enflammé gonfle la salle ; Téliakov se tourne vers le groupe, mais il n'a même pas le temps de dévisager Mikhaïl que son talkie-walkie grésille.

— Capitaine, c'est le lieutenant Karpov, on l'a trouvé. Il est dans une des barres vers l'entrée du bloc… on l'encercle et on le ramène.

— Où ça ? Où, vous dites ? lance Téliakov.

Il n'y a pas de réponse : la communication est soudain coupée. Le capitaine a beau secouer le talkie et appuyer sur tous les boutons, celui-ci reste muet.

— C'est de pire en pire, s'écrie-t-il en se levant. Sergueï ! Que quelqu'un aille me chercher Sergueï ! Hippolyte et toi, lance-t-il à Mikhaïl, trouvez-moi Sergueï. Vous lui dites de foncer à l'entrée du bloc et de me ramener Illya vite fait.

Au moment où Mikhaïl et Hippolyte ressortent, Alexeï se lève lui aussi et fait mine de les suivre.

— Qu'est-ce que tu fais ? lui demande le capitaine.

— J'ai mal au crâne, je vais me passer de l'eau sur le visage.

— Va au fond… Non attends… Mikhaïl…

Le jeune policier s'arrête sur le seuil de l'atelier et le fixe aussi durement qu'il le peut – mais la morphine fait encore tout tanguer et il doit se retenir à la porte.

— Écoute, reprend Téliakov, tu expliques à Sergueï ce

qu'il a à faire et, celui-là, tu l'accompagnes en haut. Qu'il se passe de l'eau et quand il a fini, tu postes un gars avec lui dans le salon et tu reviens – on ira le chercher si on a besoin de nouveau de lui. Les autres, occupez-vous de celui-là, je ne veux plus le voir, finit-il en désignant Aslan.

Il se rappelle son maître d'échecs – on appuie là où ça fait mal, Téliakov. On ne cherche ni l'équilibre ni l'invasion d'ensemble. Il faut trouver le point faible et y appuyer de toutes ses forces. Et quelque chose en lui vient de comprendre que les Grisov couvrent trop bien l'échiquier, qu'il n'a aucune chance contre eux, et que Fiodor est peut-être ce point faible qu'il cherche depuis ce matin.

Dès qu'ils sortent dans la cour, Mikhaïl, Hippolyte et Alexeï sont happés par l'eau moite qui sert d'air au monde. Puis la lumière tombe sur eux, de toutes parts, qui leur laboure les yeux chaque fois qu'ils essayent de les rouvrir. Ils traversent la cour à l'aveugle, titubant et levant les bras comme pour se protéger – impuissants et dépassés, ils glissent sur les dunes du monde, ils trébuchent dans le vent incandescent,

et le monstre qui règne au désert aboie dès qu'il les aperçoit,

il s'apprête à les dévorer.

— Reste là, parvient à articuler Mikhaïl à Alexeï, quand ils arrivent au pied de l'escalier. J'arrive tout de suite.

Il ne voit plus rien, il ne contrôle plus rien. Ses yeux ne sont plus ni de glace, ni de lave – ils sont Supplice, ils sont Éclairs, ils sont Douleur. Il franchit l'obscurité du hall et quand il sort dans la rue surchauffée, il tremble comme une feuille ; comme s'il ne faisait pas assez chaud, il n'a ni dormi ni avalé quoi que ce soit depuis trois jours – et son corps est en train de céder. Et soudain Sergueï lui tombe dessus – il l'attendait juste à droite du hall. Près de lui, Hippolyte se pose contre un mur et fait le guet.

— Alors, il t'a dit quelque chose ? lance Sergueï en lui vrillant l'épaule ;

et ses yeux sont fous,

et il doit se retenir pour ne pas le broyer entre ses mains immenses.

— Quoi ? Mais de quoi tu parles ? balbutie Mikhaïl.

— Qui c'est ces gens ?

— J'en sais rien, Sergueï – ils sont… ils sont pas clairs, ils me font… j'en sais rien…

— Qu'est-ce qu'on fout ici ? Il t'a dit Téliakov ? Tu sais où on devrait être à cette heure-là ? Les Roms ? La rafle ? On va se faire défoncer par le préfet. Hein, qu'est-ce qu'il cherche ? Y a rien ici : c'est le désert. Pourquoi on se casse pas ?

— J'en sais rien…

— Et pourtant, Hippolyte m'a dit que c'est Pétrov lui-même qui a signé ton arrêté de nomination. Tu connais le préfet, non ? Et il t'aurait pas dit ce qu'on vient chercher ici, le préfet ?

— Non, j'en sais *rien* de ce qu'on fait ici, je t'ai dit, Sergueï ! réplique Mikhaïl, en essayant de se dégager.

— C'est une histoire de liquidateurs ? continue Sergueï sans le laisser bouger.

— De liquidateurs ? Mais de quoi tu parles ? Je te promets, Sergueï, je comprends rien. J'ai aucune idée de ce qu'on fait ici.

Et pourtant, c'est précisément la question qui le hante depuis le début de la journée. Qu'est-ce qu'on fait ici ? Justement ici ? Elle tourne dans ses yeux et elle fixe Sergueï comme un animal apeuré. Et ils en sont là, à se bouffer du regard, quand Alexeï sort du hall et se racle la gorge. Dès qu'il le remarque, Sergueï relâche Mikhaïl, qui se masse la nuque en grimaçant.

— Tu lui expliques ce que veut le capitaine, pour Illya, lance Mikhaïl à Hippolyte, comme si de rien n'était. Il faut que je m'occupe de celui-là, termine-t-il en désignant Alexeï.

Hippolyte hoche imperceptiblement la tête et fixe Sergueï qui tente de se calmer. Avant de partir, Mikhaïl croise une dernière fois le regard de métal de Sergueï, mais aucun des deux ne parvient à lire ce que l'autre veut dire ou cacher ; à nouveau, leurs yeux ne servent à rien, ils se détournent,

ils tombent à terre et le monstre-vie s'en gave.

Mikhaïl s'éloigne en titubant, il espère tenir quelques minutes encore, ne pas vomir – juste avant d'arriver dans le hall, il s'appuie lourdement contre le mur et s'étonne que le mur tienne.

— Allez toi, on y va, murmure-t-il d'une voix confuse à Alexeï qui l'attend en le fixant durement.

Dans la cour, ils croisent peut-être d'autres policiers, ils entendent peut-être un chien hurler, mais Mikhaïl n'en est même pas sûr. Il suit comme il peut Alexeï dans l'escalier, en s'appuyant à la rambarde rouillée. Toujours chancelant, il s'engage dans la véranda, et c'est à bout de forces qu'il parvient dans le couloir.

— Tu attends là, ordonne-t-il à Alexeï d'une voix sombre.

Il entre dans les toilettes et s'y enferme – ses mains, ses yeux, son corps tout entier tremblent furieusement, comme secoués par une fièvre mauvaise. La pièce est un cloaque surchauffé et puant au-delà de toute description. Le jeune homme se retient comme il peut contre un meuble hors d'âge, mais le monde vacille une fois de plus et sa tête vient heurter la glace souillée. Les mains agrippées au lavabo, il inspire tout ce qu'il peut, il cherche désespérément de l'air, mais il n'en trouve nulle part. Dans le miroir, son reflet le fixe avec un air torve, et il se demande si les tremblements qui agitent ses yeux et sa bouche sont réels ou non. Usant de ses dernières forces, il laisse couler un filet d'eau sale du robinet et le boit avidement.

— C'est bon ? lance Alexeï de l'autre côté de la porte.

— C'est bon, balbutie-t-il en lui ouvrant.

Quand Alexeï pousse la porte, Mikhaïl se dit soudain qu'il va parler, que c'est sa seule chance – il ouvre la bouche, mais tout à coup Hippolyte apparaît dans le couloir.

— Oh, Mikhaïl !

— Ouais ?

— Qu'est-ce que tu fous ? Laisse-le, lui. On a besoin de toi dans les 1200. Les hommes du Marquis s'agitent. Sergueï veut qu'on aille faire un tour là-bas histoire de calmer un peu tout ce monde.

Mikhaïl lance un dernier regard à Alexeï avant de suivre Hippolyte dans le couloir. L'adolescent lui sourit presque – dès qu'ils seront partis, il pourra se faufiler chez Fiodor, et de là, repartir à la recherche d'Illya et peut-être le trouver avant les autres flics. Il espère qu'avec un peu de chance les hommes du Marquis les ralentiront suffisamment – et dans ses yeux, des lueurs bleues passent,

des effets Vavilov-Tcherenkov fulgurent,

frères, sœurs des reflets qui chatoient dans les flammes que Nona fait naître au même instant. Et tandis que le feu prend dans le minuscule foyer qu'elle a ménagé au fond de l'arrière-boutique, une belle odeur, un encens frais arabesque dans le demi-jour de la pièce. Et quand les flammes se tiennent, la vieille fille se redresse, s'étire et saisit un samovar noirci par les âges qu'elle suspend au-dessus du foyer – ici, les gestes lents, millénaires, les gestes parcheminés presque –

ici, les yeux mi-clos, le souffle paisible,

le samovar murmurant sa vapeur d'olympe ;

ici, les mains jointes pour souffler le feu,

déliées pour disperser une poignée de feuilles dans l'eau frissonnante ;

ici, le bout du bout de la douceur quand sa voix éraillée annonce :

— Le thé est prêt.

Et bientôt, l'aînée s'approche, tenant dans sa main reptile quelque tissu anonyme – le pas traînant, les yeux jaunâtres. Gémissant faiblement, elle s'assied ; à la lumière des braises, elle vérifie un point, et quand elle est satisfaite, elle pose le tissu à sa droite et l'oublie.

— C'est toi qui as appelé la petite Rom ? murmure-t-elle enfin.

— Moi… non, répond Nona qui dispose les trois tasses sur un antique plateau. Elle a fait ça toute seule sûrement. Elle a dû sentir qu'Illya Grisov allait se faire prendre… Tiens, ton thé.

— Comment s'appelle-t-elle ? Pesha, c'est ça… Hum, si elle n'a plus que lui, c'est qu'ils sont vraiment sans espoir…

Elle brûle ses lèvres ridées sur la tasse, elle souffle sur l'infusion ; elle a dit ce qu'elle avait à dire. Et quand elle a fini, elle cligne des yeux ; et sa sœur n'a pas besoin de la regarder pour savoir comment ses mains tortues entourent sa tasse.

— Il peut les aider, reprend Nona après avoir avalé une gorgée qui la brûle, qui l'irradie, qui rayonne en elle.

— Hum…, marmonne son aînée. Tu as senti comme il se bloque ? Il y a trop de morts en lui, je t'ai dit… Un enfant même… Manolis ou je ne sais quoi.

Elle fait rouler la tasse brûlante sur ses lèvres gercées. Elle s'irrite patiemment. Parfois, une langue serpentine passe là, et imbibe toutes ces chairs d'une salive rance.

— Ça ne veut pas dire… qu'il est mort aussi, murmure Nona.

— Presque, quand même… Enfin, s'il peut les aider…

Puis, elles se taisent – il faut être précautionneux en présence d'âmes, et elles le savent. Et leurs lèvres parfaites et gercées, et leurs lèvres closes se brûlent ensemble sur des tasses hors d'âge ;

des eaux bouillantes glissent là, sans bruit –
yeux bridés qui semblent presque endormis,
jambes en tailleurs millénaires,
dos arrondis,
colliers de pierres silencieuses,
arabesques d'encens baignant le fond de la boutique.

« Youri B., l'ingénieur responsable, décide alors de faire passer le réacteur 3 en arrêt à froid, permettant ainsi de le sauver d'une destruction certaine, au vu de la détérioration progressive des installations due à l'inondation des parties inférieures de l'Usine. »

Pendant que ses hommes sortent de l'atelier, le capitaine examine Fiodor qui s'assied face à lui. Ses cheveux longs et gras. Ses cicatrices sur le front, sur les joues. Et puis surtout, son œil droit, d'un bleu laiteux, mort. *Mais est-ce qu'il est vraiment mort ? Et que voit un œil mort ?*

— Ce gosse va me rendre dingue…, murmure-t-il enfin, comme pour lancer les hostilités.

— Vous en tirerez rien, le coupe Fiodor.

Et sa voix est dure et grave et définitive – et son œil valide ne luit même pas. Vous en tirerez rien. Fiodor est tout entier à son annonce. Il est le vent tiède du monde, il est chœur à lui tout seul – et un instant Téliakov doute de son intuition, tant la voix du chœur est reconnaissable entre toutes, tant il est évident que l'adolescent le surplombe en réalité.

— Déjà, pour Evgueni et Alexeï, vous êtes pas de taille,

reprend-il, mais pour Illya, tout ce que vous pourrez faire servira à rien. J'essaie juste de vous prévenir. Même si vous arrivez à le choper, vous y comprendrez rien.

Non, ça doit juste être la grande gueule du groupe, se reprend Téliakov en se frottant les yeux pour ne pas croiser son regard. *On va lui laisser de la place. Qu'il se sente à l'aise.* Mais le jeune homme se tait, et quand le capitaine se décide à lever les yeux vers lui, il réalise que Fiodor le fixe avec un air de mépris incroyablement dur, comme s'il l'avait entendu penser. Puis, sans attendre que le policier se ressaisisse, le jeune homme recommence à parler, et c'est véritablement de la pitié que Téliakov lit alors dans son œil luisant.

— Ce gosse est complètement perdu. Y a que ses frères pour croire que non…

— Comment ça ?

Fiodor ne répond pas tout de suite – et tandis qu'il se tait, des ombres passent en silence dans son œil mort. Il se souvient de tous ces soirs où Evgueni a essayé de lui dire, il se souvient d'un soir comme de mille. Ils sont en boîte, à Kiev, complètement ivres. C'est l'aube – la boîte est presque vide quand Evgueni parvient à parler. Il n'y a plus qu'eux deux en vie. Le monde gît à leurs pieds, somnolant sur les canapés de skaï, vomissant dans les toilettes, se finissant à l'arrière de la boîte, le monde gît à leurs pieds,

et Evgueni arrive enfin à parler.

— Faut pas croire : son œil, son bras, ou toutes ces maladies qu'ils lui trouvent à l'hôpital, c'est n'importe quoi. Illya va mieux que toi et moi. Moi… je suis sûr qu'il a quelque chose dans la tête. Qu'il cherche un truc. Et quand il trouvera, ça sera fini. Il redeviendra…

Mais Evgueni ne finit jamais cette phrase, il a beau essayer des dizaines, des centaines, des milliers de fois peut-être, il ne finit jamais cette phrase. Il redeviendra… Il redeviendra… Evgueni ne regarde jamais Fiodor dans les yeux à ce moment-là. Il fixe le sol comme un dément, il troue le sol tellement il est concentré, tellement il voudrait y croire. Il redeviendra… Et malgré toute cette dureté, toute cette concentration, il ne parvient jamais à finir cette phrase.

— Illya Grisov, reprend Fiodor, c'est comme s'il avait aucune idée de ce qu'il fait ici. Comme s'il avait débarqué d'une autre planète… Sans parler des crises…

— Quelles crises ?

— Du genre violent. Qui se terminent avec une camisole. Avec des seringues. Avec des infirmiers partout autour de lui pour le maintenir pendant qu'il se calme. La totale.

— C'était quoi ?

— J'en sais rien, murmure Fiodor. J'en sais rien.

Et tandis que sa voix si dure s'éteint, il revoit Illya dans sa cellule, le crâne en arrière, un sourire dément aux lèvres – et sur ce sourire, ses yeux clignent un instant, avant de se focaliser sur le mur derrière le capitaine, à l'endroit de la tache sombre.

— Mais il en bavait, reprend-il d'une voix sombre sans quitter la tache du regard. À se taper la tête contre les murs… À dix ans, ce gosse était déjà foutu ; il n'y avait que ses frères pour pas le voir…

Et sa voix s'éteint à nouveau, selon ces rythmes mystérieux qui n'appartiennent qu'au chœur. Il revoit Evgueni qui berçait son frère sur le sol de sa cellule, qui murmurait Illya… Illya… Et son frère qui se calmait et s'endormait. Et quand les médecins arrivaient, Evgueni qui refusait qu'on les sépare.

— Et il a toujours été en HP ? finit par le relancer Téliakov.

— Non… mais quand il n'y était pas, il fallait qu'il reste en centre-ville, pour ses traitements. Il créchait chez sa grand-mère, la mère de… Mme Grisov. Elle habitait plus près des arrêts de bus, vers la 600. Mais bon, il fuguait. Les services sociaux le retrouvaient n'importe où. Dans les centres commerciaux, dans les cinémas, en train de délirer, de vomir, à moitié mort. C'est pour ça qu'il a goûté aux cellules sécurisées. Mais le comble… c'est que c'est dans un HP, quand il avait peut-être… dix, onze ans, qu'il a rencontré ce vieux qui l'a vraiment fait dévisser…

— Qui ça ?

— Un gars qui était dans la même chambre que lui, à cette époque. Vers 2013. Un photographe qui avait bossé sur l'incendie de 96. Un gars qui avait passé des mois dans les environs de l'Usine et de la frontière, et que ça avait rendu complètement fou. Je m'en souviens : un jour, Illya n'était pas dans sa chambre quand on est arrivés. Alors Evgueni a demandé à son voisin s'il l'avait pas vu. Le gars a commencé à mâchonner de ces trucs délirants. Evgueni et Alexeï l'ont recadré sévère.

Et dans l'œil mort de Fiodor, Evgueni empoignait ce fou qui croyait pouvoir jouer avec sa douleur, et sans efforts, et avec une brutalité inouïe, il le plaquait contre le mur – les yeux injectés de sang, la bouche déformée de rage. Alexeï était arrivé in extremis à l'empêcher de le tuer. Et quand il s'était calmé, Evgueni avait regardé le mur à côté du vieux, pour ne pas croiser ses yeux, et il lui avait lancé : Tu vas me dire où il est. Et si on le retrouve, t'y passeras pas : c'est aussi simple que ça.

Fiodor continue à parler, mais le capitaine n'écoute plus vraiment. On pourrait croire qu'il est en train d'assembler les pièces du puzzle, qu'il se rappelle que Mikhaïl a trouvé une sacoche de photographe ce matin dans l'atelier, qu'elle doit traîner quelque part au fond. On pourrait croire qu'il commence à faire le lien avec la frontière, avec la rafle d'aujourd'hui. Mais Téliakov se moque bien de tous ces détails, une seule chose compte pour lui : une telle configuration ne se reproduira peut-être jamais. Il doit saisir cette chance. Il doit appuyer soudain, le plus fort possible, sur le point faible.

— Et ce matin, quand Evgueni a fumé son père, tu étais là ? interrompt-il soudain, en faisant mine de fouiller dans ses dossiers.

Fiodor se tait tout à coup et fixe la porte avec un air étrange. Téliakov met un certain temps à comprendre ce qu'il voit, mais soudain, il réalise – la honte, se dit-il, stupéfait. *Ce gosse a honte.* Alors, sans attendre, il appuie de toutes ses forces.

— Fais pas de manières, murmure-t-il quand il sent que l'adolescent va craquer, que la pièce cède autour d'eux.

— Vous pigez vraiment rien…, réplique le jeune homme d'une voix sourde.

Oui, il a eu honte soudain. Honte pour Téliakov. Comment est-ce qu'il peut croire que l'un d'entre nous serait capable de trahir Evgueni ? grince une voix arthrite à l'oreille de Fiodor. Pour quelle sorte d'hommes est-ce qu'ils nous prennent ? Quelle sorte d'hommes sont-ils, pour croire que c'est possible ? Et peu à peu, un sourire formidable barre le visage du jeune homme, qui le fait paraître plus grand, plus dur – le sourire du chœur qui toise les mortels dépassés. Et c'est ce sourire qui met fin à la discussion, c'est ce sourire plus que sa dernière phrase :

— Si Evgueni a crevé son père, c'est sûr qu'il a fait appel à personne. Qu'il était seul et qu'il a fait ça comme il pensait.

— … Il était seul et il a fait ça comme il pensait… Ce qu'il faut pas entendre ! Ce Fiodor ! sourit le vent aux lèvres gercées. Enfin, il a réussi : tout est presque en place à présent…

Tu dois être contente, lance-t-elle à sa sœur, qui ne relève pas, qui reste les yeux fermés, à avaler son infusion par petites gorgées. Ah, gémit-elle en se redressant, je suis trop vieille…

Craquant de toutes parts, elle pose sa tasse vide sur le plateau, elle se redresse et laisse ses deux sœurs seules. Lentement, serrant contre elle son manteau de peau de chèvre, elle se dirige vers la porte de la boutique. Une fois dehors, elle s'appuie contre le mur décrépi ; l'air presque mauvais, elle tire une longue pipe de ses poches profondes. Et tandis qu'elle la bourre, qu'elle l'allume, elle ne se presse pas – ses doigts s'arrêtent par moments, ils se suspendent et jouent dans le vent moite des notes sourdes, des notes inconnues, inaudibles peut-être,

ses ongles sales rythment des allées, des venues,

des mondes, des gravités,

ils accélèrent quand Mikhaïl se faufile à quelques rues de là, ils se suspendent quand il se tapit dans un renfoncement pour laisser passer deux ombres aux rictus farouches, deux hommes du Marquis,

majeur et annulaire qui tapotent le mur, ombres qui semblent s'éloigner, qui semblent disparaître dans le vent. Et quand les herbes dans sa pipe ont pris feu enfin, elle tire une longue bouffée,

et Mikhaïl s'avance à nouveau dans sa paume, il va bientôt déboucher, là, au coin de la rue – il titube, il glisse sur sa peau parcheminée. Heureusement, main gauche, un auriculaire s'agite, faisant jouer des bagues noircies par les siècles,

une ombre qui va sortir de la 1408 dans quelques secondes,

te voilà, il t'attend, là-bas, au coin de la rue, il a besoin de toi, voilà…

Et au moment où ses lèvres gercées se tendent en un sourire hiératique, en un sourire que même ses sœurs ne pourraient lire, Mikhaïl aperçoit Yéléna, qui traverse la rue à quelques mètres de lui.

— C'est pas possible ! murmure-t-il, fasciné. Qu'est-ce qu'elle fout là, elle ?

Il n'en revient pas, index qui tourne sur une paume, il cligne des yeux, il cherche une explication – un ongle sali par les ans qui désigne une rue, un monde – il essaie de se souvenir de la soirée d'avant-hier sous le pont, de se souvenir si Yéléna lui a parlé du Quartier. Il essaie de trouver un rapport. Qui est cette fille ? Mais ses yeux fous ne revoient que son sein gauche, que le tatouage de fleur qui se tend à sa surface parfaite. Et soudain, les deux spectres qu'il vient de laisser passer ressortent en courant d'une barre et l'aperçoivent.

— Oh ! T'es qui, toi ? lui lancent-ils en se dirigeant vers lui. Qu'est-ce que tu fous ici ? Montre voir ta clavicule, que je voie tes jolis tatouages ! Montre voir si t'es un putain de Vor ! Tu sais où t'es, là ? Le Marquis, ça te dit quelque chose ? T'es chez lui ici !

Index et majeur qui grattent le mur,

qui arrachent sa peinture, et très vite, ils l'entourent, ils le bousculent, et très vite, ils le plaquent contre le mur. Mais au fond de l'arrière-boutique, d'autres yeux veillent, d'autres doigts glissent sur d'autres paumes – et Yéléna les a aperçus elle aussi, elle s'approche du groupe, elle se plante derrière les deux armoires tchétchènes.

— Laisse-le, Sven.

Les deux hommes se tournent vers elle et la fixent – ils tiennent encore le col de Mikhaïl, ils serrent encore les poings, mais dès qu'ils l'aperçoivent, les trois sœurs sentent bien qu'ils se calment.

— Il est avec toi ?
— Vous voyez bien… Allez, lâchez-le.

Brutalement, les deux hommes passent en arrêt à froid, ils lâchent Mikhaïl et s'écartent de lui, comme s'ils avaient compris qu'il était dangereux, comme s'ils sentaient soudain les vapeurs de nitrammite qui l'entourent. Yéléna soutient leurs regards de braise, leurs questions muettes – elle ne lâche rien, elle les laisse s'éloigner.

— Restez pas dans le coin, lui lance l'un d'eux. L'Immanus et ses gars sont en train de se faire rabattre par une bande de Vors. Ça va chauffer.

Sans rien répondre, Yéléna saisit Mikhaïl par la manche et le tire vers la 1408.

— Viens, je suis pressée. Tu te souviens de moi ?

— Ben… Oui…

— Hum pas ordinaire ça… Et comment je m'appelle ?

— Ben… Yéléna…

Elle se retourne et le fixe un instant, l'air étrangement dur, presque rusé.

— Yéléna, marmonne-t-elle. T'es un sacré morceau, pour que ce soit resté…

Mikhaïl ne comprend rien à ce qu'elle dit, et dans son esprit tout s'embrouille – non seulement Yéléna, mais l'Immanus et les Vors : si les chefs mafieux s'y mettent ! Il essaie de se débattre, de résister, mais il est trop faible – mais il ne peut qu'obéir, que suivre Yéléna, que balbutier :

— Yéléna… Attends, dis-moi ce qui se passe. C'est quoi cette drogue que tu m'as filée ?

— Je t'ai dit – y a de la Mescal dedans.

— Mais… Attends, va moins vite, ça tourne… il y a… il y a des gens qui viennent me parler… Co… Comment ils font ça ?

— Appuie-toi contre le mur, et attends-moi là, j'en ai pour une minute, lance la jeune fille qui disparaît dans la mercerie.

Elle laisse Mikhaïl tremblant, l'œil vague, couvert de sueur. À quelques mètres de lui, de l'autre côté de la porte, l'Aînée, celle qu'on appelle Atropolina, l'observe de ses yeux millénaires. Il lui semble qu'elle lui sourit en tirant sur sa pipe – qu'elle dévoile un instant ses dents débiles et noircies. Il se tourne vers elle, il essaie de comprendre ce qu'il voit. Mais très vite, Yéléna ressort de la boutique. Elle tient dans sa main un petit sac plastique. Elle reprend Mikhaïl par la manche et s'éloigne avec lui dans la rue, sans adresser un regard à Atropolina.

— Tu salueras ton oncle, lui lance la vieille avec un sourire Enfer.

— Hum…, marmonne Yéléna qui ne se retourne pas et tire Mikhaïl dans le déluge de clarté qui les entoure.

— Ton oncle ? balbutie celui-ci.

— Laisse. Plus tard… Tu comprendras, mais pas aujourd'hui. Aujourd'hui, tu as d'autres choses à faire. Tiens, prends ça – d'un doigt péremptoire elle lui dépose une pilule triangulaire entre les lèvres. Avale, je te dois encore ça, visiblement.

— Attends… Moins vite… Co… Comment ça ?

Yéléna se retourne un instant et vérifie qu'Atropolina est rentrée dans sa boutique.

— Nona m'a dit de te dire… N'aie pas peur.

— Comment ça ? Mais qui c'est, cette Nona ? Mais de quoi tu parles ?

— T'inquiète pas, c'est tout ce que je devais te dire. Pour la pilule, elle fera effet cette nuit – tu dois tenir d'ici là. Bon, je dois y aller… Toi, c'est par là. Il te faut te dépêcher, les Vors arrivent. Et souviens-toi : n'aie pas peur.

Et juste avant de s'éloigner, de disparaître dans cet enfer de lumière, au milieu des destructions certaines, des détériorations progressives, au milieu des inondations de lumière qui vont finir par avoir raison du monde, elle se presse contre lui, elle l'embrasse ; cela ne dure rien, trois à cinq secondes à peine, volées au monde,

mais cela suffit ;
leurs peaux se touchent un instant,
Mikhaïl sent son cœur qui bat dans sa poitrine,
sous une fleur parfaite,
rouge,
cela suffit.

« Au matin du 5 juin, le nuage toxique dû à l'incendie qui ravage les tranches de synthèse 3, 4 et U s'est déjà répandu sur plus de 20 kilomètres carrés. Mais il est difficile de coordonner l'arrivée des secours et des liquidateurs car les lignes téléphoniques de l'usine fonctionnent mal. »

Dès que Mikhaïl entre dans l'atelier, il s'approche du capitaine et vient murmurer à son oreille. Pour une raison que personne ne comprend, les talkies-walkies fonctionnent mal, et il a dû revenir ici pour le prévenir : le Quartier s'agite dehors, des groupes de Vors pourchassent l'Immanus et ses hommes juste derrière le bloc 1300. Il faut avancer ou partir. Le capitaine lui demande ce qu'il a fait pendant tout ce temps. Mikhaïl lui explique qu'Hippolyte l'a envoyé en renfort de la brigade du lieutenant Karpov, sur les terres du Marquis. Téliakov l'observe en silence, pendant qu'il lui fait son rapport. S'enfoncer dans le Quartier, seul, à son âge ? Comment a-t-il pu oser faire un truc pareil ? Qui est ce gosse ? À nouveau, il essaie de se souvenir de ce qu'il sait – mais rien ne revient, sinon la signature du préfet sur son arrêté de nomination. Pas suffisant pour qu'il se croie tout permis, songe Téliakov. Par contre… S'il connaît Pétrov, il est au courant pour cette histoire de voiture accidentée. Peut-être que c'est ça – qu'il est allé récupérer quelque chose dans cette voiture ! Soudain, le talkie grésille et l'arrache à ses pensées – c'est Sergueï.

— C'est bon, on a le gosse.

— Qu'est-ce qui s'est passé ? Où il était ?

— Dans une des barres de l'autre côté de la place de la Révolution… Il s'était enfermé et on a eu du mal à le sortir. On arrive d'ici dix minutes. Il marche lentement, il boite.

Le capitaine ferme les yeux. Mikhaïl peut presque sentir le poids qui pèse sur ses épaules. Cette fois-ci, il ne peut pas se tromper : les mains de Téliakov tremblent. Et pour éviter ses yeux de glace, le capitaine n'a d'autre choix que de fixer l'œil de Fiodor, que de continuer à avancer au désert.

— OK, t'as entendu : t'as dix minutes pour m'expliquer ce qu'Evgueni voulait à son père.

Sans plus prêter la moindre attention aux deux hommes, Fiodor cherche une cigarette et il lance :

— Quand Illya sera là, je veux lui parler. Et après, je vous dirai ce que je sais.

Il n'a même pas besoin de se concentrer pour faire ce qu'il veut des deux policiers. Il n'a même pas besoin et c'est cela, sa chute : il croit encore contrôler la situation, il croit encore pouvoir leur faire perdre leur temps. Et il ne prend pas garde à ce qui vient, à ce qui s'approche : quand il a trouvé sa cigarette, il n'a que quelques secondes à attendre avant que Mikhaïl ne s'approche avec un briquet, protégeant la flamme dans la paume de sa main gauche. Fiodor se penche – et au moment où l'extrémité de la clope touche la flamme, la main de Mikhaïl se referme et l'atteint au menton, parfaite. Le coup renverse Fiodor en arrière et le fait basculer de sa chaise. Sans le laisser reprendre ses esprits, Mikhaïl lui tombe dessus, et en une fraction de seconde, il se retrouve à cheval sur son dos – il le plaque au sol en lui tordant le bras droit. Téliakov est stupéfait – tout s'est fait pratiquement sans violence, mais quelque chose de pire, de plus sombre que la violence vient de se dévoiler soudain, devant lui. Et il veut trop savoir s'il peut se fier à Mikhaïl pour intervenir.

— J'ai un mal de crâne, t'as pas idée, grince le jeune homme à l'oreille de Fiodor. J'ai qu'une envie, c'est de me casser d'ici et de plus jamais revoir vos gueules. Alors tu vas accoucher, parce que sinon, j'ai l'impression que je vais aussi devoir bâcler une enquête sur la mort d'un certain Fiodor dont tout le monde se fout sur Terre.

Lentement, *calmement,* il empoigne ses cheveux, lui maintient le visage contre le sol, et de l'autre main, il sort son arme et fait glisser le canon contre la tempe de Fiodor.

— Putain, mais t'es un grand malade ! Arrête ça !

— Crie pas comme ça. Pense à ma tête, murmure Mikhaïl.

Et ce murmure est une pierre noire, un précipité de douleur et de rage, et plus que l'arme de Mikhaïl, c'est lui qui troue l'esprit de Fiodor,

qui le soumet.

Téliakov les fixe, fasciné. Quelque chose comme une maîtrise absolue de la haine vient de se dévoiler. Quelque chose d'incroyable, quelque chose qui n'a rien à faire ici – une sorte de marge inimaginable. Et d'ailleurs, comme s'il l'avait entendu penser, dès qu'il sent que Fiodor se relâche sous lui, Mikhaïl desserre son étreinte et se relève. Il l'enjambe et se laisse porter contre le mur derrière lui, face au capitaine. Fiodor se relève à son tour, sans regarder un seul instant Mikhaïl – il halète, il bave, et son œil est fou. Le gosse a du métier, en tout cas, se dit le capitaine.

— OK… Tout ça, c'est à cause de Pesha…, marmonne Fiodor en se rasseyant.

— Et c'est qui, Pesha ?

— La fille qui traîne avec Illya… Une putain de sorcière, celle-là…

Et dans l'œil mort de Fiodor, une adolescente rom passe – en robe ivoire. Elle toise Fiodor à travers ses cheveux corbeau – elle lui fait signe de se taire.

— Et qu'est-ce qu'il lui voulait, le père Grisov, à cette fille ? reprend Téliakov quand il comprend que Fiodor n'ajoutera rien de lui-même.

— Alors ça, j'en sais vraiment rien… Et je crois que personne d'autre que lui n'en sait rien… Mais je peux vous dire que toute cette histoire c'est à cause d'elle – c'est ce que répète toujours Evgueni… Mais je ne sais rien de plus…

De l'autre côté du monde, le geste lent et régulier, Nona lave sa tasse dans l'eau trouble de l'évier. Elle sait que Fiodor a dit ce qu'il avait à dire. Ses yeux bridés se plissent et suivent le trajet des feuilles noyées dans l'eau – des lettres fugaces, des alphabets se recourbent dans un remous, des mondes liquides passent entre ses mains. Elle observe Mikhaïl. Un lien de mort s'est noué entre le capitaine et lui, murmure-t-elle. *Il faut qu'il sache ce que Téliakov vient faire ici, ce qu'il sait – il faut qu'il sache s'il est au courant pour les sauf-conduits, voire pour le reste.* Et dans sa tasse, près du jeune homme, elle aperçoit le capitaine qui soupire, qui songe à tout ce qui va, d'une manière ou d'une autre, réclamer son dû pour démêler la vérité de toutes ces versions. Parce qu'il n'y a pas de point faible sur l'échiquier en réalité, réalise Téliakov. Parce qu'il s'est trompé en grand avec Fiodor. S'il a pu le faire parler, c'est uniquement parce que Fiodor, tranquillement, l'a laissé manœuvrer. Pour qu'il s'enfonce. Pour qu'il se noie dans le sable.

Heureusement, au fond de lui, il sait qu'il ne s'est pas trompé en restant dans le Quartier. Il sait qu'il va finir par découvrir ce qu'il cherche, qu'il va finir par savoir si Lev Grisov était bien celui qu'il pense. Un moment encore, l'œil luisant, il fixe Fiodor – il se dit qu'il a au moins trouvé une raison d'être dans cette pièce, de faire endurer à ses hommes tout ce qu'il leur fait endurer. Et plus forte que la fatigue, plus forte que l'amertume, une détermination froide l'envahit soudain.

— C'est bon, laisse-nous, conclut-il.

Fiodor se lève et le regarde un instant avec dans l'œil cette pitié dure qui ne l'a pas quitté. Téliakov ne soutient pas son regard. Il lui faut se préparer à ce qui va suivre. À ce qu'il sent approcher. Inéluctablement. À ce qui déjà le regarde droit dans les yeux.

Car de l'autre côté des eaux troubles du jour, Mikhaïl est convaincu désormais. Il s'est dit que, s'il a tout raté aujourd'hui, il faut au moins qu'il sache ce qui arrive à Téliakov. Malgré la peur. Malgré le risque. *Il faut qu'il sache.*

— Qu'est-ce qui se passe ? lance-t-il dès que Fiodor a refermé la porte. Y a un problème, capitaine ?

— Aucun problème, répond celui-ci d'une voix sombre, en feignant de fouiller dans ses dossiers.

Il voudrait contre-attaquer – il voudrait lui parler de Pétrov, lui demander ce qu'il sait de la voiture fracassée sur les terres du Marquis – il voudrait, mais une fatigue sourde pèse sur lui, mais Mikhaïl ne le laisse pas faire et le relance tout de suite.

— Qu'est-ce qu'on fait ici ? Et la convocation ? La rafle ? Les Roms ?

— La rafle, ça va aller tout seul, répond Téliakov. De toute façon, les ordres, c'était pour six heures, ce soir. Je voulais simplement être en avance sur le terrain ; mais même si on arrive juste, il n'y aura aucun problème. J'ai appelé la frontière tout à l'heure, tout est tranquille. Et puis, on a quand même un meurtre ici – ça réclame une enquête.

— N'importe qui aurait pu régler ça à notre place.

— N'importe qui, tu crois ? T'as vu ces gars ?

— Peut-être, mais on n'a pas vraiment besoin d'être quarante. Et y a pas que ça : qu'est-ce que c'est que cette histoire de pilules ?

— Laisse tomber. C'est du détail. Ça n'a rien à voir avec l'enquête.

— Et un liquidateur, ça a à voir ? C'est pour ça qu'on est ici ? On cherche un liquidateur ?

Et à ce mot, la dalle de 450 tonnes qui pesait sur leurs épaules est projetée dans les airs. Une bourrasque brûlante vient siffler sous la porte – et quelque chose craque le long des tranches 3,4 et U – et un feu immense, et juin 96 lui-même surgit entre les deux hommes,

c'est un cauchemar, une tempête folle, indescriptible – c'est une vague infernale de chaleur qui déferle soudain dans l'atelier ;

et au milieu des flammes qui dévorent la pièce, les ordres des responsables, les hurlements des liquidateurs fusent et s'éteignent à leurs pieds,

et dans leurs yeux de lave, le monde est en fusion soudain ;

et cette seconde s'étire à l'infini,

et Téliakov va céder, il va parler et Mikhaïl le sent et,

pétrifié par l'enjeu, il ne bouge pas, il ne respire pas,

et plus rien n'existe pour lui que les yeux tristes du capitaine, que ses bras qui pèsent sur la table comme autant de désespoirs, et il se dit qu'enfin il va savoir,

lorsque la porte grince derrière lui.

« Dès le 5 juin, les experts dépêchés sur place parlent d'une pollution irréversible de la zone. Comme dix ans auparavant, les autorités locales ont déjà commencé à recruter parmi la population, les prisonniers et l'armée des milliers de liquidateurs pour aider à contenir l'incendie. »

Car le temps est une pierre noire effilée,

quand il roule dans nos paumes, il nous blesse sans un bruit.

Sur une de ses faces, peu avant que le grincement de la porte ne vienne séparer Mikhaïl et le capitaine, Alexeï débouche sur la place surchauffée. Il est couvert de sueur, il est essoufflé, il sent son sang inutile qui pompe follement à ses tempes. Toute cette force, toute cette certitude qu'il a senties en lui aujourd'hui n'ont servi à rien. Il est arrivé quelques secondes trop tard. Au loin, près de la 1500, il devine cette masse de Sergueï qui a déjà menotté Illya. Il ne peut rien faire : ils sont au moins dix flics autour de son frère. Il les voit qui le bousculent pour qu'il avance, qui le font trébucher. *Ils vont l'amener à Téliakov.* Juste avant que le groupe ne parvienne à son niveau, Alexeï se cache dans le magasin des trois vieilles. Elles ne sont pas là ; elles doivent être dans l'arrière-boutique, se dit-il, en train de boire leurs étranges breuvages.

Il se plaque derrière la vitre et scrute Illya qui s'éloigne, qui boite, si faible, si démuni – il n'y a pas de mot pour dire comme il l'aime. Mais il ne peut rien pour lui et il le sait : il est seul – Evgueni est injoignable, la mère enfermée dans sa chambre, sans doute abrutie de cachets, les Roms doivent être partis à cette heure – et il n'a aucune idée d'où est Pesha. Comme sonné, il s'appuie contre le mur et se relâche un moment, les yeux dans le vague. Est-ce cet encens étrange qui arabesque dans la boutique ? Cette chaleur infernale ? Toujours est-il que son souffle se calme, qu'une goutte de sueur glisse dans son cou parfait,

et cette goutte est de même forme que le monde et le contient tout entier,

elle contient ce fil fou de la vie, ce fil fou qu'il a dû lâcher à un moment ou à un autre.

Il était trop jeune quand Illya était tombé malade ; et peut-être, murmure le vent horriblement ridé, peut-être que tout était déjà joué avant même leur naissance ; et peut-être que toutes les batailles que nous avons perdues, nous ne les avons même pas livrées. Même si les médecins ne mentionnaient jamais le rapport entre l'état d'Illya et leur père, le rapport avec ces gaz orangés, avec ces liquides noirs utilisés pour éteindre l'incendie, tout le monde savait – dès sa naissance, Illya avait enchaîné les maladies et les complications.

Mais peut-être, siffle le vent, peut-être que c'était pire ; peut-être qu'il n'y avait même pas de fil ou de direction ou de quoi que ce soit – simplement du sable, simplement de la poussière à perte de vue. Et Alexeï se laisse guider par cette voix mauvaise, par cette voix aux dents sales et déchaussées, et il revoit comment tout s'était succédé, comment, inexorablement, pas à pas, ils s'étaient perdus, tous. Les hôpitaux susceptibles d'accueillir Illya pour ses traitements se situaient en ville, et la mère n'était pas en état de livrer cette bataille – que ce soit pour les trajets, les médicaments, ou pour l'aider à reprendre son souffle quand il s'étouffait : elle était déjà à bout avant même de commencer. À cette époque, traverser le bloc des 1000 était impossible. La violence s'emparait peu à peu du quartier. Vors, Daghest, et même des groupes soutenus par Moscou : toutes les nouvelles bandes qui arrivaient voulaient marquer leur territoire et ne faisaient de cadeau à personne. Une exécution sommaire, le meurtre d'un enfant et de sa mère était une manière efficace de montrer que l'on ne reculerait pas. Pour toutes ces raisons qui n'en étaient qu'une, qui était la disproportion des forces en présence, qui était l'avancée du désert, la mère avait dû se débarrasser d'Illya. Alors elle avait fait la seule chose possible à l'époque, Alexeï l'entend dans l'air surchauffé de la boutique. Elle avait confié Illya à sa propre mère, Evguenia, qui habitait en bordure de Quartier, côté ville, dans le bloc des 600. De loin, dans un dossier de police ou une fiche d'assistante sociale, cela pourrait presque ressembler à une bonne idée : la grand-mère avait tout son temps pour s'occuper des traitements d'Illya et elle logeait près de l'hôpital de district. Mais ce qui importe n'est jamais dans les dossiers ou dans les rapports. La mère savait parfaitement que sa propre mère était à moitié folle – qu'avec elle Illya n'avait aucune chance de s'en sortir. Et cela ne l'avait pas arrêtée pour autant.

En septembre 87, quand le mari d'Evguenia était mort dans un accident, à l'Usine, celle-ci n'avait pas pu récupérer le corps de son homme – les bureaucrates avaient parlé de risque de contamination. Elle avait eu beau les supplier, aucun de ces animaux à sang froid n'avait compris à quel point elle avait besoin de lui dire au revoir, à quel point elle ne se remettrait jamais de ce manque. Quand elle avait réalisé qu'ils ne céderaient pas, Evguenia avait perdu pied. Elle s'était mise à parler toute seule, à délirer à longueur de journée. Elle avait commencé à faire brûler de l'encens, à placer des alignements de pierres partout dans son appartement. Anna avait très vite senti que sa mère allait sombrer, qu'elle ne reviendrait jamais parmi les vivants. Pire, elle avait deviné que la tristesse qui rongeait sa mère finirait par avoir raison d'elle aussi si elle restait. Elle avait fui l'appartement familial dès qu'elle avait pu. Et des années plus tard, c'était pourtant à cette femme à moitié folle qu'elle avait confié Illya.

Pour une raison perdue dans le désert du temps, Alexeï l'avait accompagnée chez Evguenia le jour où elle lui avait confié Illya avant sa première séance de chimio. Il se souvient encore de ses cheveux blancs, hirsutes, de cette peau affreusement ridée, de ces yeux rougis,

de ses colliers de pierres noires, aussi.

Et quelque part dans la mercerie, Alexeï retrouve cette odeur étrange de la poussière qui régnait chez sa grand-mère. Sa mère avait dû les pousser, Illya et lui, pour qu'ils entrent dans la cuisine. Evguenia était assise à la table de sa cuisine, à boire un de ses breuvages douteux. Les yeux dans le vague, elle marmonnait des mots incompréhensibles – des phrases ? des prières ? À peine entrée dans la cuisine, au milieu de ces grommellements fouillis, Anna avait compris que rien n'avait changé depuis qu'elle avait quitté cet appartement : le temps n'avait pas fait disparaître l'amour terrible que sa mère portait à son homme, cette amour noire qui lui déchirait les flancs, qui ne la lâchait pas, qui traînait partout avec elle, dans les décombres de sa vie. En silence, elle s'était éclipsée avec Alexeï, sans que la vieille femme semble le remarquer.

Lentement, l'encens suret qui baigne la boutique continue de s'enrouler autour d'Alexeï; il agite la poussière à ses pieds, il glisse le long de sa nuque, il passe ses doigts immenses sur ses veines palpitantes et lui souffle *Illya*; et dans ce souffle d'âcre et de poussière, l'adolescent voit son frère immobile sur le seuil de la cuisine. Il sent ces odeurs de pourriture, d'urine, ces odeurs de toutes sortes qui l'assaillaient. Mais les odeurs ne comptaient pas et il sent surtout la peur qui s'évanouissait peu à peu, qui se dispersait comme un encens arabesque, alors qu'Illya examinait les morceaux de miroirs éparpillés sur les meubles. Et puis soudain, leur grand-mère avait lancé cette voix éraillée qui allait tout changer pour lui. Des tolis. Des miroirs sibériens. Toli, ça veut dire à la fois miroir et dictionnaire. Certains chamanes prétendent que ces pierres sont des morceaux de nuit, qu'on peut tout voir dans ces pierres. Elle parlait sans lever les yeux – comme si, malgré la folie qui la rongeait, elle sentait qu'Illya avait besoin de temps pour s'habituer à sa présence.

Tu es Illya, c'est ça? lui avait-elle demandé, avec une étrange douceur dans la voix. Combien de fois Alexeï avait-il essayé d'imaginer comment les choses s'étaient passées ensuite? Des dizaines. Des centaines, peut-être. Et qui tient le compte de tout ça? Qui tient le compte de nos remords? Leur mère ne l'avait d'abord laissé que quelques jours, de temps à autre – elle le posait devant la porte mangée de rouille avant ses semaines de chimio. Puis, il y était resté aussi pendant les vacances, quand il avait atteint l'âge de six ans. Et très vite, il n'avait plus quitté cet appartement. Et bercé par ce vent chaud qui roule dans la poussière des jours, Alexeï revoit cet enchaînement fou de la vie, cette manière chienne dont elle s'était défoulée sur sa grand-mère, sur sa mère, sur Illya. À l'époque, il était trop jeune pour se rendre compte de ces nuages de poussière, de ces vents qui balaient tout ce que nous tentons – mais aujourd'hui, il les voit,

pire, il les sent sur lui.

Illya passait parfois des semaines entières sans croiser personne d'autre qu'elle. Il n'allait jamais jouer dans la rue et ne perdait pas son temps à l'école ; il passait toutes ses journées près d'elle, dans l'ombre de titan de sa grande douleur. À l'écouter délirer. À l'observer se traîner dans son appartement en ruine. À l'observer jusqu'à s'en rendre malade. À l'observer parce qu'il n'y avait pas moyen de détourner la tête – parce que ce qu'il voyait était trop grand pour lui, parce que ces matins, parce que ces soirs où il l'entendait sangloter le déchiraient. Combien de fois Alexeï les a-t-il imaginés ? Evguenia qui pleure dans son lit et Illya qui n'ose venir la réconforter, qui tremble à quelques mètres d'elle. Mais le vent cruel lui souffle qu'il n'a rien vu, qu'il n'est jamais allé plus loin d'ailleurs, qu'il s'est toujours arrêté avant que tout ne parte en vrille – qu'il ignore en quelque sorte le chemin qu'Illya a suivi toutes ces années au désert – cette direction maudite qu'il faut éviter à toute force,

celle qui vous mène à la folie, aux pleurs et aux grincements de dents – il lui susurre qu'il ne connaît pas vraiment son frère. Vent au souffle lourd, vent des herbes et des résines, des crachats, vent aux dents débiles qui ne s'arrête jamais et qui ne faiblit pas, il lui murmure que l'histoire de son frère commence justement où il l'a arrêtée tant de fois, dans la poussière de la nuit : au moment où ils entendent leur grand-mère pleurer et pleurer pendant des heures, en attendant le sommeil.

Mais un autre vent vient se glisser dans son oreille – plus doux, plus frais, un vent aux lèvres parfaites, qui répond qu'Illya était comme lui, que lui non plus ne s'endormait jamais facilement; qu'après les pleurs il avait pu entendre Evguenia murmurer, prier au bout de la nuit – il avait pu l'entendre bafouiller ses demandes nocturnes, se tordre faiblement tant elle les savait vaines, il avait pu l'entendre gémir des milliers de fois,

et chacune de ces soirées était un mystère. Car il était là, près d'elle, car il l'avait entendue au bout des prières, quand elle n'en pouvait plus, quand elle voulait simplement en finir, trouver une issue à tous ces jours, à toutes ces nuits inutiles qui s'entassaient dans sa chair et dans ses yeux, trouver une issue vers son homme et fermer les yeux. Et alors, mystère et peur se fondaient l'un en l'autre, et de l'autre côté du jour Alexeï voit son frère trembler. Combien de raisons de renoncer? Combien de grains de poussière dans nos peaux? Combien de manières pour le monde de racler, d'user la vie? Et pourquoi et comment lui résister? Et si rien ne pouvait lui résister? Et si tout était poussière? Et ce poids, ces malheurs innombrables qui s'étendaient sur le monde, à perte de vue. Des dizaines, des centaines, des milliers de raisons de renoncer qui n'en étaient qu'une – ce déséquilibre des forces, cette chose sans nom qui les condamnait tous. Sa grand-mère. Ses parents. Ses frères. Lui.

Mais le vent aux yeux aimants murmure que l'histoire ne s'arrête pas là, que dans ce désert de poussière, les jours, les semaines étaient passés. Les mois. Et quelque part dans le sable qui recouvrait tout, Illya avait découvert plus mystérieux encore que ce monstre du déséquilibre des forces. Une fleur rouge. Minuscule. Invisible. À peine plus grosse qu'un ongle. Battue par le vent et à moitié étouffée par le sable. Il avait vu Evguenia tenir. Il l'avait vue résister. Comment faisait-elle ? Comment ? Qu'était-ce que l'homme pour qu'il résiste ainsi à tous ces outrages qu'il subit ? Qu'y avait-il dans le mystère de ses entrailles ? Quelle était cette pierre au fond de lui que rien ne pouvait briser ? Qu'était-ce que l'homme pour qu'il se relève ? Car Illya avait vu sa grand-mère reprendre vie peu à peu. Elle avait commencé à aider les mères célibataires de sa barre, elle gardait leurs bébés pour qu'elles puissent sortir certains soirs – elle les berçait comme s'ils avaient été les siens.

Et tous ces jours et toutes ces nuits étaient des grains de poussière, étaient des riens de sable, étaient une nuit sur le monde – et pourtant les yeux enfants d'Illya n'avaient jamais rien vu d'aussi beau, d'aussi incroyable – cet amour qui refusait si obstinément, avec une telle hargne, de disparaître. Dans ce mystère immense des jours de poussière, sa grand-mère défiait le désert – mieux, elle retrouvait, elle retraçait sa direction. C'était au-delà des mots. C'était incroyablement beau. Certains jours, la vie chienne se déchaînait sur elle, elle la jetait à terre – c'étaient des viols, des meurtres, c'étaient des enfants battus, des enfants vendus parfois. Mais le lendemain, elle se relevait – et ce n'était pas de la faiblesse, de la lâcheté ou de l'oubli. C'était autre chose et cette chose était mystérieuse et belle. C'était un cristal de nuit au plus profond de ses entrailles, et on ne pouvait le briser. Il était là toujours. Il se mêlait à tout, il était en tout. Dans ces combats menés en vain, dans ce bégaiement idiot des prières nocturnes, dans cet encens qui brûlait à toute heure chez elle, dans ces miroirs minuscules qu'elle éparpillait partout. Et cette pierre mystérieuse et ce fil qu'on ne pouvait rompre, Illya les avait effleurés par moments. C'était un monstre de sens, un amour dément dans la poussière, c'était une résistance acharnée du corps, malgré l'évidence,

malgré le baiser du vide.

Comme tout cela était grand. Comme tout cela était stupéfiant de beauté et de profondeur. La vie était un cristal de grâce, de douleur, d'amour, un cristal de tristesse, un fil tendu parmi des milliers de fils tous semblablement gris.

Mais de jour en jour, et lentement, grince la voix éraillée du vent inflexible, toutes ces pierres, tous ces grains de poussière, toutes ces choses de rien s'étaient mêlées dans son esprit embrumé, dans la nuit chimie de ses traitements, goutte à goutte,

jusqu'à le rendre fou.

Le moindre instant, le plus petit grain dans le désert était un avertissement qu'il avait fini par entendre. Même quand Evguenia ne faisait que s'asseoir dans son fauteuil après une journée de labeur, éreintée et suppliante, il sentait quelque chose se briser en lui. Comment faisait-elle pour supporter tout ça ? Ce corps de rhumatismes, cette peau tombante et piquée, ces yeux rougis ? Et le reste ? Pour quoi le supportait-elle ? Pour quoi supportait-elle de vivre ? Pour quoi vivait-elle ? Quelle était cette chose mystérieuse qui la faisait vivre ? Certains jours, il se disait qu'elle était juste folle, que cette chose n'existait tout simplement pas. Que le Quartier, que le monde autour d'eux étaient comme ces étoiles mortes qui continuent à nous envoyer leur lumière des milliers d'années après leur disparition – et qu'Evguenia était tellement égarée qu'elle ne s'en apercevait même pas. Mais au fond de lui, il savait bien que c'était elle qui avait raison – il savait bien que cette chose mystérieuse qui la faisait vivre était réelle, et qu'il lui fallait la trouver. Et du jour où cette fleur avait éclos dans son esprit malade, il avait commencé à trembler. Il avait eu peur – mais peur comme il ne pourrait jamais te le dire, Alexeï, souffle le vent. Peur comme il ne pourrait jamais le supporter. Ce ne fut d'abord qu'une intuition informe et nébuleuse, qu'un liquide qui se mêlait aux autres nuits qui envahissaient son esprit enfant. Puis vinrent les mots,

les étoiles, les supernovae dans son crâne,
puis vinrent les rayons mortels,
les murmures.

Comment faire si tu ne trouves nulle part cette chose ? Était-ce cela la fleur rouge qui avait eu raison de son père et de sa mère ? Était-ce cela être un Grisov ? Devoir faire face à quelque chose que l'on ne peut combattre ? Qui est trop grand, trop fort pour nous ? Était-ce pour cette raison que tous ces gens autour de lui s'étaient perdus dans la poussière ? Parce qu'ils avaient voulu se battre, parce qu'ils s'étaient heurtés au désert immense qui les entourait ? Et ton frère était coincé, Alexeï, grince le vent Mélancolie. Son esprit enfant, battu par le vent, par la chimie folle, son esprit si faible, si brumeux déjà, ne supportait pas ces questions qui revenaient sans cesse, qui le rendaient fou.

Mais il faut croire que notre douleur compte pour du rouble, que quelles que soient nos souffrances, elles n'arrêtent jamais le temps ; et les années continuèrent à s'écouler dans cette violence inouïe que Dieu faisait à toute forme d'existence, grains de sable indistincts et balayés par le vent, par Son Silence Assourdissant. Et pendant tout ce temps, la peur étendait son règne en Illya et le transperçait de part en part. Tout était infecté, le moindre regard d'un médecin, d'un enfant dans la rue, la plus petite face du jour. Partout dans la trame du jour, dans les fibres de la nuit, la question revenait. Que faire ? Que faire si je suis un Grisov ? Et quelque chose en l'homme n'est pas fait pour regarder la nuit droit dans les yeux,

quelque chose se tord en lui face au néant immense,

quelque chose en lui devait craquer, termine le vent vicié.

Un jour, alors qu'il avait à peine sept ans, Evguenia n'avait pu aller le chercher à la fin d'une séance de chimio. Elle était retenue par une voisine qui faisait une crise et menaçait de se jeter par la fenêtre avec son enfant. Illya avait dû rentrer tout seul chez elle, à pied. Et quelque part en chemin, peinant sur les dunes de déchets qui recouvraient les rues du Quartier, il avait fini par réaliser qu'un jour *Evguenia ne serait plus là*. Personne ne saura jamais si ce tremblement soudain, si ce poids qui avait commencé à peser sur son cœur couvait depuis toujours dans ses entrailles – ayant attendu pour éclore, depuis avant sa naissance, depuis son obscure conception – ou s'il était né à cet instant, quand cette idée terrible avait germé. L'homme est une nuit pour l'homme,

et personne ne saura jamais,

mais rien ne t'empêche, Alexeï, d'imaginer la douleur qui avait brusquement déchiré le crâne de ton frère, sourit le vent malsain,

la fleur rouge qui avait éclos quelque part derrière son œil gauche.

Et Alexeï a presque l'impression de sentir comme le sol s'était dérobé sous son frère, de le voir chuter contre un banc. Il sent la douleur immense qui remontait le long de son dos, jusqu'à son crâne, il sent cette fleur écarlate qui avait déployé sa corolle parfaite au milieu de son crâne. Et la douleur était devenue tellement forte que tout était devenu flou, qu'il s'était traîné comme il avait pu jusque chez sa grand-mère.

Evguenia l'avait trouvé inconscient dans l'entrée, recroquevillé comme un nouveau-né. Elle l'avait emmené à l'hôpital, mais son état avait rapidement empiré – et d'autres crises avaient suivi, plus violentes encore. La fleur s'enracinait en lui, et de complications en crises d'angoisse, il s'était retrouvé en hôpital psychiatrique. Et tout du long, sur chaque jour, sur chaque dune, sans que rien ne puisse la faire disparaître, la peur s'installait. Elle grandissait à mesure qu'il grandissait. *Si père et mère n'ont pas trouvé la réponse, ça n'est pas toi qui la trouveras. Et où ça, d'ailleurs ?* Et les visites d'Evgueni et d'Alexeï n'y avaient rien changé : inexorablement, tout se changeait en grains de sable ; les jours devenaient indiscernables, balayés par le vent aux dents passées, par la vie chienne.

Et comme si tout n'était pas assez dur, ricane encore le vent, une nuit, en fouillant dans un des placards de sa chambre d'hôpital, ton frère avait découvert deux sacoches de planches-contacts. Des milliers de photos. Il était tellement absorbé par ce qu'il découvrait qu'il n'avait même pas entendu son voisin, qui s'était traîné derrière lui et était venu s'asseoir sur son lit.

— Elles sont belles, hein ? avait marmonné celui-ci.

— O… Oui…

— C'est en 96… Quelques jours à peine après l'incendie, tu sais ? Personne n'avait le droit d'approcher – celle-là, c'est l'armée qui tendait ses barrières d'interdiction. Ils tiraient à vue…

— L'Usine ?

— Celles-là, oui. Ici, c'est sur le flanc est du Quartier. C'est par là que je suis entré : on est pas cinq gars sur Terre à savoir s'y retrouver dans ce coin – c'était déjà un exploit d'être passé. Ça, c'est deux semaines plus tard, les bandes de pillards avaient commencé à sévir dès que les liquidateurs avaient quitté les lieux. L'incendie avait coupé le Quartier en deux, et une partie des habitants était restée coincée dans la bordure extérieure… Les gens se terraient comme des bêtes. Regarde celle-là : c'était l'anarchie la plus totale… L'État n'est pas intervenu pendant plus de trois semaines. Rends-toi compte : trois semaines… Il me fallait constamment bouger, changer de planque, parce que les bandes surgissaient de nulle part et massacraient tout ce qui leur tombait sous la main. Donne-moi l'autre sacoche. Celle-là… voilà. Je vais te montrer.

Après quelques photos des friches, Illya découvrait, déroulant ses méandres, ses tentacules évanescents sur les faubourgs vides, sur les bretelles d'autoroute qui se perdaient dans les cieux,

la brume.

— C'était le produit qu'ils avaient utilisé pour éteindre l'incendie. Un gaz orange, avec de l'amiante en aérosol ou je ne sais quoi. Le nuage ne se dispersait pas. J'y suis entré, à l'intérieur, avec un masque que j'avais négocié. On n'y voyait pas à dix mètres. C'était irréel. Ça me faisait penser à ces nuages de drogue autour des Pythies… tu sais, dans les temples grecs. Tout était gris orangé – le soleil même était pâle. À l'intérieur, tout ressemblait à une apparition. Le moindre animal échappé du zoo…

Illya observait, fasciné, deux rhinocéros figés au milieu de la place de la Révolution, un troupeau de gazelles courant entre les voitures – le moindre rat qui traversait la rue était une vision apocalyptique. Et dans les convulsions des chiens, dans les mouvements irréels, échappant à la gravité, de certains chats sur les toits des voitures, on devinait une sorte de crépuscule. On errait dans le spectre d'une ville. Tout était fantôme, sans substance, nimbé d'une sorte de vapeur orangée. Tout semblait prêt à s'effriter. Ces corniches, avec autour cette sorte de dentelle grise qui s'étirait, qui s'enroulait dans le vent. Ces bouches d'égout rongées de toutes parts. Ces ponts affaissés. Ces centres commerciaux, ces bureaux vides hantés par des hordes sauvages aux allures de spectres.

— Tous les journalistes que j'ai vus là-bas sont morts, avait continué le vieil homme en lui faisant passer les photos. Cette saloperie d'aérosol les a complètement bousillés. Comme les liquidateurs. Et personne n'en parle. Moi, ça fait des années que j'en bave. Je ne sais pas pourquoi j'y suis pas encore passé… Et le plus drôle, tu sais, c'est que personne n'a pu voir ces photos. Au moment où j'ai pu ressortir de la zone d'interdiction, Moscou avait déjà envoyé ses militaires et ses agents. Dix ans après Tchernobyl, ils avaient progressé. Ils savaient verrouiller l'information. Les restes du KGB rôdaient partout dans la vallée et s'occupaient à leur manière des journalistes : j'ai des amis qui se sont fait voler tout leur matériel, qui se sont fait tabasser. Moi, on m'a fait comprendre que personne ne publierait mes photos. Mon propre journal… Et puis l'actualité, ça n'arrête jamais : il y a eu cette série d'attentats en Europe, cette crise militaire en Géorgie. Et puis la maladie s'est déclarée très vite et m'a obligé à cacher mes planches dans une consigne pendant des années… Après ça, pendant dix ans, on m'a trimballé d'hôpitaux militaires en cliniques spécialisées, et j'ai fini par atterrir ici. Dès que j'ai pu, je suis sorti – je suis allé récupérer mes planches. Ils m'ont rattrapé, mais ils m'ont laissé mes photos. De toute façon, elles n'intéressent plus personne…

C'étaient des magasins pillés, des familles qui se terraient comme des rats, des corps traînés au milieu d'une rue. C'étaient des arrêts de bus saccagés, c'était le dernier dispensaire du bloc, la dernière église. C'étaient des centaines d'étoiles éparses noyées dans le noir, dernières gouttes de lumière, dernières gouttes d'une vie qui quittait le monde – regarde ces arbres, ils étaient comme rouillés, ces balançoires vides, agitées par le vent, regarde ces voitures qui brûlent – les flammes étaient bleues, je te jure. Bleues. Et tandis qu'Illya et le vieil homme s'enfonçaient dans la nuit, un vent malsain, un vent aux dents déchaussées murmurait autour d'eux que le Quartier ne se remettrait jamais de l'incendie. Et dans cet immense champ de cendres, Illya devinait une foule indistincte à qui il ne restait rien, sinon la certitude de la défaite. Et il n'y avait ni coupable, ni arme, ni mobile. Simplement la sensation du surnombre des ennemis. Et c'était peut-être ce soir-là qu'il avait su, grince le vent Défaite, qu'il avait su ce que c'était, être un Grisov : porter en soi cette condamnation de voir le désert.

Et à un moment, au bout de la nuit, il avait laissé tomber les planches-contacts, il s'était levé et il était sorti de la chambre.

Evgueni et Alexeï l'avaient retrouvé près de l'Usine. Il n'avait aucune idée de ce qu'il faisait là-bas ; il errait, hébété, complètement perdu – des larmes noires ruisselaient sur son visage défait. Evgueni l'avait pris dans ses bras pour le ramener à l'hôpital. Dans les semaines qui avaient suivi, les médecins avaient essayé des dizaines de traitements, mais rien n'y avait fait : quelque chose s'était brisé en lui, qu'ils ne pourraient jamais atteindre malgré toute leur chimie. Un jour, il s'était réveillé attaché à son lit dans une chambre d'hôpital. Tout était flou. La seconde d'après, il s'était retrouvé nu, sous une douche, il avait douze ans. Deux formes blanches le maintenaient debout et le savonnaient – leurs gestes, leur lenteur, leurs yeux : tout lui semblait irréel, fluctuant, à peine palpable – et pourtant, ces milliers de gouttes, cette odeur puissante du savon qui le brûlait… En sortant de la douche, il était dans la rue, il était dans le métro, il errait dans les friches, souvent. Le monde était un millier de tolis éparpillés dans ses yeux – tout était fragmentaire, tout coulait entre ses doigts. Il n'avait aucune idée d'où il allait se réveiller. Il sortait des toilettes publiques, il se retrouvait dans le couloir d'une clinique, il avait treize ans il avait quatorze ans il avait quinze ans. Il titubait, il crevait de froid, il était en sueur, il s'appuyait contre ce qu'il trouvait, les murs, les brancards, les gens – mettons qu'il s'agissait de gens. Il errait, les yeux écarquillés,

se tordant les bras et geignant tout bas,

il ouvrait une porte et il était à nouveau dans les friches et tout cela ne prenait qu'une seconde. Les journées les plus calmes passaient dans une sorte de peur grise, jamais vraiment déclarée, qui courait sous sa peau, qui le faisait trembler en permanence. Et sous cette peur, une fleur rouge : la certitude qu'aucun Grisov n'aurait jamais de réponse, de direction dans le désert. Et il ne pourrait jamais l'expliquer à personne. Ni à sa grand-mère, ni à ses parents, ni à ses frères. Les autres, quels qu'ils soient, sont incapables de comprendre la portée de nos peurs. La profondeur que leurs racines atteignent en nous. La mobilisation que requiert toute tentative de les combattre. L'abattement qui suit inexorablement. Et pourtant, il aurait voulu leur dire à quel point il se sentait proche d'eux. Leur dire qu'il était fils de ce père qui l'évitait dans le couloir les rares fois où ils s'y croisaient, de cette mère qui se vautrait devant la télé, le frère de ces adolescents qui erraient en vain sur ces terres chiennes. Leur dire que sa place était avec eux, où qu'ils aillent se blesser au monde. Qu'en définitive il était bien un Grisov. Un de ceux qui n'ont plus qu'à renoncer. C'est le dernier murmure qu'Alexeï entend, juste avant que ses yeux ne clignent.

De ceux qui n'ont plus qu'à renoncer.

Stupéfait, l'adolescent essuie la sueur qui coule dans son cou, il se retourne. Comme il s'y attendait, les trois sœurs sont là, derrière lui. Elles sont sorties du cagibi au fond de la boutique et elles l'observent de leurs yeux millénaires. La plus jeune lui lance d'une voix parfaite :

— Il vient juste de partir, tu sais…

— Qui ça ? demande Alexeï, interdit.

— Celui qui te cherche. Les yeux bleus. Il était là tout à l'heure – pour échapper à l'Immanus. Il était déjà venu ce matin, juste après toi…

Alexeï fronce les sourcils. Il observe les trois vieilles, l'une après l'autre, comme s'il cherchait une explication dans leurs visages plissés, dans leurs mains noircies par les ans ou dans ces colliers de tolis qui pendent à leurs cous. Mais partout, il ne lit qu'une chose : qu'il est en retard, qu'il a échoué,

que les flics doivent déjà être arrivés à la 1404 avec Illya.

Et il a beau se réveiller soudain, serrer les poings, grimacer, il a beau se précipiter dehors, faire le tour des barres, il a beau passer de l'autre côté des tolis,

cela ne change rien – il est en retard.

Et même quand il se faufile par le toit de la véranda, quand il s'approche des vitres, cela ne change rien. Il arrive juste à temps pour apercevoir, dans la cour en contrebas, Illya qui s'avance entouré par tous ces flics qui suent comme des veaux. Comme s'il le sentait, son frère relève la tête, et leurs regards se croisent un instant. Mais très vite, les flics le poussent et il disparaît dans l'atelier.

Comme sonné, Alexeï fait quelques pas en arrière dans la

pièce surchauffée, il s'appuie peut-être contre un mur – son corps n'est qu'une pierre de douleur, sa nuque défaite, ses yeux vides. Et le vent de nitrammite vient tourner autour de lui, comme pour le narguer – ça y est, susurre-t-il, tu as tout gâché. Au-dessus de lui, comme un songe mauvais, les nuages noirs ont terminé leurs manœuvres d'approche. D'un instant à l'autre, l'orage qui a menacé toute la journée va s'abattre sur le monde et le Quartier sera l'enfer sur Terre. Au loin, les premiers éclairs, secs et cassants, font déjà trembler le sol. Tout est gâché, murmure-t-il, pétrifié. Tout.

À quelques mètres de lui, dans sa chambre, Anna s'agite à chaque coup de tonnerre. Son esprit abruti par les médicaments résiste encore quelques instants, mais elle finit par s'éveiller. Elle plisse les yeux, elle grimace de douleur ; au loin, il lui semble entendre… elle ne sait exactement… Quelque chose qui l'appelle… Quelque chose qui… Elle parvient à se lever et fait quelques pas dans la chambre obscure, dans le couloir, et c'est à ce moment seulement qu'elle est sûre. La voix de Lev. Voilà ce qui l'appelle. Lev. Lev qui pleure. Qui pleure comme un enfant, qui pleure ces pleurs rauques qui n'appartiennent qu'à lui. Fascinée, elle ouvre la porte et s'avance vers la véranda, elle l'appelle d'une voix tremblante. Lev ? Lev ? Et soudain, elle le *voit.* Lentement, elle s'avance vers lui – elle lève le bras, elle pose sa main sur son épaule. Et quand il sent cette main sur lui, Alexeï se tourne vers elle.

Et pendant quelques secondes, pendant une éternité recourbée,

ils se fixent,

et leurs yeux sont des tolis innombrables,

et pour la première fois, ils se *voient.*

— Ils ont Illya ? parvient à murmurer Anna.

D'abord Alexeï ne répond rien – il n'y arrive pas, il a trop mal,

il laisse les larmes de nitrammite couler sur ses joues.

— Ne les laisse pas faire, reprend Anna dans un souffle. Il n'y a que toi qui puisses l'aider.

Et soudain, dans les yeux de sa mère, Alexeï aperçoit ce monstre, cette gueule rouge immense qu'il attend depuis des jours. Il approche. Il vient tout détruire. Il vient pour lui. Et quand il parvient enfin à parler, il a beau murmurer, sa voix qui est la voix de son père, sa voix n'a aucune peine à couvrir le monde.

— Je vais aller chercher Evgueni. Appelle-le ; dis-lui de m'attendre à l'endroit habituel. Et ensuite, trouve Pesha.

Sans attendre de réponse, il s'éloigne, il se fond dans l'ombre du couloir. Anna n'en revient pas. Lev vient de lui reparler. Et tandis qu'elle compose le numéro de la base militaire d'Evgueni, une larme perle dans ses yeux, elle glisse sur sa joue ravinée,

elle se perd dans le sourire qui tend ses lèvres parfaites.

« Avant même que les incendies qui ravagent la vallée ne soient maîtrisés, les experts signalent qu'il va falloir sacrifier tous les animaux des environs. »

C'est un gamin que les hommes poussent dans la pièce. *Incroyable, on lui donnerait à peine quatorze ans,* pense Téliakov. Juste avant d'arriver à la hauteur du capitaine, Illya Grisov trébuche, mais Sergueï le rattrape par le col. *Comment un gosse comme lui a-t-il pu survivre jusqu'à cet âge ?* Le capitaine le suit du regard, fasciné, et remarque qu'il porte un costume. Il est couvert de sang, de crasse, de feuilles, de poussière, mais il est en costume. Téliakov n'en revient pas. *Un costume ? Ici ? Maintenant ?*

— Assieds-toi là-bas, grogne Sergueï.

Le gosse s'écroule sur la chaise et se recroqueville comme un animal apeuré, la tête dans les épaules. Téliakov observe sa chemise déchirée et couverte de sang, ses cheveux mi-longs – noirs, emmêlés comme une centaine de serpents fous. Il sent qu'enfin les choses se mettent en place, que l'échiquier se dégage – et une tension malsaine remonte le long de son échine.

— OK, les gars, lance-t-il, vous pouvez y aller. Sergueï, tu dis à l'autre demi-brigade de se rassembler sur la place, je n'en ai pas pour longtemps…

Sergueï laisse un sourire satisfait tendre ses lèvres, et les hommes quittent la pièce en silence. Ils vont rejoindre Karpov, s'allumer une clope, essayer de trouver un peu d'ombre. Aucun d'entre eux ne songe à aller vérifier si Alexeï est toujours là – et le moment venu, ils paieront pour cet oubli. Seul Mikhaïl semble tendu – il a manqué le capitaine de peu et il s'en veut. Avant de refermer la porte, il lance un dernier regard à Illya. Mais l'adolescent fixe la bâche qu'on a posée à ses pieds

et ses yeux et ses mains tremblent – fleurs rouges dérisoires, battues par le vent.

— Alors, tu vas me dire ce qui s'est passé ? lui demande le capitaine avec une sorte de pitié dans la voix.

Illya ne répond pas ; quand Sergueï et ses hommes sont sortis, il se lève lentement et se dirige en claudiquant vers le fond de la pièce. Au-dessus de la pile, il ouvre le robinet et passe la tête sous le filet d'eau terreuse qui en jaillit. Des torsades de sang et d'eau se perdent dans son col, et une odeur de terre humide envahit la pièce. Puis il s'essuie le visage avec sa chemise, et quand enfin il se met à parler, sa voix n'est ni grêle ni cassée, sa voix est douce :

— Qu… Quand ?

— Hier, au centre commercial, répond le capitaine en évitant de croiser son regard.

— Et votre… et votre ordinateur ? Il désigne le portable de Téliakov d'un geste vague, inachevé.

Avec une moue de dépit, le capitaine ouvre le fichier de surveillance.

— J'ai les deux heures que tes frères et leur bande de fous ont passées à saccager le centre commercial, marmonne-t-il. Mais il n'y a rien d'intéressant…

— Vous… vous regardez pas… pas au bon endroit. Il faut regarder avant… Ce qui… Ce qui les a rendus fous. Le reste…

L'adolescent fait le tour de la table et se penche sur l'écran. Des centaines d'images en noir et blanc défilent devant eux – aléatoires, saccadées, d'infâme qualité. Rien qui ne rende la lumière tamisée, la fraîcheur des allées du centre. Rien qui ne rende les foules béates, livrant au hasard des après-midi entières, comme on offrait des vies en sacrifice aux dieux païens des millénaires auparavant. Rien qui ne permette de percer ces mouvements désordonnés, de dégager une structure quelconque. Ils font face au désert, et le désert est sa propre structure. Et quand on le scrute, on ne regarde jamais ses grains de sable innombrables,

mais autre chose, mais quelque chose de plus grand forcément, que l'on ignore toujours.

— Là, lance soudain Illya.

Retenant son souffle, Téliakov clique sur l'image qui se fixe. La caméra doit être dans un des faux plafonds de l'allée centrale. Des gens passent devant, vaquant à leurs occupations indicibles avec une lenteur proprement cauchemardesque. Près d'un mur noirâtre, un vieil homme attend. Il semble s'appuyer sur une canne, mais avec le défilement des pixels, celle-ci disparaît par moments et l'homme semble alors s'appuyer dans le vide. Son visage est impossible à distinguer avec précision. La forme générale, l'implantation des cheveux sont perceptibles, mais ses traits se perdent dans le flou, dans les lignes brisées de milliers de grains de sable noirs et blancs,

et sur les lèvres de Téliakov, un rictus mauvais se tend.

Bientôt un groupe s'arrête devant l'homme. Une forme s'en détache. Dans le vent des pixels, cette forme évoque vaguement un jeune homme et Téliakov se raidit. *Putain, il était là ! C'est à cause de lui !* Sur l'écran, il lui semble qu'Illya et le vieil homme discutent. Mais cela dure à peine une minute ; le vieil homme esquisse bientôt ce qui ressemble à un geste de dépit. Les deux spectres noirs et blancs restent encore quelques secondes l'un face à l'autre, puis le jeune s'éloigne et sort de l'angle de vue de la caméra. L'image donne l'impression qu'il boite, mais là encore, il est difficile d'être péremptoire.

— Qui est-ce ?

— Le nom… le nom vous dirait rien.

— Le vieux aux photos ? À l'hôpital ?

— Oui, c'est lui, murmure le jeune homme qui soutient son regard.

Téliakov devine sa main droite qui se met à trembler – fasciné, pris d'une étrange pitié, il l'observe qui tente en vain de réprimer ses frémissements.

— Ça a repris, tes crises ?

— Juste… Juste une fois…

— Quand ça ?

Illya retourne s'asseoir ; il se remet à parler. C'était quelques jours à peine après sa sortie de l'hôpital. Il se sentait bien que ça tenait du miracle. Il ne prenait plus de médicaments – il n'en avait pas de toute manière. Il passait ses journées avec Alexeï devant la gare, à surveiller des deals, à prendre l'air. Sans arrêt, son frère lui demandait s'il allait bien, s'il voulait manger ou rentrer se reposer. Mais jamais Illya ne s'était senti aussi bien. Vers dix heures du soir, Piotr, Ossif, Evgueni et Blanche les avaient rejoints et les avaient fait monter à l'arrière d'un break.

Illya se tait un instant, il sent à nouveau cette odeur de nuit, cette odeur de pluie sur le monde. Assis dans le coffre, il fixait la rue qui s'enfuyait derrière eux, la nuit rouge qui les poursuivait. Est-ce que c'était pour ça ? La nuit qui les poursuivait ? Est-ce que c'était pour ça qu'il s'était tendu ? Il n'en sait rien. Il se souvient simplement que par moments d'étranges angoisses le prenaient – comme si une porte allait s'ouvrir quelque part dans la nuit, comme s'il allait se retrouver dans les friches, ou à l'hôpital. Il avait l'impression qu'un vent moite tournait autour de lui et murmurait des choses incompréhensibles – des malédictions, peut-être ? Il sentait croître quelque part dans son torse une peur horrible, une pierre noire indestructible. Par moments, l'Angoisse était tellement forte, tellement Immense que le monde semblait s'y absorber tout entier, s'y réduire –

et le monde cessait d'exister pendant quelques millièmes de seconde.

Mais chaque fois, comme s'il sentait quelque chose, Alexeï se tournait vers lui, il lui adressait un sourire timide et lui demandait si tout allait bien – et l'instant passait, et le monde tenait.

Ils avaient fini par arriver ici, dans cet atelier : le groupe était passé pour prendre du matériel. Ils avaient un casse dans un des entrepôts du Marquis, ce soir-là. Illya les observait, fasciné. Leurs muscles tendus. Leurs yeux Nuits sans lune. Ils les avaient laissés, Blanche et lui – on en a pour une heure, avait marmonné Alexeï en refermant la porte. Illya avait bien essayé de répondre, de donner le change, de se calmer. Mais quand il avait entendu leur voiture qui s'éloignait dans la nuit, l'air lui avait manqué soudain,

le monde avait vacillé,

le monde s'était réduit à une pierre noire peut-être –

il s'était évanoui.

L'adolescent se tait, mal à l'aise, fuyant le regard de Téliakov. Il ne pourra jamais expliquer au capitaine ni à personne comme cette soirée a compté pour lui, comme elle les a liés à jamais, Evgueni et lui. Il ne veut pas. Certaines choses sont sans nom, parce qu'elles ne peuvent pas être dites.

— Et ton père ? tente d'enchaîner Téliakov. Tu l'as vu récemment ?

— Je… je l'ai croisé aussi, répond Illya d'une voix sombre.

— Et alors ?

— Et alors, rien, marmonne Illya le sourire amer, la voix plus sombre encore.

Téliakov sent tout de suite qu'il ne pourra en savoir plus en passant frontalement. *Le gosse est à la limite.* L'échiquier tout entier d'ailleurs est à la limite ; aucune pièce ne doit bouger. Il lui faut trouver un pion, un point minuscule sur lequel il peut encore appuyer, un dernier coup à jouer. Peut-être, se dit-il, que s'il parvient à lui faire avouer ce qu'il voulait au vieux, il pourra reconstituer la marche des événements et y voir plus clair.

— OK, explique-moi ce que tu voulais à ce gars… hier, que vous êtes allés voir au centre commercial…

Illya ne répond pas tout de suite, il se redresse et fait quelques pas en boitant dans l'atelier. Téliakov le suit des yeux, pétrifié – il se dit qu'il va craquer, qu'il y est allé trop fort. Il se lève, s'approche de l'adolescent et s'aperçoit que le jeune homme saigne du nez, qu'il cherche un mouchoir dans ses poches. Sans lever les yeux vers lui, Illya plaque sa main sur la fleur rouge qui se déploie autour de sa bouche et marmonne :

— Il faut que… mes médicaments… Ma tête… J'en ai là, mais il me faut aussi ceux qui sont là-haut.

Il fouille dans sa poche pour en tirer une plaquette de pilules ; le capitaine les fixe, médusé – et cette dizaine de petites pierres minuscules est une fracture,

un défaut dans la trame du temps

et le temps ralentit soudain

et Téliakov peut apercevoir, qui se battaient en silence depuis le début, sans qu'il ne s'en rende compte,

les deux visages d'Illya.

C'est cela, souffle le vent qui tourne autour de lui : ils sont deux – Gémeaux, monstre en Y, deux dans cette pièce avec toi. Jusqu'ici tu n'as vu que le fou, celui que décrivent tous ces dossiers, tous ces rapports ; mais voilà l'autre, voilà l'adolescent chétif qui se débat contre ce fou. Voilà Illya Grisov ! murmure le vent qui sourit, qui sait tout ce que Téliakov attend. Voilà Illya Grisov ! répète Téliakov à voix basse, fasciné. Mais si le fou est né du désert, des monstres qui paissent dans le quartier, mais si le fou a mis toute une vie à forger sa folie, de quoi se nourrit *l'autre* ? Comment fait-il pour résister ? Il cache forcément autre chose. Et cette chose est là, un instant face à lui, et Téliakov ne veut pas qu'elle disparaisse. Il y est presque. C'est ce qui fait tenir tout le reste. C'est ce qui a provoqué toute cette histoire. Pas seulement la sienne. Tout le reste. Hier. Ce matin. Tout.

— Vas-y, vas-y, ça nous fera une pause, répond-il en soupirant.

Illya se dirige vers la porte. Il y est presque. Libre. Ses pas se relâchent, ses mains se détendent ; et dans son dos, soudain, sans réfléchir, Téliakov fait ce qu'il redoutait toute la journée, il avance sa Tour sur la dernière ligne et murmure :

— Attends… juste… Dis-moi, tu y es allé ?

— Où ?

— À l'Usine.

Illya ne dit rien d'abord. Il s'accroche à la porte, puis il se tourne vers Téliakov, et ses yeux l'implorent de ne pas aller dans cette direction. Mais le capitaine tient bon, et ils restent tous deux immobiles, incapables de dire quoi que ce soit – et le monstre se réveille entre eux, puisqu'ils l'ont invoqué.

Il ouvre les yeux, il s'agite mollement d'abord : au loin, dans les friches, on l'entend remuer. Puis derrière l'autoroute. Puis vers la ville, de l'autre côté. Et soudain, tout le Quartier se met à trembler. Et pendant une seconde lisse et parfaite, pendant une seconde Cristal, Téliakov et Illya entendent comme un râle immense, comme un cri qui vient de juin 96, qui déploie ses ailes de foudre et vole entre les barres 1200 et 1300.

tttoooaaaaaaannnnn…

Après toutes ces années, ce hurlement, ces pulsations si lentes, si incroyablement oppressantes,

cette chaleur folle,

c'est lui – *il est de retour.*

Partout autour de Téliakov et d'Illya, des visions d'Apocalypse surgissent, des colonnes de liquidateurs s'avancent, hagardes et terrifiées, vers les structures déchiquetées par la violence de l'explosion, vers les liquides étranges qui suppurent du réacteur. Dans l'air fou de douleur, à travers les vapeurs de nitrammite, ils aperçoivent les pylônes électriques géants qui rayonnent autour de l'Usine, qui fondent peu à peu, qui s'affaissent dans l'enfer de juin 96. Et si Téliakov étouffe, si Illya halète, si le monde est si flou, c'est que leurs masques sont souillés, sont bouchés sûrement, c'est qu'ils sont en enfer. Ils distinguent à peine les combinaisons qui traînent à terre, les tubes de cuivre tordus dans tous les sens, les plaques de ciment fracassées. Sur leurs poitrines haletantes, sur leurs épaules éperdues de douleur, des centaines, des milliers de débris rongés par les acides fous. À leurs pieds, épars, des chronomètres, des dosimètres, milliers de grains de sable battus par le vent – saturés tous, n'annonçant que la fin et l'annonçant tous. Hébétés, Illya et Téliakov s'avancent sur ce sol corrompu, ils franchissent une sorte de dune, celle qui les sépare du monstre qui les appelle et qui va les dévorer. Et dans la brume, dans les vapeurs de nitrammite qui les dévorent peu à peu, des hurlements passent comme des spectres – les cris des responsables, des hommes qui ressortent brûlés, les cris de ceux qui demandent à y retourner ; et sur toute cette Folie, sur tout cet Enfer les consignes sanitaires, les ordres vomis par des haut-parleurs invisibles – gardez votre masque, pensez à consulter votre dosimètre sur le toit, comptez jusqu'à 90… Et dans leurs oreilles en sang, dans leurs yeux hallucinés, le bâtiment éventré se dresse soudain, le réservoir 4 ; et par-dessus le vacarme, par-dessus ce cauchemar, des râles immenses fusent du réservoir en feu, comme les cris d'un monstre qui aurait éventré le toit du réservoir 4

TTTTTTOOOOAAAAAAAAAAAANNNNNNN…

Et le son est si puissant qu'il déchire le ciel, le monde, qu'il déchire les âmes. Et le feu est fou, il se nourrit d'un lac entier de pétrole, et rien ni personne ne peut arrêter. C'est le Grand Feu qui massacre tout, qui jette tout à terre, qui ne laisse rien à personne. Et il leur vrille le ventre, la tête, il leur vrille les yeux – et Téliakov sent que lui aussi va craquer. Il se laisse aller contre sa chaise, hagard, défait. Heureusement, de l'autre côté du réservoir 4, Illya trouve la force de se détacher de ces visions d'horreur – il lève un instant les yeux vers le capitaine et il trouve la force de murmurer :

— Oui…

L'adolescent devine sans doute que le capitaine est à bout, qu'il a fait une erreur en poussant sa Tour aussi loin, mais il ne profite pas de son jeu. Il ne cherche pas à vaincre. Il cherche autre chose et cette chose est douloureuse et difficile à atteindre, et il doit donner tout ce qu'il a pour avoir une chance de l'atteindre.

— Et derrière l'Usine... J'ai... j'ai trouvé... Un blockhaus...

TTTTOOOAAAANNNNNNNNN

Au loin, le Cri revient. Incroyable. Sourd. Qui se répercute partout dans la vallée, qui détruit tout ou presque sur son passage. Et perdu quelque part sous ses ailes de foudre, Illya plisse les yeux – il sent à nouveau cette douleur blanche qui l'a assailli près du blockhaus,

elle lui attaque le haut du crâne, elle le fissure de part en part. Il reste immobile, hébété, étouffant dans cette odeur de pétrole qui ne disparaîtra pas avant des milliers d'années. Autour de lui, l'Usine détruite, les herbes folles, les arbres calcinés, les grillages et les portes rouillés, tout se dissout soudain, tout se met à tourner, et le ciel n'est plus qu'un liquide sombre

le temps lui-même est une poignée de pierres noires qui jouent dans sa main, qui roulent follement.

— ... et des fiches... traînaient là... 17473... 17473 liquidateurs.

Et dans ses yeux de lave, les fiches volaient, laissées à l'abandon, perdues dans le vent, tourbillonnant dans le blockhaus,

rampant au sol, misérables.

Et sur leurs corps minuscules, les grades, les ordres, les estimations de doses d'aérosol reçues au jour le jour. Les récompenses préconisées par le gouvernement, et sur leurs corps minuscules l'apocalypse

TTTTTTOOAAAAAAAAAAAAAAAAAAAANNNN

— Et je crois... je crois que j'ai vu votre... votre fiche, capitaine Téliakov.

TTTTTTOOAAAAAAAAAAAAAAAAAAAANNN

À certaines saccades du monde, nos esprits se perdent,
ils fuient quelque part dans la nuit de nos crânes,
et il ne reste plus en nous que l'ombre ;
et Téliakov est vide soudain,
il ne reste plus rien en lui – simplement l'espoir fou,
simplement l'espoir que ce jeune homme malingre qui lui fait face soit une sorte d'oracle, de Pythie – qu'il sache tout.

Qu'il l'ait vu se traîner pendant des mois, pendant des années, n'être plus qu'un fantôme après les morts de sa femme et de sa sœur, qui l'avaient brisé en 81 et rebrisé en 95. Qu'il l'ait vu être brisé une dernière fois quand on l'avait appelé ici en juin 96, alors qu'il était au fond du trou, pour gérer l'incendie. Qu'il l'ait vu arriver près de l'Usine dévastée, hurler ses ordres, encaisser les cris les brûlures ignobles les râles par centaines, se battre pendant des jours et des jours contre le feu. Qu'il l'ait vu tous les jours depuis, qu'il l'ait vu attendre en vain une reconnaissance pour tous ces gens qu'il a envoyés à la mort, qu'il l'ait vu devenir fou parce que le monde entier les avait oubliés, parce que le monde entier voulait passer à autre chose, alors que leurs vies s'étaient brisées en mai 81 en décembre 95 en juin 96. Qu'il l'ait vu écœuré par ces rapports de 96, de 97, par Praviv et Kibenov qui avaient dû raconter n'importe quoi. Qu'il sache qu'il n'y a plus que ces pilules noires, que cet aquavit qui puissent dissoudre tout ce qui l'éreinte. Après vingt ans à en baver comme personne ne peut le dire, à tromper ses hommes, l'espoir enfin,

que quelqu'un voie

que quelqu'un voie combien il est infiniment las
de tous ces remords
de toute cette culpabilité qui coule dans ses veines,
combien il est las d'être mort,
l'espoir enfin que quelqu'un lise dans ses yeux cette question qui le hante depuis toutes ces années : pourquoi guérir, pourquoi prendre toutes ses pilules noires, pourquoi se battre quand on est mort ?

TTTTTOOAAAAAAAAAAAAAAAAAANN

— Mais qu'est-ce que tu faisais là-bas ? parvient-il à murmurer.

— Je… Je sais plus, reprend Illya. Je savais que… que mon père avait été liquidateur "volontaire" quand il était… en prison. J'avais lu ça sur… sur un papier… J'imagine que c'est pour ça que… que j'y suis allé… pour savoir ce que ça voulait dire – volontaire.

TTTTTTTTTOOAAAAAAAAAAAAAAAANNNN

Et quand Illya se tait, ses yeux tombent à terre,
et suivant cette gravité qui dompte tout, les yeux de Téliakov y tombent aussi ;
et la nuit les prend et s'en gave et n'en laisse rien – et les hommes sont à la nuit,
tous.

Le capitaine soupire, mais son soupir est broyé sous les dents d'un monstre immense. Une tendresse terrible l'envahit pour ce garçon déchiqueté qui se tait, qui n'ose pas relever les yeux. À présent, il le sent. Les deux Illya ont échoué. Échoué à submerger ce corps malingre et à le faire sombrer dans la folie. Échoué à le ramener à la raison, à la possibilité d'une vie. Cet adolescent est comme lui, perdu dans cet entre-deux tiède, dans ce désert immense dans lequel il erre depuis 96 – le même liquide de mélancolie coule dans leurs veines. Et le voyant encore agité de tremblements infimes, le vieux policier se demande s'il a trouvé la fiche de son père, s'il a su ou s'il a simplement senti,

comme une intuition confuse,

comme un délire provoqué par les émanations de l'Usine,

ce qui était inscrit dessus. Voilà ce qui compte. Voilà l'Apocalypse. Malgré le vent qui avait dispersé les fiches, malgré les années malgré l'odeur d'aérosol qui ne disparaîtrait qu'à la fin des temps, s'il a senti qui était son père. S'il sait exactement à quoi il doit résister pour se tenir debout, là, face à lui, ou s'il n'en a qu'une vague idée – car c'est ce qu'on ignore qui nous blesse et qui nous tue, à petit feu.

Téliakov, lui, sait bien que certaines fiches se distinguaient des autres. Qu'elles concernaient une centaine d'hommes qui s'étaient réellement sacrifiés, qui avaient accepté de mourir pour la nation, pour les autres, pour le gouvernement ou pour n'importe qui. Les volontaires. Des hommes qui n'étaient pas seulement venus sur le site déblayer ou couler du béton pour le sarcophage externe. Une poignée de fous qui avaient plongé sous le réacteur pour pulvériser l'aérosol au niveau de la pompe – pour éviter l'explosion, pour éviter la deuxième catastrophe, celle qui ferait tout oublier – une poignée de fous qui s'étaient approchés de la pompe elle-même, qui s'étaient brûlés à son contact fou. Ces fiches-là ne parlaient pas vraiment d'hommes. Elles parlaient d'êtres capables de se sacrifier parce qu'ils étaient déjà morts. Elles disaient que la vie n'était qu'un désert, et cela, même avant la catastrophe, elles disaient qu'un homme comme Lev Grisov ne pouvait pas s'en sortir et qu'il le savait, elles disaient qu'un homme comme lui n'avait aucun espoir. Ces fiches étaient plus toxiques que tous les aérosols que toutes les brumes du monde – parce que tous les aérosols, parce que toutes les brumes du monde se concentraient sur leurs corps de papier : elles posaient noir sur blanc, elles faisaient savoir aux suivants que tout était fini, qu'il n'y avait aucune raison de vivre. Que la tempête que l'incendie de l'Usine n'étaient pas la cause de l'infection, que c'était la vie elle-même, la vie chienne, la vie désert, l'infection. Que l'incendie, au contraire, était peut-être la solution. Et que si la mort ne venait pas, alors ce serait l'absurde, ce serait vous qui lisez cette fiche. Ce serait du rien, oui, vous, vous seriez du rien, enfants, familles, amis, vous seriez du rien pour l'homme sur la fiche, pour Lev Grisov, des quantités négligeables, des pierres noires dans le désert noir des jours, puisque l'homme sur la fiche était déjà mort avant de s'approcher du réservoir 4, mort avant d'enfiler sa combinaison, son masque dérisoire, mort bien avant de dire oui au directeur du centre régional de rétention de K., mort de brumes plus anciennes qui n'avaient jamais concerné qui n'avaient jamais attaqué que lui. Et contre ces brumes et contre ces yeux-là qui l'avaient poussé dans la fournaise, le monde tout entier ne pouvait rien. Et vous non plus – suivants, enfants, épigones, qui que vous soyez – vous ne pourrez rien ;

et vous aussi d'ailleurs, vous êtes condamnés ;

car guérir ne sert à rien quand on est déjà mort ;

guérir ne sert à rien pour un Grisov.

tttttttttoooooooooaaaaaaaaaaaaaaaaannnnnn

Que reste-t-il à dire ? Qu'espère Téliakov ? Lui-même n'en sait plus rien. Peut-être une seule chose : qu'Illya n'ait pas trouvé la fiche de son père. Qu'il ne sache pas ce que Lev Grisov avait en tête en se présentant comme volontaire le matin du 5 juin 1996.

Sans ajouter un mot, le capitaine se lève et vient lui ouvrir la porte. Dehors, de l'autre côté du désert, quelques hommes lanternent dans la cour. Ils fument, ils traînent des pieds en groupes, ils discutent des nuages noirs qui les surplombent, de l'orage qui couve comme une fièvre monstrueuse – on entend par moments, en direction des friches, comme un grondement immense. Dans un coin, Mikhaïl fixe ses pieds, se retenant de lever les yeux.

— Mikhaïl, tu t'en occupes… lui lance Téliakov. Il a besoin de…

Il ne termine pas sa phrase, il n'esquisse pas même un geste : il ferme la porte et retourne s'asseoir. L'œil éteint, il parcourt l'écran de son ordinateur – il soupire, passe une main dans son cou couvert de sueur. Au moment où il se décide à éteindre l'ordinateur, il tombe sur le dossier de nomination de Mikhaïl. Sans exactement savoir pourquoi, il clique dessus. Son regard las glisse sur le texte de l'arrêté – rien ne dépasse, rien n'accroche. Sauf la signature du préfet. C'est ça, murmure-t-il. Sans avoir rien de précis à lui reprocher, il n'a jamais apprécié Pétrov. Cette histoire de disparition, cette histoire de voiture officielle n'a sans doute rien à voir avec Mikhaïl, ni avec tout ce qui s'est passé aujourd'hui. Incapable de s'intéresser à ces détails, Téliakov consulte sa montre. Cinq heures dix-sept. Les autres brigades sont déjà en place, les principales passes sont verrouillées, il ne manque plus que lui et ses hommes. Ils peuvent encore y être, s'ils se dépêchent. Fatigué par avance, il détaille sur l'ordinateur le diagramme d'organisation crypté qui lui a été transmis quelques jours auparavant. Il parcourt les différentes pages d'un œil indifférent, et finalement, il s'en détourne – en se frottant le visage, en bâillant d'un air las. Qu'ils aillent se faire voir. Ce plan minutieux mis en place par le cabinet du ministre et validé par Pétrov lui-même fonctionnera bien sans lui. Personne d'ailleurs ne passera par l'endroit qu'ils sont censés garder, lui et ses hommes. Personne. À cet instant où il ferme les yeux, il n'y a qu'une chose qui compte – Lev Grisov lui crie qu'il veut y retourner, qu'il est encore capable d'atteindre la pompe. Et vingt ans après, Téliakov ne trouve toujours rien à lui répondre, alors il détourne les yeux, il détaille l'atelier – les machines, la sciure, les outils, tout ce monde qui s'échoue lentement en bord du monde. Son regard finit par tomber sur quelques mauvaises herbes qui tentent leur chance au pied d'un mur. Les dernières plantes sauvages. Les dernières traces de vie. Et Lev Grisov a eu beau lui hurler tout ce qu'il a dans le ventre, les yeux de Téliakov se mettent peu à peu à briller – il la voit.

Elle n'est ni desséchée ni usée. Elle est là, parfaite, intacte, dans ces yeux noirs qui l'ont fixé à l'instant. Elle a survécu à l'incendie, à toutes ces années d'oubli et de massacre, elle a survécu à hier et à ce matin – elle a traversé le désert, elle a traversé ce jour fou et elle brille encore ;

pierre noire indestructible,

mauvaise herbe minuscule qui tente sa chance au pied d'un mur défraîchi,

la vie.

SIXIÈME PARTIE

Aux alentours de dix-neuf heures

« Mais les tonnes d'eau déversées par les pompiers pour éteindre l'incendie ont formé une piscine sous le réacteur. Et ce n'est plus qu'une question d'heures avant que la nitrammite n'atteigne la nappe d'eau accumulée là. Si un tel incident se produit, l'explosion de vapeur déclenchée libérera d'énormes quantités d'éléments cancérigènes dans le ciel. Les experts de la commission ont calculé que l'explosion aurait eu une force de 3 à 5 mégatonnes. La ville de M., qui se trouve à 30 kilomètres de l'usine, aurait été rasée et le pays tout entier rendu inhabitable. »

Section V du rapport *Praviv-Kibenov* du 26 avril 1997

Tout est noir dans la pièce à présent ; il n'y a plus que des souffles, que des gestes lents,

que des ombres dans l'ombre.

— Ça y est, murmure l'ombre aux lèvres parfaites, il l'a fait… Je te l'avais dit, ajoute-t-elle en laissant un sourire discret se perdre dans l'ombre.

— Hum… C'est le fils Grisov qui a tout fait.

Nona n'ose pas répondre, et c'est l'ombre puînée qui doit la défendre.

— Le jeune policier a quand même fait plus que sa part, murmure-t-elle. Et d'ailleurs, peu importe, ajoute-elle : Ça y est, c'est tout.

Et ses lèvres exhalent une fumée surette qui se perd elle aussi dans l'ombre. Et de l'autre côté de cette ombre,

Mikhaïl grimace et tente de se redresser. Quand il y parvient, il aperçoit vaguement son visage en sang dans la glace – Illya l'a vraiment démoli, a-t-il le temps de penser avant qu'un spasme ne le plie en deux et ne lui fasse vomir sa bile. Il se retient comme il peut au lavabo – les yeux, les bras secoués de soubresauts nitrammite. *Respire… Respire… Respire.* Mais l'angoisse l'empoigne et le tord soudain, comme un fétu – quand il se rend compte que *ça y est,* qu'il ne peut revenir en arrière. Elle est si forte, si puissante qu'elle le fait gémir, qu'elle lui arrache une prière brouillonne et confuse. *Mon Dieu, ça y est : Illya s'est enfui.* C'est cela, il n'y a plus rien à faire que de prier. Que s'agripper au lavabo. Que respirer. Que vomir encore. Plusieurs fois, il essaie pourtant d'appeler à l'aide. Mais aucun son ne parvient à franchir ses lèvres, mais il est au monstre,

en sa gueule immense et rouge,

et ce sang partout sur lui est sa marque.

Il revoit Illya qui se jette sur lui, qui le frappe de toutes ses forces. Il se laisse glisser au sol et reste assis, le dos contre le mur, les yeux dans le vague, à bout de souffle. Et dès qu'il sent qu'il peut crier, il hurle :

— À l'aide ! À l'aide !

Mais le grondement terrible qu'il a entendu dans la cour lui parvient par la fenêtre – le monstre s'est rapproché, il est là à présent – et jamais personne ne l'entendra au milieu d'un vacarme pareil. Dehors, il sent que quelque chose de terrible, de titanesque est en train d'avoir lieu.

Au même moment, Téliakov entend ses hommes qui hurlent à travers la porte :

— Capitaine ! Capitaine ! Vite ! Venez !

Ils sont terrifiés – Téliakov le devine à leurs voix. Et dès qu'il ouvre la porte de l'atelier, tous ses hommes se tournent vers lui – et jamais le capitaine ne les a vus dans cet état. Sergueï reste interdit, les yeux fixés vers le ciel. Et dans ses yeux, le ciel n'est pas noir, le ciel n'est pas de cendres et de suie,

il est *rouge*.

Téliakov traverse la cour, bousculant les hommes qui restent sur son passage comme des poupées immobiles. Quand il débouche dans la rue, avant même de s'être tourné vers les friches, il sent le souffle du monstre sur son visage – son haleine le brûle malgré la distance, qui dit sa taille miraculeuse. Car le monstre est là, face à lui, enfin – la cave coopérative, la tranche métallurgique de l'Usine, la moitié des friches sont en feu.

TTTOOOOOOOOOOOOOAAAAAAAAAANNN

C'était cela le grondement depuis tout à l'heure, murmure-t-il. Le réveil du monstre. Un rideau de feu couvre tout ce qu'il voit, à des centaines de mètres à la ronde. Les flammes font peut-être dix mètres de haut. Elles s'enroulent autour des bâtiments, comme folles, comme ivres, elles pulvérisent les fenêtres et poussent leurs hurlements terribles sur le monde, leurs ailes de foudre vers le ciel. Le monstre s'est réveillé après vingt ans de sommeil.

TTTTTOOOOOOOOOOOOOAAAAAAAANNNNN

Autour de Téliakov, personne n'ose bouger ; les hommes restent les bras ballants, la bouche entrouverte,

et leurs yeux sont fascinés

et leurs âmes brûlent.

Et soudain, entre deux cris du monstre, au milieu de cette

apocalypse qui s'abat sur le Quartier, le capitaine entend la voix de Mikhaïl qui appelle à l'aide. Et cette voix-là, plus que les flammes, plus que le feu qui dévore le monde,

cette voix-là est la voix du monstre.

Sans attendre, il court vers le hall de la 1404, accompagné de quelques hommes. Arrivés dans le couloir, ils défoncent la porte de la salle de bains en quelques coups de pied. À l'intérieur, ils trouvent Mikhaïl assis contre un mur, le visage en sang, la chemise déchirée, au milieu de la pièce saccagée. La fenêtre est ouverte. Illya Grisov a disparu. Le capitaine s'en aperçoit dès qu'il pénètre dans la pièce ; sans rien dire, il se dirige vers la fenêtre et se penche. Il y a peut-être quatre mètres jusqu'au sol. Aucun arbre, aucune branche suffisamment proche. Il se retourne vers Mikhaïl qui peine à se relever.

— Qu'est-ce qui s'est passé ? lance-t-il.

— J'avais fermé la porte à clé, répond Mikhaïl la voix cassée. Il se passait de l'eau, j'en étais à vérifier la fenêtre... j'ai pas fait gaffe. Il s'est mis à me frapper avec cette putain de tringle... Il était comme fou... j'ai dû m'évanouir.

À ses pieds, une tringle gît, couverte de sang.

— OK, hurle le capitaine. Au pire, il a cinq minutes d'avance et c'est pas vraiment un sportif. On s'y met ! Sergueï, tu prends deux hommes : vous me ratissez les environs et vous me le ramenez. Hippolyte, tu m'appelles les pompiers et les militaires de C..., il faut qu'on arrête ce feu.

Mais tous savent déjà que ce ne sera pas suffisant, qu'il leur faudra un miracle pour sauver le Quartier. Que le monstre va tout engloutir, tout faire disparaître dans le néant. Un des hommes aide Mikhaïl à se relever et, tous ensemble, ils s'engagent dans le couloir. Et ils sortent à peine de la véranda quand le capitaine les arrête.

Et ce n'est pas le ciel de feu, ce ne sont pas les cendres dans le vent ni le grondement du monstre qui l'ont stoppé. Un attroupement bouche le bas de l'escalier et déborde sur la cour. Une dizaine d'hommes tentent de contenir un jeune qui s'agite dans tous les sens. Malgré la cohue, malgré la folie, le capitaine reconnaît immédiatement Evgueni Grisov.

Et quand celui-ci lève les yeux vers la véranda et rencontre le regard du capitaine, il sourit. *Dis-moi que je me trompe. Dis-moi que tu arrives maintenant par hasard.* Mais il sait bien qu'il voit là, face à lui, souriant comme un diable, le visage du monstre. Que ce sont là ses dents, ses yeux luisants. *C'est lui qui a fait ça.*

TTTTTOOOOOOOOOOAAAAAAAAANNN

« Trois hommes se portent volontaires pour plonger dans le sous-sol inondé du réacteur afin d'ouvrir les vannes d'évacuation et de drainer l'eau. Notre enquête a permis d'établir qu'un seul d'entre eux connaissait l'emplacement de ces vannes. Il s'agit d'Alexeï A., l'un des ingénieurs travaillant à l'Usine. »

Une seconde auparavant, alors qu'Illya n'avait pas tabassé Mikhaïl, Evgueni attendait encore derrière le hangar des camions. À travers la barrière de la base militaire, il suivait Alexeï qui arrivait à toute allure avec la voiture. Dérapant juste avant le grillage, son frère ne prit même pas le temps d'éteindre le moteur : il bondit hors de la voiture et courut à sa rencontre.

— Saute par-dessus, il faut qu'on y aille, hurla-t-il.

— Pas aujourd'hui, Alexeï. Si je reste pas à la base, j'en prends pour deux mois au moins. Je suis réquisitionné pour deux jours, je l'ai dit à Mère. On part dans une demi-heure sur la frontière.

— Ev, je sais… Mais c'est rapport à Illya. Des flics ont débarqué au Quartier. Une quarantaine. Ils viennent de le choper…

Evgueni ne prit pas la peine d'écouter la fin de la phrase – il empoigna le grillage et se mit à l'escalader. Et si Téliakov l'avait vu faire, s'il avait pu admirer cette puissance folle, ces gestes de grands dominateurs pour qui il n'est nul obstacle, il aurait peut-être senti à quel point Evgueni Grisov ne pourrait pas être arrêté. Il n'y avait qu'à voir la manière dont il s'était laissé retomber, dont il s'était redressé ; il n'y avait qu'à voir le regard qu'ils avaient échangé avec Alexeï. Et tandis que son frère lui expliquait ce qui se passait, Evgueni courait déjà jusqu'à la voiture et prenait le volant.

— J'ai fait ce que j'ai pu pour qu'ils le laissent tranquille sur le parking, pour le rendez-vous. Mais je te dis, ils sont au moins quarante. Ils ont fini par mettre la main dessus.

— Ça fait longtemps ?

— Un quart d'heure. Je suis venu aussi vite que j'ai pu, mais il y a des barrages sur la grand-rue. J'ai dû passer par chez les Roms.

— Ils ne doivent pas l'embarquer en ville. Pas aujourd'hui. Pas si près du but.

Evgueni conduisait comme un forcené et Alexeï s'étonna quand il le sentit freiner à quelques centaines de mètres de l'entrée du Quartier, du côté des friches. Au loin, il distinguait les deux voitures du barrage et derrière elles, sur la gauche, la tranche métallurgique qui dominait cette partie du monde, la seule partie de l'Usine qui avait été épargnée par les flammes en 96.

— Cours vers eux, lui murmura Evgueni, t'arrête pas.

Alexeï descendit et se mit à courir vers les trois policiers du barrage qui le mettaient en joue ; et sachant que leur punition viendrait au moment voulu, il continua à courir, et même quand il vit la voiture passer près de lui à toute allure et foncer vers leur barrage, il continua à courir. Une seule chose comptait. Tout donner. Et quand Evgueni se jeta sur le bas-côté juste avant que la caisse ne percute le barrage, il ne faisait, lui aussi, que tout donner.

Les policiers se jetèrent à terre pour éviter le choc. Mais quand ils se relevèrent, Evgueni et Alexeï s'avançaient déjà vers eux et leurs démarches étaient amples et se gavaient du monde et leurs démarches étaient seigneures. En quelques coups à peine, les deux frères se débarrassèrent d'eux. Sans attendre, Evgueni démarrait une des voitures du barrage, Alexeï sautait à l'intérieur, et ils fonçaient jusqu'au parking où stationnait la demi-brigade de Karpov. Là seulement, ils s'arrêtèrent. Putain, ils sont trop nombreux, murmura Evgueni, les dents serrées. Il se tourna vers Alexeï, indécis pour la première fois de sa vie. Mais Alexeï ne le regardait pas, il ne regardait pas non plus les flics ou le parking ; il regardait le monstre à gueule rouge qu'il avait vu en rêve. Il regardait l'Usine qui l'appelait. Passe par là, à droite, trancha-t-il d'une voix sourde. On va les occuper. Ils foncèrent vers les cuves de gazole qui servaient aux alimentations de secours de la tranche métallurgique. À peine arrivés, ils se mirent au travail. Pendant qu'Alexeï ouvrait les vannes, tout à la précision hallucinée, tout à la rapidité folle de ses gestes, Evgueni plaquait la voiture contre une des cuves et déchirait sa chemise en deux. Il en jeta un bout à son frère et enfonça l'autre dans le réservoir. Et quand Alexeï eut fini de tirer deux tuyaux de vidange en haut de la cuve, Evgueni mit le feu au réservoir et jeta l'autre extrémité des tuyaux dans les flammes qui léchaient déjà la voiture. Et tout cela, et attendre que le feu grimpe de la voiture à la cuve et le voir grimper et le prier de ne jamais s'arrêter et de s'attaquer à la cuve et au reste de gazole et le voir enfler le voir exaucer leurs prières et s'éloigner parce que les flammes avaient pris leur souffle, parce qu'elles trouaient déjà le toit, et sourire, et tout cela ne leur avait pris qu'une seconde. Et quand les deux frères quittèrent l'Usine, les flammes derrière eux comme le seul tableau qui fut réellement à leur mesure, on entendait déjà le monstre qui hurlait.

TTTTTOOOOOOOOOOOOAAAAAAAANNNNN

Ils contournèrent ensuite la cave par la droite, laissant les flics sortir de la chicane et faire face au monstre qu'ils venaient de libérer. Et s'engouffrant dans leur dos, ils se dirigèrent vers la 1404. Mais au moment où ils allaient franchir le hall, leurs regards furent attirés par un mouvement dans la rue qui longeait l'arrière de la barre. Ils se tournèrent et aperçurent Illya et leur mère, sur le côté de la barre. Leur frère s'était jeté de la salle de bains – il était à terre, blessé, il gémissait. Leur mère l'aidait à se relever. Et à cet instant, Illya et la mère durent sentir peser sur eux le regard d'Alexeï et d'Evgueni, et le monde laissa se former entre eux de ces brèches qui sont à l'honneur du monde : ils se redressèrent et les virent qui les fixaient, qui n'osaient même pas les appeler.

Sans attendre, Alexeï se dirigea vers eux. Arrivé à leur hauteur, il passa un bras sous l'épaule d'Illya et lui demanda s'il pouvait marcher. Son frère lui fit signe que oui. Alexeï se tourna alors vers sa mère et lui murmura :

— Tu as trouvé Pesha.

Ce n'était pas une question et Anna le sentit tout de suite – Alexeï l'avait vue aller au camp des Roms. D'une manière ou d'une autre, il l'avait vue, elle en était sûre – il était son fils.

— Oui, répondit-elle simplement. Elle vous attend près du chêne.

Ses lèvres ébauchèrent un sourire fugace – et quand ses deux fils firent mine de s'éloigner, elle les retint un instant et glissa quatre ou cinq pierres noires dans la poche d'Illya. Dès qu'elle eut fini, Alexeï inspira et souleva Illya – et ensemble, ils se dirigèrent vers les friches. Avant de disparaître derrière la barre, ils se tournèrent vers Evgueni et esquissèrent un geste infime de la tête. Et Evgueni leur rendit ce geste infime, et quand ils eurent disparu, l'aîné sourit un instant à sa mère,

et le vent aux lèvres parfaites souriait lui aussi.

Et quand le monstre les rappela à l'ordre, quand il hurla son TTOOOOOOOOAAAAANNNNN,

tout était prêt, tout était en place sur l'échiquier, et sans attendre, Evgueni se dirigea vers le hall – et il souriait comme il n'avait peut-être jamais souri.

Et il sourit toujours quand il plaque le premier des policiers qui se présente contre l'escalier. Les autres hommes tentent de le retenir, mais Evgueni est trop fort, mais Evgueni est trop heureux pour qu'on lui résiste – et c'est à ce moment que Téliakov l'aperçoit depuis la véranda. D'instinct, du haut de l'escalier, le capitaine fait feu vers le ciel. Et tout s'arrête soudain. Et alors, après avoir balayé la cour de son regard de lave, Téliakov lance :

— Evgueni Grisov, j'ai autre chose à faire qu'à m'occuper de toi… Vous autres, vous allez me le mettre dans la pièce du bas. Il faut qu'on s'occupe du feu, qu'on organise l'évacuation et qu'on retrouve son frère.

Trois hommes s'occupent de menotter Evgueni et le poussent dans l'atelier. Téliakov passe devant eux sans même les regarder – il vient simplement récupérer son talkie-walkie. Il est en train de lancer ses premiers ordres quand Evgueni recommence à s'agiter. D'un coup de tête, il se débarrasse de l'homme qui est derrière lui. Puis, campé sur ses jambes, il bande ses bras pour arracher ses liens ; un instant, quand les flics comprennent ce qu'il cherche à faire, ils sont rassurés – certains ont même le temps d'esquisser un sourire. Mais Evgueni ne se contente pas de fermer les yeux, de retenir son souffle et de donner tout ce qu'il a. Il cherche quelque part en lui une pierre noire, il entend sa mère qui le guide vers elle,

et quand soudain il la trouve, le serflex cède.

Personne n'a jamais vu ça. Personne, Téliakov compris, ne pensait que c'était possible. Mais Evgueni ne s'arrête pas là – profitant de la confusion, il saisit l'homme à sa droite et le retourne comme un pantin et avant que quiconque ne bouge, il est derrière lui et lui pointe son arme contre la tempe.

— Vos flingues à terre, lance-t-il.

— Personne ne pose son flingue, réplique le capitaine d'une voix calme.

Instantanément, dans l'atelier, l'air se tend jusqu'à craquer, jusqu'à se fendre – et le seul bruit sur terre est le gémissement de l'homme qui saigne au sol, le nez fracassé. Les policiers qui sont dans la pièce braquent Evgueni et ceux restés dans la cour hésitent à entrer. Téliakov veut les arrêter du regard – et pendant une seconde, personne ne regarde Evgueni, et d'instinct, il tire deux coups de feu dans l'ordinateur et l'antenne. Et quelque chose doit le protéger et un vent aux lèvres parfaites doit le dérober aux folies des policiers, parce que aucun homme ne réagit de travers. Les policiers pointent tous leur arme plus haut et fixent leur regard plus fiévreux sur lui,

mais personne ne tire.

Et quand le monde semble stabilisé, Téliakov se tourne vers Mikhaïl. *Combien de temps sont-ils restés seuls dans la salle de bains, avec Illya ?* Pas deux minutes : il n'a même pas eu le temps de s'inquiéter. Tout est allé si vite. Et puis, il n'a pas l'air de simuler. *Déjà tout à l'heure, sous l'arbre, il a ramassé de sacrés coups, mais là, il a pris une véritable raclée.* Il scrute son visage tuméfié, sa chemise déchirée ; et ne trouvant rien de probant, de dépit, ses yeux glissent sur la table, sur l'antenne et l'ordinateur détruits,

sur tous ces grains de sable au sol.

Ils sont seuls à présent, se dit-il. Isolés du reste du monde. Il faudrait un miracle pour qu'ils s'en sortent.

— Je vous laisse vous occuper du feu, lance soudain Evgueni. Je reste là, je vous attends. La seule chose que je vous demande, c'est de foutre la paix à mon frère.

— Et si c'est lui qui a fumé ton père et qu'il faut partir à sa poursuite ? lance un des hommes.

— De toute manière, vous en avez pour des heures à le retrouver. Et le feu n'attendra pas.

TTTTTOOOOOOOOOOOOAAAAAAAANNNNN

— OK les gars, baissez vos armes, tranche Téliakov. Mais, tu le lâches, lance-t-il à Evgueni.

Les hommes s'exécutent rapidement, et Evgueni relâche son homme qui s'éloigne en se massant l'avant-bras.

— Sergueï, viens par là, reprend Téliakov. Vous, les autres, attendez dehors, il arrive.

Evgueni se plaque contre le mur et les laisse passer. Sur la table, à côté de l'ordinateur fumant, le capitaine prend une feuille et un stylo et trace rapidement un plan du Quartier. Il murmure à Sergueï penché sur lui, ponctuant ses phrases de tapotements de la pointe, fixant sur la feuille un réseau de points, de croix, de petits ronds, d'initiales. Quand il a fini, Sergueï s'éloigne sans jeter un regard en arrière.

— OK les gars… l'entend-on gueuler une fois qu'il est dehors.

— Vos hommes vont quand même tenter une battue ? lance Evgueni, la voix pleine de mépris.

— Non, répond le capitaine. On va essayer d'évacuer ton foutoir. Mais…

Il hésite un moment, fixant le fond obscur de la pièce, et finit par se décider :

— Je vais aller m'occuper du feu. Promets-moi que je te retrouverai quand j'aurai fini, que tu nous expliqueras ce qui s'est passé, et tu as ma parole que je laisserai ton frère tranquille.

— Je vous attends.

Alors Téliakov sourit imperceptiblement, et il s'éloigne sans se retourner. Mais son sourire disparaît quand il sort dans la rue quelques instants plus tard, quand il retrouve face à lui le feu Immense, le feu Fracas, quand il retrouve le feu Titan qui hurle son chant de mort. Un regard lui suffit pour savoir que comme à l'époque, rien ne pourra arrêter ce monstre à gueule rouge. Rien. Avant de se lancer dans cette bataille perdue d'avance, Téliakov fait une dernière fois face aux flammes,

et les flammes le regardent ;

elles savent qu'elles dominent le Quartier, elles le font craquer entre leurs dents rouge et or,

et pour cela, elles hurlent leur gloire

TTTTTTOOOOOOOOAAAAAAAANNNN

« Équipés de combinaisons de plongée, A. et ses deux partenaires s'enfoncent sous le réacteur et parviennent à relâcher les soupapes à temps. Ils évitent ainsi une catastrophe qui se serait révélée bien plus grave que l'explosion initiale. »

Evgueni a attendu quatre ou cinq heures dans l'atelier. Quatre ou cinq heures à se dire que chaque minute où le capitaine ne revient pas est une minute de gagnée pour Alexeï et Illya.

Il a d'abord entendu le Quartier hurler sous les assauts du monstre feu qu'Alexeï et lui ont libéré ; mais soudain, un autre monstre a fait son apparition – l'orage démentiel qui avait menacé toute la journée s'est s'abattu sur le monde. Et personne n'avait jamais vu ça – c'étaient des trombes d'eau irréelles, c'étaient des bourrasques folles, des éclairs comme des signes du ciel. Et seul ce monstre orage,

seul ce déluge de fin du monde pouvait espérer tenir tête à l'incendie qui avait déjà ravagé plusieurs barres.

Et les deux monstres avaient lutté pendant pratiquement cinq heures, et les hommes avaient appris,

au milieu des flots déchaînés, au milieu des flammes qui hurlaient leurs morts,

et les hommes avaient appris à quel point ils n'étaient rien. Pendant ces quatre ou cinq heures, ils avaient vu les flammes tenter d'embraser les cieux et les cieux s'abattre sur les flammes et se montrer inflexibles et noyer le monde dans leurs eaux de colère. Les pompiers n'étaient même pas venus. Les eaux folles avaient rendu toutes les routes de la région impraticables. Les affluents du Dniepr avaient débordé et avaient emporté les ponts des environs. Partout, c'était la désorganisation la plus totale, l'anarchie – partout, c'étaient des hommes minuscules qui se débattaient au milieu du combat des Dieux.

Et quand le capitaine et Mikhaïl entrent l'un derrière l'autre, totalement trempés, Evgueni voit à leurs pas épuisés, à leurs épaules voûtées, il voit à leurs yeux la raclée qu'ils viennent de prendre. Les deux hommes sont couverts de suie et de cendre, comme s'ils avaient plongé la tête dans un seau de pétrole ; et leurs visages se confondent presque, mais dans la fatigue, mais dans l'impuissance,

mais dans l'ombre qui les recouvre.

Ils ne doivent leur survie qu'à la chance, qu'au hasard, et c'est cela la marque noire sur leurs épaules, sur leurs poitrines et dans leurs yeux – la marque du hasard.

Et pourtant, quand il voit Evgueni assis par terre contre un mur, qui lève les yeux sur eux, Téliakov ne peut s'empêcher de sourire. Il se laisse tomber sur sa chaise, face à lui. Mikhaïl va se passer de l'eau sur le visage, puis s'adosse au mur en se massant la nuque. Les dernières pièces sont en place, campées sur l'échiquier ravagé. Et sans qu'il n'y ait ni signe ni demande, Evgueni se met à parler, il ouvre.

— Depuis peut-être un mois, un peu plus, début juillet, il y a une embrouille entre Illya et le père. Une histoire de fille…

Mais pour bien comprendre, il faut dire que tout avait commencé avant – quand Blanche avait failli tout gâcher, ce fameux soir où Illya s'était évanoui. Et Evgueni se souvient – de cette angoisse, de cette rage soudain dans ses veines ;

ils revenaient de leur coup chez le Marquis. Ils avaient fait trois fois le tour du bloc des 1300 pour semer l'Immanus et ses gars qui les avaient pris en chasse. Ensuite, ils étaient passés au garage de Piotr, pour cacher la came. Mais on ne pouvait jamais vraiment savoir. Et comme s'ils n'étaient pas suffisamment à cran, en entrant dans l'atelier, ils avaient trouvé Illya par terre, en train de vomir. Blanche était à genoux près de lui, elle pleurait à moitié, elle lui essuyait le visage. Elle était terrifiée, elle avait essayé de les prévenir par téléphone, balbutiait-elle, elle avait même essayé d'appeler l'hôpital, mais ils n'avaient pas voulu envoyer une ambulance.

— Il faut l'emmener aux urgences, avait lancé Piotr.

— Je vais chercher la caisse, avait enchaîné Fiodor.

Alexeï n'aurait jamais dû le faire sortir, voilà ce qu'ils pensaient tous sans oser l'avouer. Et ils avaient peut-être raison, se disait Evgueni : Illya était couvert de sueur, il tremblait de la tête aux pieds, il hoquetait, il délirait sans discontinuer. Evgueni avait hésité un instant à les voir tous ainsi, tournés vers lui. Et puis soudain, il l'avait sentie – cette rage dans ses veines, cette envie d'arracher quelque chose ; il se souvient, comme elle avait déferlé tout à coup, comme elle lui avait crispé les poings. Il se revoit murmurer :

— Non, c'est bon, rentrez tous chez vous, je vais m'en occuper.

Les autres avaient bien essayé de l'en dissuader, mais il n'avait rien voulu savoir : il avait porté Illya dans sa chambre et il les avait tous chassés – il était tellement énervé qu'il avait gueulé à Alexeï de dégager. Une fois qu'il s'était retrouvé seul avec Illya, il l'avait posé sur son lit, il lui avait passé de l'eau sur le front et l'avait forcé à boire un peu. Ensuite, il s'était assis contre le mur au pied du lit et l'avait écouté marmonner des heures durant. Et ensemble, ils s'étaient enfoncés dans la nuit. Et la nuit était si noire que, par moments, Evgueni avait comme l'impression que quelqu'un d'autre, que la nuit elle-même était assise près de lui, contre le mur. Comme un vent moite, comme une vieille édentée, ridée abominablement, elle fumait elle aussi, les yeux bridés, les yeux dans le vague – elle murmurait tout ce qu'il n'osait pas murmurer. Combien de temps tu les as laissés ? Une heure, peut-être même pas – il essayait de lui répondre. Mais la nuit au visage parcheminé revenait sans cesse à la charge. Qu'est-ce qui s'est réellement passé ? Est-ce qu'il s'est vraiment évanoui ? Est-ce que Blanche l'a provoqué ? Et Evgueni ne trouvait rien à répondre ; il avait laissé la nuit édentée insinuer ce qu'elle voulait – il était resté assis contre son mur, à tirer sur ses clopes, à boire son aquavit à la bouteille,

à attendre que le murmure passe.

L'aube l'avait trouvé recroquevillé par terre, au pied du lit d'Illya. Quand celui-ci s'était réveillé, Evgueni l'avait senti – il avait tout de suite ouvert les yeux. Il s'était redressé et il se rappelle encore le premier regard d'Illya, quand il avait reconnu la chambre de son frère. Il avait compris qu'Evgueni avait refusé qu'on l'emmène à l'hôpital, malgré l'affolement de Blanche, malgré la peur, le dégoût des autres. Il avait fixé son frère pendant un long moment, sans rien dire – et lentement, il s'était rendormi, épuisé. Et à cette manière de le remercier en silence, Evgueni avait senti que cette chose mystérieuse qui avait toujours existé entre son frère et lui était demeurée pure. Qu'il n'avait rien à reprocher ni à Illya ni à Blanche.

Il s'était rappelé quand il l'avait retrouvé la première fois, dans les friches, six ou sept ans auparavant. Il revoyait son visage hébété. Illya était assis au milieu des herbes folles, près d'un camion couvert de rouille, les yeux dans le vague – il n'avait pas semblé les voir s'approcher, Alexeï et lui. Sans rien dire, Evgueni l'avait pris dans ses bras. Et aujourd'hui encore, il se rappelle comme il tremblait. Six, sept ans et il sent encore son tremblement dans ses mains. Et pour ce tremblement, jamais il ne laissera personne le toucher. Personne. Il se l'est promis. Et sur cette promesse, un instant il se tait.

Et dans le fond d'une obscure boutique, de l'autre côté de la nuit, le vent murmure à sa sœur l'ombre ; il sourit, il boit à sa tasse, il reprend là où Evgueni vient de se taire – il raconte que l'aîné des Grisov avait tenu cette promesse jusqu'au lendemain du coup chez le Marquis. Que ce jour-là, elle était devenue autre chose qu'une simple promesse – elle s'était changée en monstre. Parce que ce jour-là Illya avait fait quelque chose qui n'avait pas de prix pour son frère.

Doucement le vent souffle sur sa tasse brûlante, il souffle entre ses lèvres parfaites, et il ajoute : les Piotr, les Ossif, les Alexeï, les Fiodor et les Aslan avaient beau être ce qui comptait le plus aux yeux d'Evgueni, ils avaient beau le connaître comme un frère, au fond, aucun d'entre eux ne savait d'où venait toute cette rage en lui. C'est ce que tu dis toujours, Atropolina – les autres, c'est du mystère.

Et sur ces mots de sa sœur l'ombre, le vent se tait à son tour ; il savoure le liquide brûlant qui le traverse de part en part – il goûte son âcre, son fumet, il aime cette pointe de douceur en fin de gorgée. Et cette malédiction, ce jour-là, Illya l'a brisée. Et il n'a pas eu à suivre son frère pendant des années – il n'a pas eu besoin de toutes ces bagarres, de ces filles, de ces coups – il lui a suffi d'à peine dix secondes. C'était le matin donc, et il allait déjà mieux, va savoir pourquoi, Atropolina. Il s'était relevé, pour marcher un peu. Evgueni l'avait croisé dans le couloir, en haut. On n'y voyait rien ou presque, la lampe était morte depuis des années. Illya s'était arrêté et avait dévisagé son frère en silence.

Le vent avale une nouvelle gorgée brûlante, il la laisse prendre sa place en lui – se dilater jusqu'à ses doigts, jusqu'à ses yeux mêmes. Et soudain, dans un murmure, reprend-il,

Illya avait demandé à son frère s'il était toujours aussi seul. Leurs yeux s'étaient cherchés dans l'obscurité, leurs yeux s'étaient trouvés fleur rouge dans le vent, et Illya avait lu ce que personne d'autre n'avait lu nulle part. Qu'Evgueni ne faisait en définitive qu'une seule chose de sa vie. Hurler. À toutes ces filles qui se tordaient sous lui, à tous ces gars qu'il tabassait. Hurler à tous la même chose : qu'il était là. Et aucun d'entre eux, et aucune d'entre elles, jamais, ne comprenait. Et rien ne le soulageait. Est-ce qu'Illya avait vraiment deviné ? murmure le vent, fasciné. Peu importe, aujourd'hui encore, Evgueni n'en revient pas. Quand j'étais petit, avait repris Illya, tu ne parlais jamais : j'avais… j'avais l'impression que… que tu étais l'homme… l'homme le plus seul du monde. Plus que Père, avait-il continué, les yeux au sol. Il n'avait pas fini sa phrase, sans doute arrêté par la trop faible distance à la vie, par la largeur du couloir. Il était simplement parvenu à sourire

son sourire Mélancolie.

Comment a-t-il pu lire tout ça dans le couloir ? Evgueni n'en sait rien et ne le saura sans doute jamais. Mais cela n'a aucune importance, mais une seule chose compte en définitive : ces quelques secondes dans le couloir, ces deux trois phrases, et pourtant vagues et incomplètes,

ont transformé sa promesse

en fleur rouge.

Mais la vie est une pierre noire dans des paumes ridées, et nul ne peut savoir quand elle s'arrêtera de rouler. Le lendemain, quand Evgueni avait voulu reparler à Illya, celui-ci avait disparu. Pendant une semaine, jusqu'à la fête du Quartier, il ne l'avait pas vu. Il ne savait même pas où il était. Il avait beau se rencarder partout, personne ne savait rien. Et tout à coup, alors que la fête allait commencer, c'étaient les Roms eux-mêmes qui l'avaient abordé. Aujourd'hui encore, Evgueni n'en revient pas – ils étaient venus le chercher jusqu'à l'intérieur du Quartier, chose qu'ils ne faisaient jamais ou presque. Ils étaient apparus soudain, juste devant la barre 1404 – alors qu'il allait rejoindre les autres. Ils avaient planté leurs regards gitans en lui et lui avaient murmuré d'arrêter de s'occuper de son frère. Tôt ou tard, tu finiras chez nous. Tu sais ce que ça veut dire. Tu les lâches. Evgueni sent encore sur ses bras la haine la sueur qui ruisselaient. Et les Roms lui demandaient d'arrêter ? Il aurait voulu les massacrer, histoire de leur faire comprendre ce qui lui coulait dans les veines. Mais il connaissait les règles : il ne pouvait pas s'attaquer à ces Roms-là. Ils étaient pires que le Marquis. Pires que les Vors, peut-être. Il avait fini par cracher C'est bon. Et les Roms avaient disparu comme ils étaient venus, laissant derrière eux cette odeur de sueur huileuse qu'ils traînaient partout. Et les yeux d'Evgueni glissaient sur la place, et ils ne voyaient plus rien – ils étaient dans le vague, dans le grand vague, ils se demandaient ce qu'Illya pouvait avoir à faire avec les Roms.

Mais la vie ne s'était pas arrêtée de rouler pour autant. Et ce soir-là, après la fête, il était à peine rentré dans sa chambre que le père lui était tombé dessus – il devait l'attendre, caché quelque part, tapi dans l'ombre du couloir, à remuer des raisons qui étaient proprement incompréhensibles, des raisons qui étaient la substance même de la nuit, qui étaient le cœur noir de la nuit. Le père l'avait soulevé comme lui seul pouvait le faire et l'avait plaqué contre le mur, avec son avant-bras droit fiché dans le cou.

— Alors, c'est toi qui es avec elle ?

— De quoi tu parles ?

— Joue pas au con. C'est toi qui es avec elle ?

— Qui ça, putain ? avait-il réussi à cracher.

— Tu sais qui. Pesha, la Rom.

Alors Evgueni s'était moqué de sa clavicule broyée, de l'envie de résister, de l'envie d'essayer une fois encore de le renverser, de l'envie de lui montrer enfin, alors Evgueni avait souri et il s'était relâché et c'était presque tranquillement qu'il avait attendu que le père se calme. Et son père avait fini par le lâcher et l'avait laissé respirer, et son père s'était reculé dans le couloir, il s'était adossé au mur, les pieds légèrement en avant – et aujourd'hui encore, Evgueni en est sûr, il serait tombé si le mur n'avait pas été là. Lui s'était penché et avait vomi un peu de bile. Et quand il avait levé la tête, il l'avait aperçue,

la fleur rouge

– le père appuyé si lourdement contre le mur, l'air absent,

le père pierre noire de tristesse, qui ne pouvait pas bouger, qui murmurait Il faut que je la voie il faut que je la voie. Jamais Evgueni ne l'avait vu comme ça.

— J'ai fini par apprendre que la fille s'appelait Pesha, c'est tout ce qu'Evgueni parvient à dire.

Et il ne peut faire plus – même regarder Téliakov dans les yeux serait trop dur. Et lui qui est un des derniers grands monstres que le monde connaîtra,

lui qui est un des fléaux du Quartier, de la ville, du pays,

lui peine pour respirer. Et Téliakov trouve là, dans ces tatouages qui se tendent, dans ces muscles qui ploient sous le grand poids de la vie, dans ces yeux qui se détournent malgré tout ce qu'ils ont traversé, il trouve là sa récompense. Evgueni n'a pas menti : il lui racontera tout ce qu'il pourra physiquement lui dire.

— Tu la connaissais, cette Pesha ?

— Vaguement…

— Et alors ?

Et alors ? murmure le vent en finissant sa tasse. Alors, les vents venus de l'Usine charriaient entre les barres toutes sortes de vapeurs et de rumeurs. Et une de ces rumeurs voulait qu'une certaine Pesha, une Rom qui habitait dans le camp derrière l'ancien stade, traînait avec un des fils Grisov. Nul ne sait comment, mais Lev Grisov avait fini par entendre cette rumeur. Mais Evgueni sait à présent que son père s'était trompé – qu'il avait cru que c'était lui dont parlait la rumeur.

À l'époque, il s'en moquait – il voulait simplement retrouver Illya. Et aujourd'hui encore, le vent lui souffle Rappelle-toi, les questions tournaient comme des chiens fous dans ton crâne, qui grondaient, qui montraient les dents ; la nuit ne te laissait plus dormir, elle te murmurait pendant des heures entre ses lèvres parfaites Ta promesse, rappelle-toi ta promesse, Evgueni Grisov. Et dans l'haleine chaude du vent, il revoit ce jour de la mi-juillet, ce jour où il avait craqué, où il s'était dit Putain. Il sent à nouveau la chaleur moite de la fin d'après-midi qui ne lâche pas le Quartier, il s'engage sur le chemin du campement des Roms, près du stade. Après une demi-heure de marche, il voit apparaître une trentaine de caravanes sales et usées jusqu'à la moelle, un dédale misérable dans lequel errent des chiens couverts d'une poussière orange. D'après la rumeur, Pesha vit chez un vieillard qui n'est ni son père ni son frère – un oncle lointain. Evgueni s'est renseigné : le groupe de Roms qui l'a menacé quelques jours auparavant est en ville et le camp est pratiquement désert. Il faut être prudent bien sûr, car les Roms ne plaisantent jamais avec les étrangers. Mais il ne renoncera pas ; et cette tension dans son dos est de ces tensions parfaites qui ont toujours couru dans le cristal de sa vie, de celles qui maintiennent ensemble tous les instants de son existence ;

il sait exactement où il pose les pieds, et les Roms le savent aussi ;

quand il dépasse les premières caravanes, les enfants cessent de jouer, les jeunes se relèvent de leurs moteurs ou de leurs tables de jeu, et ils le dévisagent comme seuls les Roms savent dévisager, avec cette sorte d'incrédulité et de concentration mêlées. Mais aucun d'entre eux ne fera la bêtise de venir le provoquer, Evgueni le sent, alors il continue d'avancer. Au milieu du camp, il finit par s'approcher d'un groupe de quatre qui jouent aux cartes. Il donne le nom du vieux qu'il cherche – sur la table, au milieu des verres et des canettes, deux flingues hors d'âge. D'un doigt couvert de bagues, un des Roms lui indique une caravane rouge à l'écart.

Devant la caravane, le vieux l'attend à l'ombre d'une terrasse de fortune et de poussière ; il écoute sa question sans s'étonner. Sa barbe blanche, hérissée sur sa peau tannée. Ses yeux presque jaunes qui le fixent. Ses mains noueuses, ses doigts salis par le mauvais tabac. Rien ne bouge. Il se racle la gorge et se tasse dans sa chaise longue.

— Ton père est venu me voir, il y a quelques jours. Il cherchait Pesha, aussi.

— Qu'est-ce qu'il lui voulait ?

— J'en sais rien. La revoir, j'imagine.

— La revoir ?

Un moment, le vieux hésite. Comme tous les Roms, il connaît Evgueni de réputation. Il sait ce qu'il est capable de faire, souffle le vent dans les fourrés brûlés. Il sait qu'il ne faut pas le chatouiller avec son père. Alors il se rembrunit et il commence à parler très bas.

— Regarde-moi, Evgueni Grisov. Je sais qui tu es. Je vais te dire ce que tu veux savoir. Mais je te préviens…

— Abrège, le coupe Evgueni.

— Comme tu voudras…

Le vieil homme se tait un moment, balaie la plaine cramée du regard, et soudain, il se lance :

— Je travaille dans les friches. Je récupère ce que je peux. Pesha m'accompagne parfois, elle m'aide à ramener ce que j'ai déniché, avec son vélo… Il y a quelques semaines, nous avons croisé ton père. Ou plutôt, Pesha a croisé ton père… Moi, je dormais. Je suis vieux maintenant : en plus de ne pouvoir porter mes trouvailles tout seul, il me faut souvent faire une sieste – sinon le cœur ne tient pas et la tête me tourne. Je dormais, donc. Et quand je me suis réveillé, ils étaient assis l'un en face de l'autre, accroupis, les yeux fermés. Si tu connais Pesha, tu sais peut-être qu'elle est comme sa mère… et comme la tienne, Evgueni Grisov… bref : elle lui parlait. Ils dormaient tous les deux et elle lui parlait.

Et dans ses yeux jaunis par les âges, au milieu des marais gris et des terres rouges qui se battaient pour le festin du monde, il s'était avancé vers Lev et Pesha. Entre eux, un petit feu de racines rougeoyait – et sur le feu, quelques fleurs de peyotl séchées, presque rouges, les enveloppaient de leurs fumées. Ils étaient sous l'emprise des racines et des fleurs. Et tandis qu'il s'approchait d'eux, il avait réalisé ce qu'il ose à peine avouer à Evgueni, ce que le vent aux lèvres parfaites murmure : Lev pleurait. Les larmes coulaient sur son visage couvert de poussière et il ne les retenait pas. Mais tout à coup, Pesha s'était tue et avait ouvert les yeux – elle devait l'avoir senti près d'eux. Juste après, Lev avait lui aussi ouvert les yeux, interdit, anxieux comme tous ceux qui s'arrachent trop vite aux pouvoirs du peyotl et de la Mescal. Il ne comprenait rien à ce qui lui arrivait. Il s'était tourné sur lui-même, comme s'il ne reconnaissait pas les friches autour d'eux. Il avait fini par remarquer le vieil homme à quelques mètres de lui. Et dès qu'il l'avait aperçu, quelque chose s'était éteint dans ses yeux. Il avait regardé longuement Pesha, puis il s'était levé et s'était rapidement éloigné, sans se retourner.

— Il y était presque…, avait murmuré Pesha d'une voix triste. Il allait lui parler… Il en avait tellement envie.

Et le vent aux lèvres parfaites entend le vieil homme répéter cette phrase d'un air absent avant de se taire. Ses yeux bridés le revoient jeter un œil sur Evgueni et apercevoir dans ses yeux ces monstres qui n'appartiennent qu'aux Grisov et qui sont attachés à leur légende. Est-ce qu'Evgueni va craquer ? Est-ce qu'il va se jeter sur lui et le punir d'avoir vu ce qu'il a vu ? Le vieil homme sent la fleur rouge dans ses veines, dans ses mains,

il sent le monde vaciller en attendant sa venue, son éclosion. Mais Evgueni se contient et fait quelques pas, abasourdi – sans même penser à se renseigner sur Illya, il s'éloigne. À ce moment-là, tout est fou en lui, et il en est à tenter d'y voir plus clair sans y parvenir, quittant le camp sans même s'en rendre compte, quand il aperçoit Illya entre deux caravanes. Son frère marche calmement. Il sourit. Il sait ce qu'il fait là. Il a la direction. Il va voir Pesha. Voilà où il était depuis tout ce temps, murmure Evgueni. Avec Pesha.

Et les yeux dans le vague, incapable d'en dire plus à Téliakov, Evgueni retourne à ce chemin, à ce soleil déclinant, à cette sensation horrible – imaginer le père pleurer ;

et la douleur est toujours là,

aiguille dans la chair du jour.

Et comme si cela ne suffisait pas, il était sur le chemin du retour, aux abords du stade, et soudain, il avait aperçu le père dans les fourrés. Celui-ci avait bien essayé de s'esquiver, de se plaquer à terre – comme un minable, comme un chien, mais ça n'avait servi à rien, Evgueni l'avait vu. Il était parvenu à s'empêcher de rire, de hurler, il avait donné tout ce qu'il avait pour ne pas se tordre les mains, pour avancer calmement. Il imaginait le regard effaré du père dans son dos, les questions, les peurs qu'il faisait naître par cette tranquillité, par cette assurance. Jamais il ne l'avait trouvé aussi méprisable. Jamais il ne l'avait aimé autant – souffle du monstre, gueule béante dans le ciel,

dans ses yeux.

À chaque pas, il refermait le piège que la rumeur avait ouvert; en marchant ainsi, en lorgnant ces terres chiennes avec des regards de propriétaire, il faisait plus que brouiller les pistes : à partir de ce moment, le père serait convaincu qu'il était en affaires avec la seule fille qui avait peut-être jamais pu quelque chose pour lui.

Et de cet instant fou que le monde avait engendré dans sa folie, il ne reste rien, murmure le vent aimant, quelques mots sur les lèvres d'Evgueni Grisov, des bouts de phrases, des mains qui tremblent. Il n'en dit rien ou presque. Parce qu'il ne peut pas plus. Parce qu'il donne déjà tout ce qu'il a.

— Et tu n'as rien fait pour le détromper, murmure Mikhaïl, fasciné.

Evgueni avait même fait pire ; et aucun capitaine, aucun adjoint au monde ne pourra le comprendre. Il avait continué à brouiller les pistes, il était retourné rôder autour du campement les jours suivants, sachant très bien que Pesha n'était pas là, sachant très bien que le père le suivrait et se traînerait dans la boue avec lui, et jouant son rôle à fond et restant concentré et tendu et mimant son désir son dépit de ne pas la voir et restant tout du long à ce dialogue d'amour de haine avec son père. Et ce dialogue avait duré des semaines, jusqu'à avant-hier, et pendant ces semaines Evgueni avait enfin pu aller au désert avec son père, se griffer avec lui dans les friches, se plaquer derrière les caravanes pour guetter les fleurs rouges dans le vent,

pendant ces semaines,

échouer son père et s'échouer avec lui.

— Mais comment ton frère a pu rencontrer cette fille ? demande soudain Mikhaïl.

Pour la première fois, Evgueni se tourne vers le jeune policier et le fixe ; et dans ses yeux de nuit, il n'y a ni mépris, ni haine, ni colère. Une lueur nouvelle a tout balayé. Grâce à Alexeï, voudrait-il murmurer. Il imagine son frère qui se débat dans la nuit, qui guide Pesha et Illya vers la zone d'interdiction – à présent, ils doivent être arrivés de l'autre côté de la décharge. Il se dit que dans quelques heures, si Alexeï revient, il arrivera peut-être à lui parler. À lui dire à quel point il a tout géré de main de maître. À quel point il a fait exactement ce qu'il fallait pour Illya – bien plus que quand il avait eu l'idée de le faire sortir. Grâce à Alexeï, murmure-t-il enfin.

Il se souvient très précisément du moment où il a appris que c'était lui qui était à la manœuvre – du moment où il a réalisé que quelqu'un d'autre que lui avait juré de protéger Illya et ferait tout, et ferait bien plus qu'il ne l'avait imaginé lui, pour tenir cette promesse.

Dès le lendemain de sa visite au camp des Roms, il s'était remis à la recherche d'Illya. Bien sûr, il s'était occupé de son père, mais cela lui laissait largement le temps de retourner le Quartier pour retrouver son frère. Il devait le revoir. Il devait lui parler. Il devait savoir. Et un soir qu'il était en train de devenir fou, qu'il avait saccagé sa chambre tellement il n'en pouvait plus, Alexeï avait fini par lui avouer qu'il savait où il était. Evgueni s'était tourné vers lui – complètement hors de lui, prêt à le massacrer. Il se souvient,

il croise ses yeux, il s'arrête dans l'instant – incapable de bouger, stupéfait. Pour la première fois, il réalise comme les yeux de son frère ressemblent à ceux du père, comme ils luisent du même éclat sombre.

— Illya est chez grand-mère, murmure Alexeï – et quand il prononce ces mots,

Evgueni est suspendu à ses yeux et il éprouve cette peur, ce respect que seuls son père et Alexeï appellent chez lui. Son frère est peut-être le seul être sur Terre à oser lui tenir tête. Et à cet instant, ses yeux sont limpides, ses yeux sont des eaux noires : ils le préviennent que c'est lui qui décidera pour Illya. Ils annoncent que lui aussi est prêt à tout pour le protéger, que lui aussi a promis. Mais Evgueni devine que cette résolution est plus profonde, plus inouïe encore que la sienne. Qu'il est prêt même à le protéger de *lui*. Evgueni peut presque sentir cette violence, cette colère terrible qui habite Alexeï – cette autre face de l'amour noire qu'il porte à Illya.

— Et… on peut aller le voir ? demande-t-il, la voix étranglée, fasciné par ce qu'il découvre.

— Oui… Maintenant, on peut, répond Alexeï – et il ne sourit même pas.

Quand ils arrivent chez la grand-mère, ils entrent sans sonner, comme ils font toujours. Dans la cuisine, Evgueni retrouve les meubles du fonds de solidarité. Les pierres noires, les colliers de tolis qui traînent partout. L'encens qui embaume tout. Les herbes étranges qui infusent dans une casserole, sur la gazinière antédiluvienne. Il s'est toujours dit que cela au moins ne changerait jamais : l'appartement d'Evguenia est un des rares endroits où il se sent bien, où la colère retombe,

une fleur rouge dans la nuit.

Mais cette fois-ci, quelque chose a changé ; on a poussé la table contre un mur et on a installé à sa place un vieux lit de camp. La grand-mère et Pesha sont penchées sur le lit. Et sur le lit, une forme gît.

Un homme.

Un homme qui tremble de fièvre, qui délire alors que Pesha lui éponge le front. La grand-mère finit par sentir leur présence et se retourne vers eux en souriant. Elle n'a pas peur d'eux. Elle sait qui ils sont et à quoi ils occupent leurs journées et pourtant elle sourit. Et ce sourire protège Pesha plus que ne l'aurait fait toute autre force. La vieille femme s'avance simplement vers eux pour les embrasser, et Evgueni la serre un moment dans ses bras – puis son regard croise celui de Pesha qui s'est retournée.

— On cherche Illya, ose-t-il.

— Il revient, répond simplement Pesha… Attendez-le ici avec nous.

Et tandis que l'atelier plonge dans la nuit, dans les yeux d'Evgueni, tout est si calme ce soir-là ; tout est assourdi, sépia, tout est parfait comme les lèvres de certains vents.

Et tard dans la nuit, Illya rentre. Il fait déjà bien sombre dans l'appartement, mais l'obscurité n'a pas tout englouti. Evgueni peut voir la tendresse avec laquelle Pesha l'accueille, avec laquelle Illya la prend dans ses bras et l'embrasse. Et puis ce regard neuf, incroyablement calme, quand son frère se tourne vers lui et lui sourit. Après quelques mots murmurés à Pesha, Illya les conduit Alexeï et lui dans la minuscule chambre à coucher. Il s'assied à même le sol et leur désigne, d'un geste vague et timide, le lit de la grand-mère. De sorte qu'il peut baisser les yeux et que ses frères peuvent poser leurs regards sur lui et l'embrasser tout entier.

Quand il commence son récit, l'étrange douceur de sa voix surprend à nouveau Evgueni, comme à chaque fois. Et il n'entend ni cette diction si particulière ni ces bégaiements qui ont fait passer Illya pour un idiot toute sa vie – seulement sa douceur. Et quelque chose de cette douceur a dû se transmettre à lui, et quand il reprend son récit à Téliakov, c'est elle dans ses yeux, dans ses mains,

elle dans sa voix.

— Il avait eu la mauvaise idée de suivre des Gitans, tout est parti de là. Il était en ville, début juillet, à nous attendre, Alexeï et moi, à la gare centrale…

Et s'il se tait, si sa voix s'éteint, le vent aux lèvres apaisées reprend son récit, il caresse la poussière de l'atelier,

il tresse,

il murmure que ce jour-là Illya était assis sur son banc dans la salle principale. Il goûtait au miracle de l'après-midi : son crâne le laissait tranquille. Il observait la foule, il souriait au monde. À un moment, son attention avait été attirée par un groupe qui traversait la grand-salle. Des Roms. À une dizaine de mètres d'intervalle, cinq ou six jeunes qui marchaient dans la même direction, qui frôlaient les badauds et les délestaient de leurs portables, de leurs porte-monnaie, avec une agilité, avec une maîtrise stupéfiante. Entre deux ratissages, le groupe faisait une pause contre un mur, à mastiquer un cure-dents, à lire des journaux gratuits ou à surveiller les flics. Illya était fasciné. Il n'arrivait pas à leur attribuer un âge précis : ils avaient en eux, au repos, quelque chose de vague, d'indéterminé, qui leur donnait un air d'adolescents, d'ébauches. Mais quand ils se remettaient en marche, un raidissement, une tension les prenait tout entiers, qui les vieillissait subitement. De son banc, il les aurait admirés des heures si un flic n'avait commencé à suivre l'un d'entre eux. Les Roms n'avaient eu besoin ni de signe, ni de cri : en un instant, ils avaient tous disparu, et le flic n'avait rien compris. Illya, par chance, les avait vus s'enfoncer dans une des bouches de métro du hall. Il les avait suivis aussi vite qu'il avait pu. Ils avaient pris la ligne 3 puis avaient changé deux fois de direction, s'écartant et se rejoignant plusieurs fois dans chaque station. Illya était subjugué : pas une seule fois, ils n'avaient regardé en arrière. En bout de ligne, ils étaient sortis du métro et ils s'étaient enfoncés dans les rues sombres qui bordaient le périphérique. Illya avait continué à marcher, incrédule, jusqu'à ce qu'au détour d'une rue, ils ne lui tombent dessus. En quelques coups, il s'était retrouvé à terre.

— Tu fais quoi, là, exactement ?

— Tu crois qu'on t'a pas capté ?

Au-dessus de lui, comme un songe, leurs voix se mêlaient en rythme,

violentes et abruptes,

et il ne démêlait rien de ce qu'ils disaient ;

c'était une sorte de chœur face à lui, et ce que dit le chœur, quel qu'il soit, dépasse toujours de très loin celui à qui il s'adresse. Et un vent mauvais, un vent aux lèvres gercées et vengeresses, un vent moite roulait dans la rue, et les Roms voulaient le finir – ils parlaient de le balancer dans une poubelle. L'un d'entre eux l'avait soulevé comme si de rien n'était et l'avait plaqué contre un mur. Et sous la violence du choc, Illya devait avoir à moitié perdu connaissance. Quelques secondes à peine, sans doute, mais quand il avait ouvert les yeux, tout était fini déjà – les Roms s'éloignaient dans la rue, sans se presser – grands seigneurs qui râlaient, les mains dans les poches. Illya ne comprenait plus rien. Il lui semblait que quelqu'un s'approchait de lui – une jeune fille peut-être. Qu'elle essuyait son visage en sang avec un mouchoir. Par moments, il apercevait son cou parfait. Le bleu de ses yeux. Les hésitations de sa main,

la grâce de ses gestes au-delà de toute grâce,

toutes ces choses qui ne pouvaient pas même avoir de nom. Peu à peu, il croyait se remettre ; mais soudain, une douleur atroce avait fendu son visage en deux, et l'avait éparpillé sur le sol comme un millier de tolis,

et le vent aux lèvres de sang avait souri une dernière fois.

Evgueni et Alexeï l'avaient laissé se taire à ce moment-là ; ils connaissaient Illya. Ils avaient toujours dû se contenter de miettes avec lui et cela ne les dérangeait plus. Et ce sont ces mêmes miettes qu'Evgueni livre à son tour, avec la même difficulté, avec les mêmes efforts, à Téliakov et à Mikhaïl.

— Illya s'est réveillé il y a un peu plus d'un mois. Un samedi, il a dit en souriant. Il se souvient de tout, Illya.

Evgueni le revoit. Comme il avait aimé le voir se souvenir de ce réveil. Le revivre. Et murmurer par moments, tellement il n'en revenait pas.

Quand il avait ouvert les yeux, il se trouvait à l'intérieur d'une caravane. Il s'était redressé sur les coudes, très lentement. La fille était là, de dos, assise au pied de son lit. Elle s'était retournée, ayant senti le léger mouvement qu'il avait imprimé au monde en se redressant. Elle l'avait scruté en silence. Il ne savait combien de temps ils étaient restés ainsi, à sourire, n'osant rien dire. Finalement, elle s'était levée et était allée chercher quelque chose dans la cuisine de la caravane.

— Comment tu te sens ? avait-elle lancé.

— Hum... ça... ça va.

Toujours affairée et toujours invisible, elle lui avait raconté la crise le retour le sang. Il y avait dans sa voix un calme, une assurance qu'il n'avait jamais rencontrés nulle part. Et ses yeux quand elle était revenue, portant un plateau de nourriture. Ses yeux, avait-il murmuré face à ses frères. Ses yeux, c'était fou.

— Voilà pour toi. Tu dois mourir de faim. On m'a dit que la première chose que tu devais faire, c'était de manger pour reprendre des forces...

— Combien... combien de temps je suis resté ici ?

— Ça fait trois jours. Quand j'ai vu que tu ne te réveillais pas, j'ai pris peur. J'ai fouillé dans tes affaires : j'ai trouvé un numéro. J'ai appelé, je suis tombée sur ton frère. Il est venu tout de suite.

— Mon... mon frère ?

— Oui, Alexeï... Il m'a demandé si je pouvais te garder ici, pour ne pas te bouger et pour ne pas alerter Evgueni.

— Evgueni ?

— Oui, Alexeï m'a dit qu'il s'inquiétait beaucoup pour toi, qu'il préférait qu'Evgueni ignore ce qui t'était arrivé... Ah, et je m'appelle Pesha.

— Hum... Il... Illya.

Et les yeux d'Illya étaient repartis dans le vague, et il avait recommencé à murmurer. Evgueni et Alexeï s'étaient penchés vers lui pour voir si tout allait toujours bien. Mais tout allait bien, mais leur frère était simplement retourné dans la caravane – et soudain, sur une des faces de la nuit qui roulait dans la paume d'Illya, un miracle avait eu lieu ;

un instant, les âmes des frères Grisov s'étaient effleurées quelque part dans la chambre d'Evguenia ;

parce qu'elles avaient même forme,

parce qu'elles étaient du même bois,

elles s'étaient effleurées. Et pendant quelques minutes hors du temps, Alexeï et Evgueni avaient vu au-delà des mots étranges, des bégaiements, des hochements de tête – non ce que le monde avait vu,

mais ce qu'Illya, mais ce que la Grande Ourse, ce que le vent aux lèvres douces avaient vu – un instant, leurs âmes s'étaient effleurées ;

ils avaient senti ce sourire cette joie ces yeux – ce geste parfait quand tu t'assieds, quand tu replaces une mèche derrière ton oreille.

— Mais… qu'est-ce que… qu'est-ce que tu faisais là-bas… dans cette rue ?

— Ces garçons… ce sont mes cousins. Je les aide parfois, répond Pesha – et sa bouche se tord et le monde doit se tordre autour, tellement elle est belle, tellement ses lèvres sont parfaites.

— Qu'est… Qu'est-ce qu'il y a ? murmure Illya.

— Tu… te sens capable de te… de te lever ?

— Euh… O… Oui…

— Parce que… il y a une fête, ce soir, dans les carrières. Un mariage, en fait. C'est un de mes cousins… justement.

Et le vent doux de cette soirée dans la chambre d'Evguenia, de ce matin parfait dans la caravane, le vent qui traverse le temps, qui traverse l'atelier, le vent doux reprend : Pesha n'ajoute rien. Elle se contente de sourire. Et dans ce sourire, il y a des choses pour lesquelles les hommes n'ont pas encore de mots,

il y a cette chose sans nom que Pesha va devenir pour Illya,

cette chose sans nom que, confusément, elle est déjà.

— Je… je vais essayer, alors.

— Sûr ? Attends ici, ne bouge pas. Je reviens.

Et tandis que, quelque part dans son arrière-boutique, Nona se sert une autre tasse d'infusion, Pesha se sauve dans la cuisine. Illya reste immobile sur le lit, pétrifié – une fleur rouge aux pétales de peur, aux pétales d'envie et de vertige, une fleur rouge coule dans ses veines. Et avant qu'il ne reprenne son souffle, Pesha est revenue. Elle tient dans ses mains un costume noir – le costume de mon oncle, il t'ira à merveille, sourit-elle. Elle-même a passé une robe – elle est si fine, si frêle. Et Illya la contemple à nouveau, cette fleur parfaite. Il a oublié Alexeï et Evgueni, il ne murmure même plus : il reste les yeux dans le vague, les yeux hors du monde, les yeux en prière,

et quelque chose éclôt lentement,

là,

contre la nuit :

non plus ses bégaiements habituels, non plus cette sciure de phrases dans laquelle il se débat, mais le frémissement de vagues infimes nées quelque part sous son crâne d'ombres,

mais la voix du vent aux lèvres parfaites,

la voix d'Illya, celle que personne n'a jamais entendue à part lui et Pesha peut-être, la voix d'Illya quelque part entre la Grande Ourse et la Lyre :

et quand tu passes ta main dans tes cheveux

oui, je suis là, entre la Grande Ourse et la Lyre.

Ensuite, Pesha l'aide à enfiler le costume de son oncle. Quand ils sortent de la caravane, le soleil disparaît au loin : autour d'eux, les friches sont tapissées de fleurs rouges minuscules et n'ont jamais été plus belles. Et tandis qu'ils se dirigent vers les bâtiments abandonnés de l'ancienne carrière, Illya se délecte des mouvements infimes du visage de Pesha, de son sourire, de sa voix ;

et dans l'ombre du monde, une fleur perce son bourgeon,

et tout est à sa place, et leurs sourires tranquilles murmurent cette sorte de prière, cette bénédiction sans mot ni destinataire qui est peut-être ce que Dieu peut recevoir de plus pur de notre part. Juste avant d'arriver, Pesha entre dans un atelier – du toit, explique-t-elle, on peut surplomber les carrières ;

et à nouveau, le vent aux lèvres parfaites avale une gorgée,

Illya se tait,

et à nouveau, quelque chose en lui effleure ses frères, et eux aussi voient ;

tout à coup, tu m'aides à monter sur le toit, tu retiens ma main peut-être une seconde de trop, suffisamment pour que je lève les yeux, pour que tu ébauches un sourire :

le toit de cet atelier est le centre du monde.

Et dans nos mains, dans nos yeux qui se retiennent, un alléluia profane, un merci. Et en silence, stupéfaits, nous nous asseyons sur un petit muret gris, les pieds dans le vide. Nous entendons au loin les chants de la fête, nous distinguons une troupe joyeuse qui s'agite. Et nos mains s'effleurent parfois – c'est toi, c'est moi,

c'est le vent aux mains si douces qui les pousse l'une vers l'autre,

qui les rassemble quelques fractions de seconde,

suivant le léger balancement du monde :

c'est cet instant qui ne dure rien, qui n'en finit pas, terrible,

avant qu'elles ne se séparent.

Finalement, nous nous levons et nous descendons dans les carrières, et le monde n'a plus rien pour lui : je bouffe littéralement chaque seconde, chaque inclinaison de ta tête, la danse de tes lèvres, de tes épaules, je bouffe tout ça jusqu'à ce qu'il n'en reste rien : j'use la vie, je la pousse, je lui demande tout ce qu'elle peut donner.

À nouveau, les yeux d'Illya sont fous – il a complètement oublié ses frères près de lui. Et pourtant, Alexeï et Evgueni n'ont jamais été si proches de lui. Ils voient Pesha et Illya qui approchent de la fête – ils croisent dans la nuit des groupes qui fument ou qui discutent. Face à eux, une tente immense est dressée au centre du monde. À l'intérieur, les gens mangent et boivent et rient. On a dégagé quelques tables sur la droite et on y a installé une petite scène. Trois hommes accordent leurs instruments. Au moment où Pesha et Illya entrent, l'un d'entre eux salue l'assemblée d'une voix cassée et tout à coup,

tu rapproches ta chaise de la mienne, tu te tournes pour mieux voir la scène, tu effleures ma main et tout se volatilise dans la lumière qui s'affaiblit, dans nos yeux qui se cherchent, qui se trouvent, dans la voix du chanteur qui part soudain :

Morte de sécheresse,
la fiancée de l'eau a marié son sang à celui du ruisseau…

Et tandis que les musiciens déploient leurs magies, cette soirée accouche de quelque chose de neuf, de quelque chose qui n'existera qu'une seule fois dans cet Univers. Et cette chose est fragile et belle et parfaite et ce sont des hommes qui la façonnent.

Et quand les musiciens finissent leur premier morceau, il faut bien les applaudir. Mais très vite, nos mains se reprennent – nous échangeons un regard rapide. Et là, dans la fleur des yeux de Pesha, Illya devine la fin de tous ces monstres de toutes ces ombres qui murmuraient sans arrêt près de lui. Qui lui soufflaient qu'il n'était qu'un Grisov, que tout était perdu pour lui aussi.

Dans la fleur de tes yeux, rien ne gâchera cette soirée : elle est pour nous. Elle a été écrite au fond de la nuit *pour nous*. Pour que tous ces enfants courent, pour qu'ils rient autour de nous, pour que leurs lèvres vermeilles fassent tinter le monde. Pour que tu tiennes ma main dans ta main et mes yeux dans tes yeux. Et rien en moi n'est fait pour résister à une telle grâce.

Et soudain, Illya sent la main de Pesha dans ses cheveux, et à cet instant où leurs lèvres s'effleurent, le feu prend et il y a quelque part dans ses yeux dans leurs yeux un énorme éclaboussement d'or une fleur rouge qui éclaire la nuit pendant une seconde et cette seconde est terrible et pure et se prolonge des heures,

et le vent lui-même, cette voix immense et minuscule dans l'ombre de l'atelier, dans l'ombre de la chambre d'Evguenia, le vent lui-même doit se taire. Il doit se contenter de tenir les frères Grisov dans ses bras, de se calmer, de se perdre dans sa mère la nuit ; et le silence se fait dans l'atelier comme il se fait dans la chambre d'Evguenia.

Et Illya reste immobile et muet jusqu'à ce qu'Evgueni lui touche l'épaule.

— Illya, ça va ?

— Oui… oui. Ça va.

Evgueni et Alexeï ont compris qu'ils ne pourront en savoir plus à propos de Pesha.

— Et le gars, là, c'est qui alors ? murmure Evgueni.

— Quel… quel gars ?

— Le vieux. Dans la cuisine.

Ah lui ! commence Illya. Ils revenaient d'une soirée la semaine dernière, c'était… l'anniversaire de Pesha. Il pleuvait à torrents ce soir-là. Ils marchaient sur le côté de la route et ils étaient presque arrivés ici. Et tout à coup, une voiture avait dérapé juste devant eux. Elle était allée heurter le mur d'un entrepôt. En s'approchant de la carcasse, ils avaient aperçu un jeune homme coincé côté passager. Ils avaient forcé sur la porte pour le sortir de là. Une fois le jeune homme libéré, ils s'étaient occupés du conducteur. Il était inconscient, alors ils l'avaient sorti ensemble de la carcasse, et ils l'avaient traîné à terre. Il lui faut un médecin, avait dit le jeune. Mais Illya lui avait expliqué que personne ne viendrait – ni ambulance, ni police, ni rien. Pesha avait proposé de le porter ensemble jusque chez Evguenia, la grand-mère, qui pourrait peut-être le guérir.

Ils avaient mis peut-être une heure, mais ils y étaient arrivés. En chemin, le jeune homme leur avait expliqué : ils roulaient tranquillement, et soudain, son oncle s'était évanoui au volant, lui n'avait rien pu faire… Arrivés ici, ils l'avaient installé dans le lit de camp… Et ça faisait maintenant trois jours qu'il était là. Il avait encore de la fièvre, mais elle avait commencé à baisser. Il allait s'en tirer.

— Et le jeune, il est où ?

— Il essaie de trouver… un médecin.

Et Nona avale sa dernière gorgée, elle laisse Evgueni terminer.

— Et les choses se sont réglées comme ça, murmure-t-il les yeux au sol ;

et la nuit tombe dans ses yeux et tout est fini ou presque,
et les hommes, tous autant qu'ils sont, la sentent,
cette nuit aux lèvres parfaites, sur eux,
qui les enveloppe.

— Mais alors, qu'est-ce qui s'est passé avec ton père, hier ? souffle Mikhaïl.

— Ben... Ça pouvait pas être aussi simple. Il a fini par comprendre à quel jeu je jouais avec lui, par savoir, pour Illya et Pesha, il y a de ça deux ou trois jours. Il les a cherchés partout. Hier matin, il est allé au campement et a laissé un message pour elle, à son oncle. Il voulait la voir, lui parler. Il lui donnait rendez-vous, hier soir, à la décharge, près de la frontière. Mais Illya l'a croisé avant. C'était hier, dans l'après-midi.

— C'était ça, la dispute ? demande le capitaine.

— Oui.

— Qu'est-ce qu'il voulait, Illya ?

— ...

— Evgueni...

Evgueni consulte sa montre, comme s'il n'y croyait pas d'avoir réussi, d'avoir autant de jeu – et de nouveau, dans ses yeux, cette joie, ce triomphe.

— Sûr que vous êtes au courant : les Roms vont se faire rafler. Dans ma caserne à C..., les chefs nous ont parlé de les déplacer dans le Sud, dans des sortes de camps. Je devrais y être d'ailleurs. On est tous réquisitionnés pour faire ça. Alors, Illya et Pesha doivent quitter le pays et vite. Et entre la décharge et l'Usine pétrochimique, il y a un chemin pour passer la frontière, mais il faut connaître l'endroit sur le bout des doigts… Aller à la décharge, certains savent faire, mais passer les eaux lourdes et la frontière, y a pas trente-six personnes qui peuvent le faire. Moi, j'en connais que deux.

— Laisse-moi deviner : ton père et ce vieux, là, le photographe, à qui vous avez donné rendez-vous au centre commercial hier, murmure Téliakov.

— Voilà… Et les deux ont refusé. Le vieux, on lui avait volé ses photos pour le forcer. Mais ça n'a servi à rien ; il nous a dit qu'il était trop faible. Et mon père…

Evgueni n'ajoute rien ; à cet instant, la nuit règne dans leurs yeux à tous ; et il faut attendre le fond de la nuit, pour qu'une dernière fois Téliakov parvienne à le relancer :

— Pourquoi il ne les a pas aidés ?

— … J'imagine… j'imagine… qu'il voulait reparler à Pesha, lui redemander de lui faire voir des choses… Ou au contraire, peut-être qu'il voulait qu'elle le fasse oublier. Peut-être qu'il voulait ne plus jamais avoir affaire à elle. J'en sais rien… Ma grand-mère dit souvent : certaines choses sont pas pour nous. Ce que mon père a vu avec Pesha…, peut-être qu'il n'aurait jamais dû le voir ; peut-être que ça l'a rendu fou. De toute manière, cette fille, il aurait jamais dû l'approcher… C'était une mauvaise idée… Cette fille… elle est spéciale, comme toutes celles de son peuple, vous savez… Tenez, regardez, c'est une photo d'Illya et elle ; Illya me l'a donnée, il l'a eue au mariage : dites-moi si elle fait pas un peu peur.

Téliakov fixe en silence le polaroïd. Ses yeux passent d'Illya à Pesha. De Pesha à Illya. Quelque part dans leurs yeux, dans leurs doigts qui tressent quelque chose qui n'aura ni fin ni nom, il contemple la vie. Et quand il se remet, au lieu de rendre la photo à Evgueni, il la tend machinalement à Mikhaïl. Le jeune homme la saisit. Il passe sur les visages, sur les mains, et bientôt il ne voit plus qu'une chose, dans les cheveux corbeau de Pesha,

une fleur rouge, un coquelicot.

Et ses mains tremblent, mais Evgueni ne remarque rien. Pendant que les deux policiers examinent la photo, une ombre vient de passer dans ses yeux. Il sent quelque chose de monstrueux qui s'avance sur lui. Il voudrait s'enfuir, se défendre, il voudrait murmurer – imperceptiblement, il secoue la tête, il souffle Mais aussi comment Tu veux, Tout est allé si vite,

le monde était dément, et puis aussi cette chaleur insensée dans la véranda,

cet air qui dégoulinait de folie,

cette télévision qui braillait dans le salon,

et Illya qui retenait ses larmes qui balbutiait à sa gauche :

— Sans toi, on... on ne pourra jamais passer. Je...

Et pourquoi le père n'avait-il pas répondu ? Pourquoi n'avait-il pas dit ce qu'il voulait à Pesha ? Pourquoi ? Est-ce qu'il avait si mal que ça ? Est-ce qu'il avait honte ?

— C'est non. Te fatigue pas, avait-il répliqué, avec cette moue qu'Evgueni détestait plus que tout au monde. Cette fille...

— Je... je peux pas... pas sans toi. Ou alors... ou alors, emmène-la. Fais-lui... fais-lui passer la frontière. On a que demain... moi, je vous... je vous rejoindrai...

Et l'ombre s'étend encore dans les yeux d'Evgueni, et elle déploie ses ailes de foudre et il revoit tout. Tout. Cette lueur dans les yeux du père, cette infime lueur qui venait d'y naître, ce n'était pas une envie d'oublier ou de se venger de Pesha ou quoi que ce soit de ce genre, non, non, non... Il s'était... Non, non, non..., murmure Evgueni. Il s'était trompé : cette haine, cette rage qu'il avait domptées pendant vingt ans l'avaient soudain submergé. Il s'était jeté sur le père et il avait tout gâché. Il en est sûr tout à coup – et le sang bourdonne à ses oreilles, et il remarque à peine Mikhaïl qui lui rend la photo, et il entend à peine Téliakov qui lui demande :

— Et après ça, personne ne l'a revu avant ce matin ?

— Pas que je sache, répond-il, à voix basse, toujours sans relever les yeux.

Parce que le reste, il ne pourra jamais le dire. À personne. Pas même à Alexeï. Après l'épisode de la véranda, il avait suivi le père. Ils étaient à moitié fous tous les deux – ils avaient traîné des heures autour du camp, en attendant Pesha, mais elle n'était pas rentrée. Et pendant tout ce temps, il avait vu son père se débattre avec ces idées qui devaient lui labourer les reins, qui devaient lui enfoncer leurs lames jusqu'à la garde dans le ventre. Ce qu'il avait entrevu dans les murmures de Pesha. Ce qu'il voulait savoir à toute force, ce qu'il voulait oublier enfin, ce qui le rendait fou, qui ravivait quarante ans de souffrances, ce qui les concentrait en quelques fleurs rouges. Et lui, Evgueni n'avait rien fait. À présent, il la voit : cette chose terrible qui était apparue dans ses yeux quand ils étaient dans la véranda, elle avait dû le travailler tout du long, ce dernier jour. Quand la nuit était tombée, le père avait fini par entrer dans la caravane de l'oncle de Pesha. Il avait laissé un message pour elle, une ligne, sur la table, sur une feuille pliée. Le vieux avait promis qu'il lui donnerait si elle repassait avant de partir. Mais il n'en avait pas eu l'occasion. Parce que Evgueni était passé dans la caravane juste après et avait volé le mot – Mikhaïl, qui caresse le bout de papier dans sa poche, s'arrête un instant. Mais ni Téliakov ni Evgueni ne se tournent vers lui. Evgueni reste les yeux fixés au sol – il murmure encore quelques mots de temps à autre, au bout de l'effort.

Ensuite, il avait retrouvé le père, il l'avait suivi sur la piste qui menait à la décharge. Le père avait l'air si faible, si abattu. Evgueni imagine les questions qui se bousculaient dans son esprit. Pesha allait-elle venir ? Et seule ? Et si elle lui demandait de l'aider à passer la frontière ? Jamais. Jamais il ne pourrait. Il lui fallait savoir d'abord, être sûr de ce qu'il avait vu ou l'oublier, l'oublier pour toujours – elle devait lui faire oublier ce qu'il avait vu quand elle l'avait guidé en songe, ce moment terrible où il était presque arrivé à parler à son propre père. Elle devait l'aider encore une fois. Et dans son pas si lourd, dans ses épaules si voûtées, Evgueni devine toute cette douleur, tout ce travail de massacre.

Voilà pourquoi ça avait été si facile – il n'avait eu qu'à finir le travail : d'une certaine manière, le père était déjà à terre quand il avait surgi de la pénombre de la décharge. Il n'avait pas eu besoin de gueuler ou d'expliquer quoi que ce soit. Il tenait dans sa main droite le mot et ça suffisait. Le chien du père avait bien essayé de s'interposer, de montrer les crocs. Evgueni l'avait cueilli d'un coup de pied et l'avait envoyé contre une carcasse de voiture. Il avait continué sur sa lancée, s'était jeté sur son père et l'avait frappé de toutes ses forces. Et le monde cette nuit-là était de la matière des rêves, des cauchemars, confus et inquiétant, le monde cette nuit-là était une fleur rouge,

et le père avait fini à terre et Evgueni avait continué à le rouer de coups et enfin ils parlaient enfin Evgueni hurlait et enfin quelqu'un était assez résistant assez immense pour encaisser les coups pour l'entendre C'est la seule chose qu'on t'ait jamais demandée Toi tu nous as tous foutus en l'air C'est la seule chose qu'on te demande Et toi Et toi tu ne veux pas C'est la seule chose Enflure et il lui avait craché dessus et il lui avait jeté le papier plein de sang au visage et son père avait essayé de le saisir dans sa main tremblante avant qu'Evgueni ne lui donne un dernier coup de pied avant de s'évanouir.

À se revoir frapper son père, à se revoir le tabasser comme il n'avait jamais tabassé quelqu'un, entre les pétales rouges à la surface de ses yeux, Evgueni devine que son père s'était laissé faire, qu'il avait encaissé ses coups sans riposter. Et le monde entier tient à l'intérieur d'une fleur rouge, et Evgueni commence à l'entrevoir – voilà ses yeux dilatés, voilà ses paupières frémissantes. Il revoit cette chose terrible qu'il avait aperçue dans la véranda, quand Illya lui avait demandé de l'aide. Elle était là tout du long, à faire son chemin quelque part dans son père. Suffisamment puissante pour l'empêcher de répliquer même quand il le tabassait à mort – elle était là. Mais même à ce moment-là, au bout de la nuit, il l'avait manquée.

Après l'avoir laissé là-bas à moitié mort, il était rentré ici. Avec Alexeï, il avait discuté pendant des heures. Ils ne savaient plus quoi faire – Alexeï avait conclu en murmurant que le gars qui leur avait donné rendez-vous viendrait peut-être aujourd'hui pour leur filer les sauf-conduits, qu'il ne fallait pas lâcher. Il était allé se reposer un peu et Evgueni était resté assis dans la rue, à tourner le problème dans sa tête, défait par le grand poids de la vie. Juste avant l'aube, il avait entendu des pas sur la place. Il s'était caché dans le hall contre un renfoncement et avait laissé passer le père. Il l'avait vu entrer dans la cour. Il avait voulu le suivre, mais au moment où il se glissait dans la cour, le père s'était arrêté près de la porte, les yeux dans le vague. Il ne regardait rien de précis. Ni lui, tapi dans l'ombre, ni la cour, ni le monde. Rien. Il fixait une chose invisible et cette chose masquait le monde tout entier,

et c'était elle tout du long, devine Evgueni,

elle qui faisait son chemin en lui.

La fin. Son crâne déchiqueté par la balle à sanglier. Sa chemise recouverte de lambeaux de chair et de sang. Le père les voyait lui et Alexeï – réveillé par la détonation – qui se précipitaient, qui ouvraient la porte de l'atelier. Il les voyait entrer dans la pièce et s'arrêter. Murmurer deux trois choses indistinctes. Il sentait Alexeï forcer et lui casser les doigts pour libérer le fusil. Il les voyait rester sur le seuil. Il les entendait murmurer On va au camp des Roms chercher Illya. Ensuite, je vais planquer ça, au cas où, je lui dis que c'est aujourd'hui ou jamais, ça le décidera peut-être. Il faut qu'il y vienne à ce putain de rendez-vous. Toi, tu retournes à ta base militaire et tu fais comme si de rien n'était. Il voyait sa propre mâchoire fracassée, écartelée par la détonation. Et si le grain ne meurt, articulait la mâchoire en bouillie. Et si le grain ne meurt, résonnaient le crâne vidé et l'écoulement des sangs et des humeurs. Et sa main traçait au sol une fleur rouge, et tout cela ensemble et tout cela mêlé et confus, tout cela murmurait à son fils. Tu dois comprendre Illya. Tu dois *voir* toi aussi. Personne ne peut le faire à ta place. Il entendait le cliquetis de la balle dans la chambre, le bruit parfait du mécanisme. Et sur sa langue, le goût du canon, cette pointe d'acide tiède dans le bain moite de l'aube. C'était la seule chose qu'il pouvait faire pour Illya. La seule. Rassembler quatre ou cinq vies et les lui offrir. Puisque tout était gâché, puisqu'il ne saurait jamais ce que Pesha avait voulu lui montrer. Rompre l'attache de métal de la vie. Et lui donner l'impulsion, et presque forcer Illya à quitter le Quartier. Il entendait le coup partir. Pour la première fois, il parlait à ses enfants, et ses enfants pouvaient enfin entendre ce qu'il avait à dire. Ne restez pas là comme moi. Forcez. Donnez tout ce que vous avez. C'était ça cette lueur dans ses yeux ce matin, Evgueni en est certain à présent. Et le temps et le monde n'y peuvent rien, qu'ils le veuillent ou non, les hommes sont le lieu de la fleur rouge – et c'est elle dans ses yeux à présent.

Et ni Mikhaïl ni Téliakov ne semblent entendre les dernières phrases qu'il parvient à murmurer. Le crâne du vieux policier a recommencé à le lancer. Il lui faudrait encore une pilule et il n'en a plus. Mais il s'en moque ; dans la nuit brouillonne, il erre, déboussolé et heureux, il n'en revient pas, de l'avoir effleurée, de l'avoir sentie sur sa peau, de l'avoir respirée à nouveau – la vie. Il se passe la main sur le visage. À plusieurs reprises, comme s'il n'y croyait toujours pas.

— C'est bon, tu peux t'en aller, parvient-il à articuler, quand Evgueni se tait, à bout de forces. Ton incendie n'a rien détruit que la tempête n'aurait… Ça n'aurait pas de sens de…

Evgueni se lève et sort en silence, sans rien ajouter. Son regard croise celui du capitaine quelques secondes. Mais leurs yeux ne disent plus rien, sinon la fatigue, sinon l'épuisement. Tout est fini, ou presque.

« Très vite, le comité d'experts propose de stopper la contamination en construisant un sarcophage autour du réacteur incontrôlable. À l'heure où ce rapport est rendu, le sarcophage est quasiment achevé. »

Quand Evgueni est sorti, Téliakov se penche et écarquille les yeux sur la carte étalée devant lui.

— Bon, ils sont partis vers le stade pour passer le Dniepr vers là-bas. Ça m'étonnerait qu'ils soient déjà à la frontière…

Il se tait quand Mikhaïl pose la main sur son bras.

— Je me demandais ce qu'il faudrait pour te faire réagir, lui lance Téliakov sans le regarder. Alors… tu vas m'expliquer ce que tu fais ici ?

Mikhaïl fait quelques pas dans la pièce et lui offre son dos. Téliakov ne le voit pas, mais dans ses yeux, de grands blocs de glace fondent et se disloquent, mais dans ses yeux,

c'est la curée.

Il n'y a plus ni mépris ni contrôle – quelque chose d'autre est là désormais,

quelque chose de calme, d'apaisé enfin.

— Le jeune homme qu'Illya a sauvé dans la voiture, c'était mon frère, Daniil.

— Tu les connais, voilà le lien... mais qu'est-ce que ça change ? Si tu sais ce que Sergueï est en train de faire, tu sais aussi que tu ne peux pas vraiment l'en empêcher. Même moi, je ne pourrais pas.

— Vous oubliez quelqu'un : le vieil homme dans la voiture accidentée avec mon frère. Mon oncle. Et vous avez lu trop vite mon ordre de mission. Mon oncle est le préfet Pétrov : c'est lui qui m'a nommé ici. C'est lui qui m'a fait venir pour veiller à ce que tout se passe bien.

— Comment ça ?

— Il y a trois semaines, vous avez reçu des ordres pour mettre en place une battue à grande échelle dans cette zone. Une rafle des Roms et, parallèlement, un verrouillage des frontières. Votre place, à vous et vos hommes, c'était au centre de la zone, juste derrière les friches, juste derrière l'Usine pétrochimique, dans la bande qui la sépare de la frontière. Au pire endroit.

— Et c'est par là qu'ils vont passer.

— C'est pour ça qu'Illya avait besoin d'un guide.

— Qu'est-ce que ton oncle a à voir dans tout ça ?

— Illya lui a sauvé la vie. Il l'a recueilli, il l'a soigné. Sans lui, mon oncle serait mort. Et mon frère Daniil aussi, peut-être. Nous lui devons deux vies. Et quand il a reçu l'ordre de mettre en place la rafle, mon oncle s'est rappelé ça. Il a appelé chez la grand-mère et les a prévenus. Mais le timing était trop serré et cette histoire de meurtre est venue tout perturber.

— C'est là que tu interviens, sourit le capitaine.

— Je suis vraiment policier, si c'est à ça que vous pensez. Mon oncle m'a simplement muté dans le secteur pour faire passer des sauf-conduits blancs et pour aider, au cas où. Mon frère devait leur laisser un message pour leur dire de m'attendre aujourd'hui sur l'ancienne place de la Révolution, vers dix heures, le temps que mon oncle obtienne la signature du ministre. Mais ce matin, j'ai appris que justement nous venions ici…

— Et dans la salle de bains ? Qu'est-ce qu'il s'est passé ?

— Nous n'avions que très peu de temps. Illya ne m'avait jamais vu, il connaissait à peine ma voix… Nous avons dû improviser.

— Et tu lui as donné les sauf-conduits… et tu l'as aidé à s'enfuir par la fenêtre… Mais tu te rends compte du pétrin dans lequel tu t'es mis ?

— Oui, murmure Mikhaïl, un sourire étrange aux lèvres.

— Cette mutation-là, même ton oncle ne pourra pas l'annuler.

— Oui, il m'a dit que j'en avais pour trois ans avant qu'il ne puisse appuyer ma demande – en émettant des laissez-passer blancs en ce moment, il a vraiment pris des risques, il va devoir jouer profil bas.

— Et tu le savais en venant ici ?

— C'est le prix. Trois ans, ce ne sera pas si long que ça.

Un moment, les deux policiers se fixent en silence – ils sentent peut-être qu'ils viennent de se frôler – et leur mère la nuit aux lèvres parfaites est là avec eux, qui sourit de les voir se fixer ainsi. Puis l'instant passe, comme un souffle frais enfin sur le monde ; Téliakov baisse les yeux et commence à ranger ses dossiers. Il hésite. Il ne veut pas tout gâcher.

— Sergueï est parti avec les autres, il a laissé sa voiture, lance-t-il soudain. Si tu veux rester seul et rentrer après, tu peux. Tu prendras les restes de l'ordinateur, le service technique verra si on peut récupérer quelque chose… Tu passeras à mon bureau demain, il faut qu'on discute des Vors. J'ai quelque chose à te proposer…

— Je vais faire ça, parvient à répondre Mikhaïl, la gorge nouée.

Sans lever les yeux, Téliakov se dirige lentement vers la porte. Il se demande si son intuition est bonne – si ce jeune homme est aussi fort qu'il le pressent. Il ne croit pas à cette histoire d'oncle. Il se dit qu'il doit penser à demander à Hippolyte d'enquêter un peu sur la famille de Pétrov. D'ailleurs, murmure-t-il, qu'est-ce qu'ils venaient faire dans le Quartier, Pétrov et son frère ? Mikhaïl a savamment oublié de le lui dire, et le vent aux lèvres parfaites lui souffle qu'il n'aura pas la réponse aujourd'hui. Épuisé, incapable de penser précisément, Téliakov sort sans se retourner ; et pourtant, quand il referme la porte, un sourire tranquille naît sur ses lèvres avant de se fondre dans sa mère la nuit – il n'a pas seulement eu ce qu'il voulait aujourd'hui : il a eu bien plus.

Bien sûr, en plus de cette histoire de Pétrov, il y a encore beaucoup d'incertitudes. Et puis, il ignore si Mikhaïl l'a percé à jour, s'il a deviné ce que lui cherchait. Il sent juste que le jeune homme est passé tout près – que s'il l'a manqué, il l'a manqué de peu. Mais la nuit aux lèvres parfaites lui souffle que ce n'est pas ce qui compte, que même s'il reste encore beaucoup de choses à régler, cette journée lui a presque redonné quelque chose qu'il avait oublié :

un espoir infime,

mais un espoir quand même.

Il persistera toujours quelques voix fétides, vents mauvais et autres vieilles aux dents débiles qui n'y croiront jamais, qui demanderont ce qu'a fait Mikhaïl aujourd'hui. Qui murmureront avec une moue dédaigneuse Presque rien, en définitive. Répondre à la demande de son oncle. Essayer d'aider les frères Grisov pour une obscure dette d'honneur. Survivre au hachoir de cette journée – avec par moments comme une froideur impossible à masquer. Presque rien, c'est cela. Et pourtant..., reprennent d'autres vents qui tournent autour de Téliakov, et pourtant, ce presque rien a suffi.

Les yeux levés vers le ciel, le capitaine traverse le parking désert. Il cherche une forme, un contour quelque part dans la nuit. Quand il ouvre sa voiture, il met enfin le doigt dessus. Voilà, murmure-t-il, Mikhaïl ne voulait pas vraiment tout ce qui est arrivé aujourd'hui. Depuis ce matin, il résistait. Il ne croyait pas à tout ça. Et quand Téliakov repense à son dernier sourire, il en est sûr : ce jeune homme est ici pour bien plus. Les frères Grisov n'étaient qu'un grain de sable sur son chemin. Le capitaine s'assied face au volant et tandis que le moteur chauffe, son regard tombe sur un magazine d'échecs qui traîne côté passager. Ce n'était même pas l'ouverture de la partie, souffle-t-il, amusé. Le jeune n'a même pas touché ses pièces;

cette journée, c'était un regard sur le côté avant de se fixer sur l'échiquier. Téliakov repense à cette retenue, cette dureté qu'il a senties dans les yeux du jeune homme toute la journée. Ce n'était pas seulement de la peur ou de la mesure. *C'était parce qu'il n'y était pas vraiment.* Parce qu'il avait autre chose en tête. Et même alors, il faut voir comme il a tout géré de main de maître, comme il nous a tous enfumés. Et le capitaine sait que cette maîtrise ne trompe pas : elle dévoile en creux quelque chose d'immense derrière, qui attend,

qui s'annonce,

déjà.

Mais cette chose si froide qu'il a pressentie, cette chose si dure qui laisse augurer tant de combats, elle s'est laissé toucher aujourd'hui. Elle s'est laissé approcher. Elle s'est mise en danger pour du rien, pour un grain de sable sur son chemin. Et tout cela plaît énormément à Téliakov. Il ne sait pas ce qui adviendra ensuite, il n'a aucune idée de ce que le jeune homme est venu faire dans les parages,

mais il y a du nouveau ;

et c'est à cela qu'il sourit.

Un instant encore, il lève les yeux vers la nuit avant de démarrer,

il espère,

et son sourire se perd dans le ciel immense,

quelque part entre la Lyre et le Capricorne.

Il sourit toujours quand il lance le moteur, quand les phares s'allument – et soudain, au loin dans la lumière exsangue des phares, il aperçoit deux silhouettes qui disparaissent dans la nuit. Evgueni et sa mère – une fraction de seconde, les deux formes s'impriment sur sa rétine avant de s'évanouir dans l'obscurité. Evgueni Grisov, penché sur sa mère, qui la soutient, qui l'aide à marcher. Téliakov n'a aucune idée de ce qu'ils font là, en pleine nuit, après une journée pareille. Comment est-ce qu'ils tiennent encore debout ? Comment est-ce qu'ils font pour vouloir encore quelque chose ? Il n'en sait rien et il ne veut plus savoir – il sourit seulement – et lentement, il lance la voiture dans la nuit.

« Sur les 18 463 liquidateurs qui se sont relayés sur le site, 282 sont décédés dans les quatre mois suivant l'incident. Le tableau ci-après indique les doses reçues. Notre comité n'est pas parvenu à retrouver le nom de l'exception qui a résisté à une exposition comprise entre 4 et 5 GX. Nous ignorons ce que cet homme a fait de particulier pendant ces heures si cruciales de son existence, ce qui l'a distingué des autres. »

Conclusion du rapport *Praviv-Kibenov*

À l'est, dans l'ombre de la Terre, un vent aux dents déchaussées glisse sur les décombres fumants, sur les rues inondées, sur la débâcle partout ; au-dessus de lui, la nuit aux mille yeux contemple le carnage – et quelque part au fond de cette nuit,

parmi les fils tous semblablement gris qui recouvrent cette partie du monde, quelques-uns s'agitent encore ; l'œil vague, Mikhaïl finit de ranger le matériel informatique. Mais le vent aux lèvres de sang sait bien, lui, que le jeune homme ne range rien. Qu'il revoit encore et encore ce qu'il s'est passé dans la salle de bains ;

il revoit Illya en train de laver le sang sur son visage, en train de prendre ses cachets avec un air dégoûté – appuyé sur le rebord du lavabo. C'était à ce moment peut-être qu'il l'avait entendue. La voix de Nona. N'aie pas peur. N'aie pas peur. Alors il avait tiré les laissez-passer de sa poche, et quand Illya s'était retourné et les avait aperçus, son visage s'était éclairé – il s'était approché de Mikhaïl en silence, il l'avait pris dans ses bras et était resté ainsi, contre lui, sans rien dire.

Rien d'autre n'avait précédé les coups – ou alors, Mikhaïl s'en rend compte à présent, un infime tremblement juste avant qu'il commence à le frapper. Dès le premier coup sur sa tempe droite, Mikhaïl s'était effondré contre la vasque du lavabo, avait glissé et était tombé à terre. Ensuite, tout était devenu fou ; Illya ne l'avait pas laissé reprendre ses esprits, il était comme possédé, il gémissait, il le frappait de toutes ses forces dans le ventre, sur son torse, sur son visage.

Et aussi soudainement qu'il avait commencé, il s'était arrêté. Mikhaïl l'entendait haleter au-dessus de lui. Le visage en sang, le corps meurtri, il avait levé les yeux et avait vu Illya qui le fixait – et leurs regards étaient fous,

et leurs narines frémissantes,

et leurs âmes se frôlaient à cet instant.

Sans le quitter des yeux, l'adolescent avait ramassé une tringle à terre. Il s'était penché vers lui, et lentement, il avait passé la tringle sur son visage – et leurs yeux fous et leurs souffles heurtés se mêlaient, et ils avalaient la même salive acide, le même air brûlant. Ils venaient de réveiller un monstre qui allait tout détruire et ils le savaient tous les deux.

Après avoir laissé tomber la tringle à terre, Illya l'avait aidé à se relever. Et pendant que Mikhaïl déchirait sa chemise couverte de sang, Illya fouillait dans le meuble sous le lavabo. Il avait trouvé une rallonge électrique. Toujours muet, il s'était passé la rallonge autour de la taille et avait tendu l'autre partie à Mikhaïl pour qu'il fasse de même. Ensemble, ils s'étaient dirigés vers la minuscule fenêtre et Mikhaïl avait aidé l'adolescent à sortir. Un instant, celui-ci l'avait fixé avant de se laisser glisser de l'autre côté du mur – mais soudain la douleur avait eu raison de Mikhaïl : il s'était détourné et avait vomi un peu de bile. La seule chose qu'il avait pu faire avait été de se plaquer contre le mur pour retenir Illya du mieux qu'il pouvait. Mais tout à coup, la rallonge avait cédé et Illya était tombé à terre. Mikhaïl l'avait entendu hurler de douleur. Alors qu'il défaisait la rallonge et la jetait par la fenêtre, il avait entendu la voix d'Anna Grisov. Elle était dehors, avec son fils. Elle *savait.* Mikhaïl ne savait pas comment c'était possible, mais elle *avait su* ce qu'ils allaient faire et elle était sortie pour *attendre* son fils, il en était sûr. Et un sourire fugace avait tendu ses lèvres parfaites avant qu'il ne s'effondre, à moitié évanoui.

Et il a beau se repasser la scène, il parvient toujours à la même conclusion : Illya était comme sa mère – il savait ce qui allait arriver. Il ne l'avait pas seulement frappé – c'était comme s'il avait voulu lui dire quelque chose. Mais quoi ? murmure-t-il. Tu ne le sauras jamais, répond le vent mauvais qui vient tourner autour de lui dans l'atelier ; tu ne le sauras jamais parce que tu es mort, petit.

Mikhaïl se recule et s'appuie contre un mur. Ce vent âcre qui vient lui lécher le visage a raison ; il a manqué l'essentiel aujourd'hui, il n'a fait que longer le monstre – il n'a rien compris à rien. Pas seulement à Illya ou Alexeï, mais même à Téliakov. Pourquoi le capitaine n'a-t-il pas poussé plus loin l'enquête ? Qu'est-ce qu'il est venu chercher ici ? Une partie de lui voudrait comprendre, voudrait continuer à fouiller, mais après tous ces jours sans dormir, son corps reprend brutalement ses droits – ses yeux battent, ses mains se relâchent,

ses pensées s'effilochent, se font fils de nuit tous semblablement gris,

ses pensées se fondent l'une après l'autre dans leur mère la nuit.

Et tandis qu'il caresse dans sa main droite une pierre noire dans laquelle la nuit est venue se précipiter, il lui semble apercevoir du mouvement dans l'ombre de la pièce, et même entendre le chien du voisin qui tire sur sa laisse. Il devine la torsion de l'attache dans la pénombre, il songe que ce n'était pas quatre ou cinq vies de chien qu'il avait fallu pour se libérer, il songe qu'en fait c'était simplement quatre ou cinq chiens. Un des chiens avait commencé. Il avait guidé les autres : il leur avait montré vers où tirer. Il avait accepté d'attaquer le métal lui-même. Le père. Malgré toute cette vie de douleur, malgré ce qu'il avait vu avec Pesha, ce qui l'avait rendu fou, ce qui l'avait obsédé pendant des semaines, ses yeux s'étaient ouverts soudain. Est-ce que c'était cette manière dont Illya l'avait supplié, cette manière dont Evgueni l'avait tabassé, est-ce que c'était Alexeï encore ? Personne n'en saura jamais rien. Une seule chose compte – ses yeux s'étaient ouverts soudain. Ils avaient vu la vie empêtrée, malhabile, la vie faible, prête à se laisser piéger, à se laisser mourir. Il avait vu la fleur rouge dans le vent. Quelque part là, au milieu du carnage, Mikhaïl ne sait où, ça avait été l'Apocalypse,

la révélation.

Et pour la première fois, Lev Grisov avait fait quelque chose pour ses fils. Il s'était jeté sur l'attache de métal de la vie, comme un chien fou. Et les trois ou quatre chiens qui suivaient avaient continué, et ils avaient donné tout ce qu'ils avaient pour que l'un d'entre eux ait sa chance. Et tandis que le songe agite ses paupières closes, Mikhaïl entend le vent aux lèvres parfaites qui tourne autour de lui, qui passe ses doigts bagués dans son cou :

— Illya Grisov ne voulait pas partir. Même avec Pesha, il avait trop peur…

Et à un moment, nul ne sait exactement quand, le père Grisov a senti ça. Il a compris que son fils allait se laisser avoir. Il savait comme tout le monde que les Roms étaient en danger. Et c'est pour le forcer à partir, pour lui montrer, pour leur montrer où tirer sur la chaîne,

— … ils l'ont laissé faire, le père. C'était la seule solution.

Soudain, Mikhaïl la voit. La fleur rouge dans leurs yeux à tous. Alexeï. Illya. Evgueni. Et avant eux, Lev. Lev qui s'était libéré de cette ombre folle que son père faisait peser sur lui depuis qu'il était né. Lev qui leur avait donné la direction. Qui leur avait murmuré qu'il fallait se battre et se battre encore. Et ces âmes invaincues, ces âmes chiennes s'étaient battues, elles avaient donné tout ce qu'elles avaient pour rompre l'attache. Quatre ou cinq vies.

Et tu l'as voulu toi aussi, murmure le vent aux lèvres de douceur. *Tu l'as voulu, je l'ai senti. Malgré tous ces morts en toi, malgré Manolis, malgré Ite même. Malgré toutes ces drogues que tu prends pour les oublier. N'écoute pas ma sœur qui ne croit en rien. Tu l'as voulu, je l'ai senti – pour la première fois depuis des années, tu as voulu quelque chose.* Mikhaïl ne répond rien – il laisse une larme de nitrammite s'écouler,

il voudrait rester des heures ainsi, à sentir son cœur trembler. Mais il n'est qu'un jeune homme épuisé par des jours de veille et de tension, une pierre noire minuscule dans la paume du temps ;

et lentement, imperceptiblement, les voix du chœur, les voix du vent s'affaiblissent, se font murmure, se font souffle à peine, et pour finir, elles se perdent dans la nuit.

Partout dans la pièce, l'ombre s'avance, qui en toute chose vainc – et dans cette ombre, une dernière fois le songe se tisse, et tandis que le chœur retourne à l'ombre, Mikhaïl devine quelque part au fond de l'atelier Lev Grisov et Téliakov. Les deux hommes sont couverts d'une sorte de combinaison étrange, ils portent des masques à gaz. Téliakov semble hurler et Lev Grisov le fixe en silence au milieu de la fournaise, et leurs yeux, à force de se renvoyer l'un l'autre la lumière, leurs yeux à force se confondent dans la nuit brouillonne de l'esprit du jeune homme. Et tandis qu'il passe ses doigts reptiles dans ses cheveux, le vent tiède – celui qui a attendu dans l'ombre ce dernier moment pour délivrer son poison – le vent tiède lui murmure Tu y vas ou je te colle une balle dans la tête. Tu y vas maintenant. Le vent tiède sourit de son sourire mauvais, il lui dit Voilà ce que sont les hommes. Voilà qui est ton Téliakov. Mais l'esprit, mais le cœur du jeune homme ne sont plus froids, mais il écoute à peine ce vent aux dents débiles, mais il *voit* ce que ce souffle mauvais voulait lui cacher. Que pendant des années Téliakov n'a cherché qu'une seule chose : savoir si l'un des hommes qu'il avait envoyés à la mort était revenu à la vie. Il voit ce que sont les hommes.

Simplement, la fatigue est trop forte, et le songe lui-même finit par s'effilocher, par se distendre en fils tous semblablement gris ; et lentement, et sans bruit, la pensée de Mikhaïl se perd dans sa mère la nuit. Toutes ces images confuses, sitôt ébauchées, finissent par y disparaître. Et au bout de la nuit, elles ne sont plus qu'une forme creuse, qu'un vide. Dans quelques jours, peut-être,

elles lui reviendront en rêve,
précipitées dans un cristal de morphine,
dans une fleur de Mescal,

et Mikhaïl devinera alors peut-être, entre les pétales de cette fleur, que ce qui vient de le ramener à la vie est justement ce que le capitaine cherchait. Le monstre-vie. Il sentira dans ses veines, dans ses bras, à quel point Téliakov et lui sont proches, à quel point ils sont liés. Mais il ne faut jamais oublier que les hommes sont pour l'essentiel constitués de vide et de ténèbres, et qu'il est fort possible que cela n'advienne jamais, que cela ne reste qu'une intuition brouillonne, qu'une vague esquisse – un manque, un presque, racine de ces mélancolies, de ces sensations étranges, de ces tristesses irraisonnées que l'on ressent inévitablement lorsqu'on effleure quelque chose d'essentiel. Juste après avoir effleuré la vie, Mikhaïl vient de faire plus : il vient d'effleurer un homme,

il a vécu quelques instants pour la première fois depuis mille ans.

Et la nuit et le vent apaisés sentent tout cela, et au fond de son rêve Yéléna lui sourit,

elle passe ses doigts dans ses cheveux,

et Mikhaïl s'éveille.

Dans ses yeux striés de rouge, la glace a fondu – et sa mère la nuit aux mille yeux, sa mère la nuit qui voit tout le devine, et à son tour,

elle passe son doigt de nuit sur la forme lisse de son âme.

Et Mikhaïl le sent – ce calme enfin. Tout ce qui importe est à sa place, ou presque. Et quand il trouve, froissé dans la main, le bout de papier qu'il a trituré toute la journée, il le laisse tomber à terre sans y jeter un coup d'œil – il sait à présent que ce n'est que détail, du rouble.

Il se redresse prudemment, et va se passer de l'eau sur le visage au fond de l'atelier. Quand il a fini, il se sèche le visage avec sa chemise – ses yeux glissent sur l'étagère hors d'âge qui lui fait face, près du robinet. Lentement, il s'approche et passe un doigt tranquille sur la couche de poussière qui la recouvre. Il finit par tomber sur un plateau de bois incroyablement lisse, un plateau d'échecs. Il le caresse presque amoureusement ;

et en réponse, le bois exhale son haleine parfaite ;

et une dernière fois, Mikhaïl peut respirer l'aubier du jour de bois –

fragrance infime, mélancolie d'odeur boisée fugace et impalpable qui l'effleure un instant,

avant que de disparaître, de se perdre dans l'ombre ;

mais le mal est fait : le cœur de Mikhaïl bat à nouveau, au milieu de la nuit.

Comme sans y penser, il saisit une des pièces qui traînent sur l'échiquier et la glisse dans sa poche. Et l'obscurité est telle que nul ne peut voir à cet instant si c'est un cavalier, une reine, un fou, ou même un roi

– seule certitude, ce n'est pas un pion.

Quand il sort dans la cour, il fait nuit noire. Les hommes ont rejoint la frontière – dans la nuit, au loin, il imagine Sergueï qui gueule ses ordres. Le capitaine qui est sans doute déjà arrivé en ville. Il se demande si Alexeï est parvenu à faire passer Pesha et Illya. Le pas flottant, il traverse le hall ; il se demande s'il reverra Yéléna – il sent encore le goût de ses lèvres. Arrivé dans la rue détrempée, il remarque une forme qui s'approche de lui – hésitante, peureuse. Il l'attend en silence ; et finalement, un chien sort de l'obscurité et pose sa truffe contre sa jambe.

— Voyez, vous n'avez pas tout perdu monsieur le policier. Vous avez gagné un chien, et un bon chien en plus…

Mikhaïl distingue dans la nuit le point rouge d'une

cigarette, à quelques mètres de lui – quelqu'un est assis devant le hall et fume.

— Il n'appartient à personne ?

— Il est à vous, maintenant.

— Et comment s'appelle-t-il ?

— Mon père l'appelait Jek, mais vous pouvez changer. Il s'habituera... Une clope, monsieur le policier ?

— Je dis pas non, répond Mikhaïl, décontenancé.

Il saisit la cigarette, mais ne parvient toujours pas à distinguer le visage d'Evgueni – la nuit est trop profonde : il n'a que sa voix toujours noire, mais posée, mais tranquille. Il doit attendre que ses yeux s'habituent pour en avoir plus.

— Où sont les autres ?

— Fiodor et Piotr sont partis vers la frontière. Pour écarter les flics, pour laisser de la marge à Alexeï, au cas où...

Au loin, dans les friches, un minuscule point rouge attire le regard de Mikhaïl ; par moments, il devine des ombres qui passent devant et le font scintiller.

— Qu'est-ce que c'est ? Le feu est reparti ?

— Non... C'est ma mère qui dit au revoir à mon père... Je suis allé avec elle le récupérer à la morgue. Ensuite, elle a voulu qu'on aille chercher ma grand-mère, Evguenia, pour l'aider... Les trois vieilles de la mercerie Moïra sont là aussi, avec elles.

Evgueni Grisov se tait. Par moments, la nuit se rappelle qu'elle est notre mère. Elle nous couvre de ses fils tous semblablement gris, elle fait exactement ce dont nous avons besoin ; et rien, et personne ne peut le voir à l'instant où sa voix se brise. Et plus tard, bien plus tard, il reprend :

— Et vous ?

— Moi... Contrairement à ce que je craignais, tout s'est bien passé, avec Illya. Mais tout aurait pu être beaucoup plus simple si j'avais pu parler avec Alexeï...

— Ah, ça c'est sûr, lance alors une voix dans le noir. Tout aurait été beaucoup plus simple ! Quand Illya m'a dit que c'était toi, le gars aux papiers…

Alexeï se dessine peu à peu dans la rue – couvert de poussière et de boue, les vêtements déchirés, les cheveux en bataille et le pas épuisé. Arrivé au niveau de l'escalier, il ne cherche pas Mikhaïl ou son frère du regard : lui aussi a remarqué la fleur rouge, au loin, dans les friches,

les ombres qui passent par moments devant les flammes – lui aussi se tait.

Et quelque part dans la nuit, une larme noire naît dans ses yeux, y tremble un instant,

avant de rejoindre sa mère la nuit.

— C'est allé ? finit par lui demander Evgueni, avec une voix incroyablement douce.

Alexeï attrape la clope que lui tend son frère, il lui rend son sourire.

— On a failli crever quelques fois, mais ils ont traversé la frontière, oui. Maintenant, j'espère que les laissez-passer marcheront, de l'autre côté.

Un instant il se tait, il inspire la nuit. Et puis tout doucement, et puis comme un murmure, il ajoute :

— Pesha m'a dit de te dire : pour le Père, on n'y pouvait rien. C'était… c'était entre son père et lui.

— Hum…, acquiesce Evgueni. Tu le diras à la Mère aussi.

Et quand il se tait, ce qui affleure quelques secondes dans leurs yeux de nuit, c'est cette chose qui n'a pas de nom, cette chose que seuls les hommes sont pour les hommes ; et tout est calme alors –

à leurs pieds le vent aux lèvres parfaites bat la poussière et donne un peu d'air ;

les cigarettes tracent dans le noir leurs arabesques,

fleurs rouges qui s'éteignent par moments,
qui revivent soudain,
et arrachent un bout de visage, un sourire
à la nuit.

I. Quatre ou cinq heures du matin 11

II. Dix heures 31

III. Onze heures encore 105

IV. Treize heures vingt-trois minutes
et trente-trois secondes 145

V. Quinze heures peut-être 207

VI. Aux alentours de dix-neuf heures 289

Composition : Soft Office
Achevé d'imprimer sur Roto-Page
par l'Imprimerie Floch
à Mayenne, en janvier 2024.
Dépôt légal : janvier 2024.
Numéro d'imprimeur : 103896.

ISBN 978-2-07-303565-3 / Imprimé en France.

613047